東遊記
동유기

〈지식을만드는지식 고전선집〉은
인류의 유산으로 남을 만한 작품만을 선정합니다.
읽을 수 없는 고전이 없도록 세상의 모든 고전을 출판합니다.
오랜 시간 그 작품을 연구한 전문가가
정확한 번역, 전문적인 해설, 풍부한 작가 소개, 친절한 주석을
제공합니다.

東遊記
동유기

오원태(吳元泰) 지음

진기환 옮김

대한민국, 서울, 지식을만드는지식, 2024

편집자 일러두기

- 이 책은 《사유기(四遊記)》[중국 통속 소설 명저(中國通俗小說名著), 제1집 8책 : 양자뤄(楊家駱) 주편(主編), 스제수쥐(世界書局), 타이베이(臺北)]와 《사유기(四遊記)》[중국 고전 신화 명저(中國古典神話名著), 오원태(吳元泰) 외 : 중궈시취출판사(中國戱劇出版社), 베이징(北京), 1999]를 대조해 저본으로 삼아 번역했습니다.
- 본 소설에 등장하는 여러 인물과 도가(道家)의 용어는 《도교문화 사전(道敎文化辭典)》[장즈저(張志哲) 주편, 장쑤구지출판사(江蘇古籍出版社), 상하이(上海), 1994]을 근거로 설명했습니다.
- 독자의 이해를 돕기 위해 명나라 왕기(王圻)와 왕사의(王思義)가 편집한 신종(神宗) 만력(萬曆) 35년 각본의 영인판(影印版)인 상해도서관(上海圖書館) 간행 《삼재도회(三才圖會)》 권2 인물(人物) 편의 그림을 함께 수록했습니다.
- 이 책은 국내에서 처음으로 완역 소개합니다. 따라서 원문의 구절을 빠짐없이 옮겼으며 원문에 실린 모든 시(詩)를 우리말로 옮겼습니다.
- 이 책의 해설 및 주석은 독자들의 이해를 돕기 위해 모두 옮긴이가 붙인 것입니다. 그러나 경전의 구절은 옮긴이의 풀이보다 독자 나름대로의 해석이 더 중요합니다. 따라서 원문의 출처나 내용 일부를 밝혀 수록할 뿐 국역이나 의미의 탐색은 독자들의 영역으로 남겨두었습니다.
- 각 고사의 제목은 우리말로 옮기고 아래에 원제의 독음과 한자를 병기했습니다.
- 한글에 한자를 병기할 때 괄호 안의 말과 바깥 말의 독음이 다르면 [ ]를 사용하고, 번역어의 원문을 표시할 때는 ( )를

사용했습니다. 또 괄호가 중복될 때에도 [ ]를 사용했습니다.
• 고대 인명과 지명은 한자 독음으로 표기하고 현대 인명과 지명은 국립국어원의 중국어 표기법에 따라 표기했습니다.

차 례

점강순(點絳脣) · · · · · · · · · · · · 3
제1회. 이철괴는 수진하며 구도하다 · · · · · · · · · · 5
제2회. 노자는 도교의 원류다 · · · · · · · · · · · · 15
제3회. 두 신선이 화산에서 전도하다 · · · · · · · · 42
제4회. 이철괴는 혼자 거닐다가 스승을 만나다 · · · · 47
제5회. 도제가 육신을 지키다가 화장하다 · · · · · · · 51
제6회. 철괴는 굶어 죽은 시체에 혼령을 맡기다 · · · · 54
제7회. 선단으로 기사회생하다 · · · · · · · · · · · 58
제8회. 청우를 풀어 왕궁을 어지럽히다 · · · · · · · 62
제9회. 대진국왕이 현녀 신령께 기도하다 · · · · · · 69
제10회. 이철괴가 비장방을 여러 번 시험하다 · · · · 73
제11회. 종리권이 적을 물리치다 · · · · · · · · · · 82
제12회. 종리권과 불률이 교전하다 · · · · · · · · · 88
제13회. 종리권이 토번을 대파하다 · · · · · · · · · 92
제14회. 토번이 한군을 크게 무찌르다 · · · · · · · · 96
제15회. 대패한 종리권이 산속에 숨다 · · · · · · · 102
제16회. 동화 선생이 종리권에게 전도하다 · · · · · 105
제17회. 산에서 칼을 날려 호랑이를 잡다 · · · · · · 112

제18회. 황금으로 빈민을 구제하고 신선이 되다 · · · 119
제19회. 남채화가 박판을 치며 노래하다 · · · · · · 126
제20회. 장과로가 나귀 타고 황제를 뵙다 · · · · · · 138
제21회. 장과로가 궁중 사슴을 알아보다 · · · · · · 145
제22회. 하선고가 꿈을 꾸고 신선이 되다 · · · · · 152
제23회. 여동빈이 객사에서 운방을 만나다 · · · · · 157
제24회. 운방이 여동빈을 열 번 시험하다 · · · · · · 169
제25회. 종리권은 학령에서 전도하다 · · · · · · · · 176
제26회. 여동빈이 술집에 학을 그리다 · · · · · · · 187
제27회. 여동빈이 백모란을 희롱하다 · · · · · · · · 194
제28회. 여러 신선이 동빈을 놀려 주다 · · · · · · · 201
제29회. 악양에 세 번 날아오다 · · · · · · · · · 208
제30회. 한상자, 술을 만들고 꽃을 피우다 · · · · · · 214
제31회. 남관의 눈을 치워 숙부를 구하다 · · · · · · 223
제32회. 종리권과 여동빈, 바둑 두며 운수를 예언하다 229
제33회. 동빈이 춘정을 몰래 보내다 · · · · · · · · 233
제34회. 소 태후와 여동빈이 군사를 논하다 · · · · · 237
제35회. 여동빈은 남천진을 크게 치다 · · · · · · · 244
제36회. 종보는 적진을 간파했으나 기밀이 새어 나가다 249
제37회. 철괴가 동빈에게 대노하다 · · · · · · · · · 254
제38회. 종리권이 장수를 치료하고 군사를 조련하다 257
제39회. 금쇄, 청룡진을 대파하다 · · · · · · · · · 264

제40회. 종리권이 백호진을 격파하다 ･･････268
제41회. 종리권이 옥황진을 격파하다 ･･････272
제42회. 미혼진과 태양진을 대파하다 ･･････275
제43회. 종리권과 여동빈이 대결한 뒤, 하늘로 돌아가다
･･････････････････278
제44회. 한상자, 연회를 베풀어 화해시키다 ････283
제45회. 조국구는 도를 닦아 등선하다 ･･････287
제46회. 팔선이 노자의 시문을 구하다 ･･････292
제47회. 팔선들이 반도 성회에 참가하다 ･････301
제48회. 팔선이 동해를 유람하다 ･･･････314
제49회. 동빈이 용왕 태자를 두 번 패배시키다　321
제50회. 팔선이 동해를 불태우다 ････････326
제51회. 용왕이 남해로 도망가다 ････････330
제52회. 용왕은 팔선에게 물 공격을 하다 ････334
제53회. 팔선이 산을 들어 동해를 메우다 ････338
제54회. 용왕들이 천제에게 상주하다 ･････343
제55회. 팔선과 천병이 크게 싸우다 ･･････350
제56회. 관음이 양측을 화해시켜 천제에게 인사시키다　355
추기(追記) ･･･････････････371

해설	377
옮긴이 후기	391
참고 도서	395
지은이에 대해	397
옮긴이에 대해	398

동유기

점강순(點絳脣)[1]

흐르는 물 떠도는 구름,
맑은 기운 산뜻한데,
장차 누굴 의지하랴?
세상 명성 구름 같나니,
숨은 사람 따라 머물리!

개는 하늘 보고 짖는데,
학은 바람 타고 난다.
믿을 것이 없다 하지만,
여덟 신선 어디 계신가?
책을 펴고 함께 보리라.

流水行雲,
氣淸奇,
將誰依附.

---

[1] 점강순(點絳脣) : 곡패명(曲牌名), 곧 다음 내용을 노래하기 위한 곡조 이름.

煙雲名聲,
留與幽人付.

犬吠天空,
鶴唳乘風去.
難憑據,
八仙何處?
演卷從君顧.

제1회. 이철괴는 수진하며 구도하다
철괴수진구도(鐵拐修眞求道)

　말하자면,[2] 이철괴(李鐵拐), 종리권(鍾離權), 여동빈(呂洞賓), 장과로(張果老), 남채화(藍采和), 하선고(何仙姑), 한상자(韓湘子), 조국구(曹國舅) 등 여덟 명의 신선[3]을 팔선(八仙)[4]이라고 불렀다. 그중 이철괴가 팔선의 첫

---

2) 말하자면 : 원문은 '화설(話說)'. 《동유기》는 56회의 장회 소설(章回小說)이다. 장회 소설은 이야기꾼의 이야기에서 발전했다. 《삼국연의》나 《수호전》 역시 매 회에 '화설(話說)', '각설(却說)' 하는 말로 시작된다.

3) 신선(神仙) : 도교에서는 벽곡[辟穀 : 화식(火食)이 아닌 생식(生食)]을 하며 수양해 득도한 사람을 신선이라고 한다. 이는 도교의 여러 신앙을 바탕으로 형성된 매우 복잡한 개념으로 때로는 도교의 최고신이라 할 수 있는 천존(天尊)과 그 밖의 여러 천신(天神)이나 지상의 여러 신들을 망라하는 포괄적 개념으로 쓰이기도 한다. 또 변화에 능해 신통(神通)한 경지에 이른 사람을 신선이라 하는데 《천은자(天隱子)》라는 책에 따르면 "인간 세계에 살면 인선(人仙), 하늘에 있으면 천선(天仙), 땅속에 있다면 지선(地仙), 물속에 있으면 수선(水仙)이라 하니 곧 변화에 능통한 자를 신선"이라고 했다.

4) 팔선(八仙) : 이철괴 등 팔선(八仙)이 민간 속신(俗信)으로 자리 잡은 것은 원대(元代) 이후라고 한다. 명대의 유명한 극작가인 왕세정(王世貞, 1526~1590)은 〈제팔선상후(題八仙像後)〉라는 글에서 다음과

째라고 한다.

 철괴의 성은 이씨이고 본명은 현(玄)이었다. 철괴[鐵拐. 괴(拐)는 '지팡이', '절뚝거리다'라는 뜻]란 이름은 신선이 되어 남의 신체를 빌려, 본모습을 바꾼 뒤의 이름이다.
 철괴 선생은 본래 그 바탕이 보통 사람들의 골격을 타고나지 않았으며, 그의 학문 연원은 매우 오래되었고 또한 심오했다.
 본래 철괴 선생은 훤칠한 키에 우람한 체구의 대장부였다. 오행(五行)[5]의 정기가 모인 그 정신은 총명했고 천지의 심오한 이치에 밝았다.

같이 말했다. "이로써 팔선에는 노인으로는 장과로, 젊은이는 남채화와 한상자요, 장수(將帥)라면 종리권, 서생(書生)으론 여동빈, 귀인(貴人)으로는 조국구요, 병자(病者) 같은 철괴리, 여인으로는 하선고가 있다. 이 모두가 재미난 구경거리가 아닌가?" 두보(杜甫)의 고시〈음중팔선가(飮中八仙歌)〉는 두보가 살았던 당시 술을 즐긴 명사 여덟 명을 팔선이라 칭했다. 곧 팔선에 관한 이야기가 당대(唐代) 민간에 널리 알려졌음을 알 수 있다.

5) 오행(五行) : 수(水), 화(火), 목(木), 금(金), 토(土)의 다섯 가지 물질을 지칭하는 데서 시작해 만물을 구성하는 요소를 바로 오행이라 했다. 오행은 상생상극(相生相克)한다. 인체는 물론 섭생(攝生), 방위, 계절, 왕조의 교체까지도 모두 이와 연관 지어 인식했다.

20여 세의 이철괴는 식솔을 거느리거나 가사를 살피는 데는 마음을 쓰지 않았다. 그보다는 대도(大道)를 깨치고 금단(金丹)6)을 얻고자 했다.

이철괴는 우주 자연과 인간에 대해 천지는 본래 모두 공(空)이며 인생은 하나의 환상(幻相)과 같다고 생각했다.

온 세상 사람들의 욕망과 감정은 인간의 본성을 해치는 도끼[斧]이며 인간들이 추구하는 부귀공명은 그 모두가 인간의 착한 본마음을 죽이는 짐이라는 새의 독, 즉 짐독(鴆毒)7)이라고 여겼다.

온 천하 만백성 위에 군림하는 천자마냥 고귀하고, 온 천하를 다 차지한 부자라 할지라도 잠시 후 사라지니 인간

---

6) 금단(金丹) : 옛날부터 도사들은 황금과 여러 비약을 넣고 적당히 가열해 옥액(玉液)을 얻었고 수은이나 아연, 납 등 여러 가지 광물을 가열하거나 제련해 황금색의 약금(藥金)을 얻었는데 이를 통틀어 금단이라고 했다. 이런 금단을 복용하면 불로장생할 수 있었으니 일찍이《포박자(抱朴子)》를 저술한 동진의 갈홍(葛洪)은 "금단은 오래오래 가열할수록 그 변화는 더욱 오묘해지는데 이 금단을 복용하면 인간의 신체를 단련해 늙지도 죽지도 않는다"고 했다.

7) 짐독(鴆毒) : 짐(鴆)은 짐새 짐이다. 중국 남방에 사는 올빼미 비슷한 독조(毒鳥)로 살무사[蝮]를 잡아먹고 산다. 짐새의 깃털을 술에 넣고 저으면 사람을 죽이는 독주(毒酒)가 된다.

이 그토록 갈구하는 부귀공명이란 것이 하늘에 떠가는 구름과 무엇이 다르랴?

없는 줄 알았더니 어느새 나도 갖고 있는 것, 그리고 있는가 생각하면 곧바로 없어지는 것이 부귀공명의 정해진 이치[常理]가 아니겠는가?

그리고 모든 사람마다 자신만의 세계나 즐거움 또는 추구하는 가치가 있는 것이 바로 인생이 아닌가? 꼭 모두가 다 갖고자 하는 부귀공명을 얻으려 세월을 허송해야 하는가? 이 세상을 눈으로 보지 않고 마음을 통해서 보면 어떨까?

눈으로 세상과 사물을 보지 않고, 마음으로 세상을 보는 것, 이를 반관(反觀)이라고 하는데, 반관은 자신의 모든 심혈을 다 기울여야 한다. 어찌하여 인간들은 신선의 세계가 존재한다는 것을 믿지 않을까? 고달픈 육신을 혹사하면서도 부귀공명의 속세를 왜 벗어나지 못할까?

이철괴는 인간의 천성 내지 진성(眞性)을 닦고 길러야 한다[修眞]는 뜻을 세웠다. 이철괴의 결심은 확고했다.

이철괴는 가족과 친우와도 헤어졌다. 깊고도 그윽한 맑은 계곡을 찾아 들어가, 바위굴에 몸을 의탁하고, 돌을 쌓아 문턱을 삼고, 띠 풀을 엮어 자리를 만든 뒤, 마음과 육신의 수양에 전념했다. 마음을 비우고 욕심을 털어 내며, 육신의 욕구를 억제했다.

이철괴는 천지간의 원기(元氣)를 들이마시는 호흡에 의한 양생법(養生法)인 복기(服氣)를 시험했다. 자신의 육신을 단련해 자연의 변화에 무리 없이 적응하기 위한 노력도 기울였다. 이것을 연형(煉形)이라 하지 않는가?

이철괴는 최소한의 음식과 수면으로 육신을 영위하며 온갖 고통을 참아 내는 정신과 육신의 단련으로 속세의 티끌을 떨어 버렸다.

해와 달이 바뀌면서 1년이 지났고, 해가 바뀌어도 철괴의 수련은 계속 강화되었다. 그러나 철괴 혼자의 수련은 그 한계가 있는 것 같았다.

문을 걸어 잠그고 혼자 독서할 경우 깨닫지 못하는 부분이 있으면 어떻게 해야 하는가? 이끌어 줄 스승이 없을 때, 자신의 생각이나 결론이 가장 옳은 것으로 알고 자기 마음을 자신의 스승으로 삼는 것을 사심자용(師心自用)[8]이라 하지 않는가?

---

[8] 사심자용(師心自用) : 자기만 옳다고 고집하고 남의 말에 귀를 기울이지 않다. 독선적이어서 제멋대로 행동하다. '사심(師心)'은 자기 마음(心)을 전적으로 따르며 타인의 가르침이나, 이미 통용되는 법도를 따르지 않는다는 뜻이다. 사심자임(師心自任) 또는 사심자시(師心自是)와 같다. 사심은 《장자(莊子)》〈인간세(人間世)〉에 보인다.

이철괴는 맹렬히 반성했다.

"사심자용은 안 돼! 실제에 도달할 수 없어!"

대롱[管]으로 하늘을 보고 표주박으로 바닷물을 헤아릴 수 있는가? 혼자만의 고행과 수련으로는 결국 위대한 깨달음, 곧 대관(大觀)을 얻을 수 없다. 전체를 보지 못한다면, 대도(大道)를 보지 못하나니, 대관을 얻어야 해!

이철괴는 자신과 같은 성씨로, 도인(道人)들의 원류이며 신선의 제일 어른[仙祖]이라 할 수 있는 태상노군(太上老君)[9]을 떠올렸다. 태상노군은 지도(至道), 곧 지극히 크고 지극히 정밀한 지대지정(至大至精)의 도(道)[10]의 상징으로 세상에 알려져 있었다.

보통 노자(老子)[11]라고 부르는 노군(老君)은 당시 섬

---

9) 태상노군(太上老君) : 도교에서 노자(老子)에 대한 지존(至尊) 신(神)으로서의 칭호. 태상(太上)은 '가장 높다'는 뜻으로 최상 최고의 신에 대한 칭호다. 노군(老君)은 당(唐) 측천무후 이후 노자에 대한 호칭으로 사용되었다.
10) 도(道) : 도를 한마디로 정의하는 것은 불가능하다. 도가에서는 도를 모든 사물의 근원으로 인식했다. 도를 체득하고 통달하는 것이 곧 도덕 수양이다.

서(陝西)의 화음(華陰)에 있는 화산(華山)12)에 머물고 있었다.

태상노군은 모든 도인들의 전형이며 모범이니 온 마음을 기울여 스승으로 모셔야 한다고 이철괴는 생각했다. 노자의 가르침을 직접 받아, 인간의 본 성품에 따라 천성을 수양해 내 평생의 소원을 이루어야 하지 않겠는가?

이철괴는 간단한 짐을 꾸렸다.

멀고 먼 길을 따라 별을 헤아리고 달빛을 받으며 물가와 비탈길을 걸었다. 바위 아래에서 잠을 잤고 바람을 들이마셔 아침을 대신하고 몸이 고달파도 쉬지 않았다. 땅을 딛고 하늘을 보며 산의 경치를 바라보고 마음을 쉬었다

---

11) 노자(老子) : 노자의 이름, 자(字)에 대해서는 이론이 많다. 노자에 관한 역사 기록으로 《사기(史記)》〈노자 한비자 열전(老子韓非列傳)〉이 있다. 노(老)는 인격이 높고 나이가 많은 사람을 지칭하고, 자(子) 역시 존중해서 부르는 칭호이기에 '노자'라는 단어에는 성명이 들어 있지 않다. 노자가 책을 지칭할 때는 《노자도덕경(老子道德經)》을 말한다.

12) 화산(華山) : 지금의 중국 산시성(陝西省) 화인현(華陰縣)에 있는 산으로, 해발 2200미터다. 중국 오악(五嶽) 중 서악(西嶽)에 해당한다. 기험 천하제일(崎險天下第一)의 산으로, 중국 도교 역사상 아주 중요한 명산이다.

가 굽이도는 물길에 마음을 씻었다. 옛 시인 누군가의 시 구절이 있지 않은가?

　　화로에 연단하는 분은 누구인가?
　　육신을 도야해서 새로 태어나리!
　　남아로 천기(天機) 묘체를 터득해,
　　속세의 풍진을 벗고 우뚝 서리라.
　　誰把紅爐大冶調?　陶將皮袋出英豪!
　　男兒識得機關巧,　脫出風塵便是高.

　시를 읊은 이철괴는 부지런히 발걸음을 옮기며 하루도 쉬지 않았다.
　마침내 이철괴는 화산(華山)에 이르렀다.
　과연! 명성 그대로 명산의 명산이었다. 기괴한 암벽이 가득하고 소나무와 잣나무는 뒤섞여 더욱 푸르러 하늘을 매만지면서 하늘의 푸른 기운을 받아 내리는 것 같았다.
　천 길 낭떠러지와 만 길 높은 봉우리가 있고 그 사이로 상서로운 안개 같은 구름이 짙게 깔렸다. 학과 물새가 나란히 날아 시인 묵객의 시심(詩心)을 불러일으키고, 물과 바위가 함께 푸르니, 숨어 살며 도를 닦으려는 은자들에게는 불로장생을 꿈꾸게 했다. 그렇기에 누군가가 시로 화산을 읊었다.

태상노군(太上老君 : 노자)

떨어진 폭포 냇물 정갈하고,
안개가 가물가물 흩어진다.
백운이 돌아 한데 모이나니,
거기에 응당 신선 있으리라.
散瀑涓涓淨,　凝煙藹藹飛.
白雲回合處,　應是至人棲.

　이철괴가 시를 읊고 나니, 어느덧 집집마다 저녁연기가 피어오르더니 이어 산 능선에 하얀 달이 살짝 걸렸다. 이철괴는 혼자 생각해 보았다. 이 늦은 밤중에 대문을 두드려 찾아뵙는다면 오히려 불경(不敬)이 아니겠는가?
　이철괴는 산 아랫마을에서 하룻밤을 유숙했다. 과연 내일 아침, 노군(老君)과 완구(宛丘) 선생[13]을 만나 뵐 수 있을는지?

---

[13] 완구(宛丘) 선생 : 제명환(制命丸)을 복용하고 신선이 되었는데, 은(殷) 말기 이미 1000여 세가 넘었으며, 신선 팽조(彭祖)의 스승이라는 전설 속의 신선이다.

제2회. 노자는 도교의 원류다
노군도교원류(老君道敎源流)

　노군(老君)은 태상노군(太上老君)[14]이다. 태상노군은 천지가 개벽(開闢)하기 이전 혼돈(混沌)의 시대 이후 원기(元氣)가 오랜 세월을 두고 모여 인간의 육신으로 모습을 바꾸어 어디에도 의탁한 바 없이 홀연히 탄생했는데, 그 실체는 시대에 따라 수시로 변화해 왔으나, 그때마다 어떻게 탄생했다는 흔적은 없었다.

---

14) 태상노군(太上老君) : 불교 사찰에 삼세불 또는 삼신불(三身佛)을 모신 것처럼, 도교의 사원인 도관(道觀)에는 삼청(三淸)을 받들고 있다. 도교의 삼청이란 옥청(玉淸) 원시천존(元始天尊), 상청(上淸) 영보천존(永寶天尊), 태청(太淸) 도덕천존(道德天尊)을 말한다. 이 중 태청 도덕천존은 보통 태상노군(太上老君)이라 부르는 노자(老子)다. 또 삼청이란 때때로 삼위의 천존이 거주하는 삼청천(三淸天), 즉 삼청경(三淸境)을 지칭하기도 한다. 삼청천은 태청천(太淸天), 상청천(上淸天), 옥청천(玉淸天)으로 36천 중 신선이 거주하는 최고의 선경을 의미한다. 본래 도교는 노자를 조사(祖師)로 성립되었고 노자의 《도덕경》을 경전으로 삼고 있다. 그러나 뒷날 도교에서는 노자 한 사람만으로는 불교 삼세불의 기세를 당할 수 없다고 생각해 원시천존과 영보천존을 만들어 불교의 삼세불과 숫자를 맞추었다고 한다. 도교에서는 태상노군을 도가 사상의 창시자이며 최고의 신으로 받들지만 서열상으로는 3위에 자리하고 있다.

아주 먼 옛날 상(商)나라의 탕왕(湯王) 때에 이르러 태청경(太淸境)에서 그 신령이 나뉘어서 하나의 기(氣)로 변했다.15) 그 기가 현묘옥녀(玄妙玉女)16)의 태 속에 들어가 81년을 지냈다.

노자는 은(殷)나라의 무정(武丁) 임금이 있던 경진년 2월 5일 새벽에 초(楚)의 고현(苦縣)17) 뇌향(賴鄕) 곡인리(曲仁里)의 큰 오얏나무 아래에서 현묘옥녀의 왼쪽 겨드랑이[左腋]를 뚫고 태어났다.

노자는 태어나면서 오얏나무[李]를 가리키며 "이것이 나의 성씨다"라고 말했기에 이씨를 성으로 삼았다. 그리고 이름을 이(耳)라 하고 자(字)는 백양(伯陽), 호는 노담[老聃. 담(聃)은 '귓바퀴가 없다'는 뜻]이라고 했다.

---

15) 그 신령이 나뉘어서 하나의 기(氣)로 변했다 : 원문은 '分神化氣'.

16) 현묘옥녀(玄妙玉女) : 노자를 임신해 출산한 신. 무상원군(無上元君) 또는 무상원녀(無上元女)라고 한다. 《역대 신선 통감(歷代神仙通鑑)》이란 책에 따르면 하계에 내려온 신으로 천수현(天水縣)에서 윤씨의 딸로 태어났다고 한다. 그 뒤 하늘에서 떨어지는 오색 구슬을 먹고 임신해 81년 뒤 노자를 출산하고 승천했다고 한다.

17) 초(楚)의 고현(苦縣) : 지금의 중국 허난성(河南省) 동부 저우커우시(周口市) 관할 루이현(鹿邑縣).

노자는 태어나면서 백발이었다. 얼굴은 전체적으로 황백색이었고 이마에는 하늘로 향한 세 줄기 주름살이 있었으며, 넓은 이마의 가운데에 뼈가 태양처럼 툭 불거져 있었다. 귀는 상당히 크고도 길었고 눈은 작았으며 코는 우뚝 솟았고 코뼈에 쌍기둥이 있었다. 귀에는 구멍이 셋 있었고 얼굴에 멋진 수염이 있었다. 입은 반듯했고 치아는 듬성듬성 났다. 손에는 10간(干) 발에는 12지(支)가 새겨져 있었다.

뒷날 주(周) 문왕(文王)이 서백(西伯)일 때, 노자를 불러 궁중의 도서를 관장하는 수장사(守藏史)라는 관직에 임명했다. 문왕의 아들 무왕(武王) 때 노자는 주하사(柱下史)가 되었다.

그 후 노자는 서쪽 끝의 여러 나라와 천축국(天竺國 : 인도) 등을 여행하고 강왕(康王) 때 주나라로 다시 돌아왔다. 그리고 또다시 서역 여러 나라를 개화시키려고 강왕 23년에 청우(靑牛 : 검은 소)[18]가 끄는 수레를 몰고 함곡관을 거쳐 서역으로 여행하려고 했다.

---

18) 청우(靑牛) : 털이 푸른색인 소는 없다. 검은 털의 소다. 청(靑)은 검푸른빛이다. 청의(靑衣)는 검은 옷으로, 주로 하인이나 노비의 옷이다. 가장 얻기 쉬운 염료는 나무를 태운 재[灰]다. 청의동자는 검은 옷(잿빛 옷)을 입은 어린 하인이다.

당시 함곡관을 지키던 관령(關令)인 윤희(尹喜)[19]는 이런 사실을 알고 노자로부터 도를 전수받아 대도를 터득하려고 했다. 윤희의 자는 공문(公文)으로 천수현(天水縣) 사람이었다.

　그의 모친이 윤희를 임신했을 때, 하늘에서 붉은 비단이 내려와 자신의 몸을 덮어 주는 꿈을 꾸었다. 윤희가 태어날 때, 집안 마당에 연꽃이 자라나, 그 꽃이 마당을 가득 채웠다.

　윤희는 자라면서 학문을 좋아했고 특히 천문에 밝았다. 그의 눈에는 태양과 달의 정기가 빛났고, 긴 수염이 앞가슴을 덮고 휘날리니 그야말로 천신(天神)의 자태 그대로였다. 윤희는 주(周)나라 강왕 때 대부가 되었다.

　어느 날, 윤희는 천문을 보았다. 윤희는 동방에서 자색(紫色 : 보라색) 기운이 뻗쳐 오는 것을 보고 성인이 함곡

---

19) 윤희(尹喜, 생몰년 미상) : 자(字)는 공도(公度), 또는 관윤(關尹). 주(周) 소왕(昭王) 때의 함곡관령(函谷關令). 《사기(史記)》〈노자한비열전(老子韓非列傳)〉에는 윤희의 요청에 따라 노자가 도덕(道德)에 관해 5000자(字)를 저술했다고 되어 있는데 곧 《노자도덕경》이다. 《한서(漢書)》〈예문지(藝文志)〉에는 윤희가 《관윤자(關尹子)》 9편을 편찬했으나 이미 망실되었다고 기록했다.

윤 진인(尹眞人 : 윤희)

관을 지나 서쪽으로 갈 것이라고 생각했다. 윤희는 대부이면서 함곡관의 관령이 되었다. 함곡관의 책임자가 된 윤희는 하급 관리인 손경(孫景)에게 말했다.

"그 모습이 보통 사람과 다르게 특이하면서도 평복 차림으로 이곳을 지나가는 분이 계시면 그 모습을 잘 살펴 나에게 꼭 알려야 한다."

그 뒤, 7월 12일 갑자일에 노자는 청우가 끄는 흰 수레를 타고 함곡관에 나타났다. 노자의 수레는 서갑(徐甲)[20]이 몰고 있었다. 이를 본 손경은 즉시 윤희에게 알렸다. 윤희는 기뻤다.

"오늘 드디어 성인(聖人)을 만나 뵙는구나."

윤희는 즉시 관복을 입고 노자를 정중히 영접했다. 윤희는 무릎을 꿇고 고개를 숙이며 말했다.

---

[20] 서갑(徐甲) : 도교의 선인(仙人), 태상노군의 종신(從神). 도교에서는 남화진인(南華眞人) 장주[莊周, 장자(莊子)], 충허진인(沖虛眞人) 열어구(列禦寇), 통현진인(通玄眞人) 신학(辛學), 동령진인(洞靈眞人) 경상초(庚桑楚)를 4대 진인(四大眞人)으로 받든다. 여기에 문시진인(文始眞人) 윤희(尹喜), 질초진인(質初眞人) 서갑(徐甲), 귀생진인(貴生眞人) 양주(楊朱) 등 7인을 '노군 문하 칠진인(老君門下七眞人)'이라고 숭배한다.

"저는 윤희입니다. 성인께서는 잠시 수레를 멈추시고 가르침을 베풀어 주십시오."

이에 노군이 말했다.

"나는 관동(關東)에 살던 빈천한 늙은이이니, 나를 알 리가 없을 것이오. 내가 잠시 머문다면 그저 나무나 좀 해 줄 수 있겠지만, 무슨 연유로 날 만류하시는가? 그냥 떠나 가겠소."

윤희는 황공해 더 깊숙이 고개 숙이며 말했다.

"대성께서 어찌 나무를 하신다고 말씀하십니까? 대성 께서 서쪽으로 여행하신다는 것을 알고 오랫동안 사모하 며 기다렸습니다. 며칠만이라도 머물러 주십시오."

"중국 서쪽 험한 땅에 부처라는 착한 사람이 있어 무위 (無爲)[21]의 도를 잘 수련하며 바른 도를 꾸준히 실천하려 한다는 말을 들은 적이 있소. 그래서 나는 이곳 함곡관을 지나 서쪽으로 여행해 부처를 한번 만나 가르침을 주려 했

---

[21] 무위(無爲) : 도가 사상을 가장 잘 나타내는 말. 곧 자연에 순응함을 이른다. 아무것도 하는 일이 없지만 이루지 못하는 일이 없다는 뜻으 로, 인간의 작위(作爲)를 부정한다. 보통 무위자연(無爲自然)이라 하 지만 무위자연을 교과서적으로 일목요연하게 언급하기란 쉽지 않다. 《노자도덕경》 2장 "…是以聖人 處無爲之事 行不言之敎…", 3장 "爲無 爲則無不治", 그 외 10장, 20장, 47장, 48장, 51장, 64장 참고.

던 것이니, 그저 지나가는 사람을 머물게 해 무얼 하시려는가?"

"대성의 신령스러운 모습을 이렇듯 직접 뵈오니 바로 천상의 지존(至尊)이심을 알았습니다. 변방의 하찮은 말단 관리라고 버리지 마시옵소서. 어리석은 저를 생각해 가르침을 베풀어 주시길 간절히 바랄 뿐이옵니다."

윤희가 재삼 간절히 요청하자 노자가 물었다.

"그대는 내가 지나갈 것을 어떻게 알았는가?"

"지난겨울 10월에 천성성(天聖星)이 서쪽으로 묘수(昴宿)를 지나갔습니다. 그리고 이달 초부터 동북에서 훈훈한 동북풍이 세 번 불어왔으며, 동방의 진기(眞氣)가 용과 뱀의 기운을 굴복시키면서 서쪽까지 영향을 주었습니다. 이 모두가 바로 대성이 출현하신다는 증거이기에 성인께서 이곳 함곡관을 지나가실 것이라 생각했습니다."

윤희의 말에 노자는 기쁜 듯 웃으면서 말했다.

"대단하도다! 자네가 나를 알았고 나도 자네를 알았노라. 자네가 벌써 그만한 신통력을 갖고 있으니 당연히 인간들을 제도할 수 있을 것이네."

이에 윤희는 재배하고 다시 말했다.

"제가 감히 대성의 존함을 여쭈어도 괜찮겠습니까?"

"나의 이름이야 먼 태곳적부터 수없이 많은 여러 가지로 불려 왔으니 그것을 어찌 모두 다 말할 수 있겠는가? 요즈음 성은 이씨이고, 자(字)는 백양일세."

윤희는 관사에 노자의 숙소를 마련하고 제자의 예를 갖추어 지성으로 받들며 가르침을 받았다. 노자는 그때 100여 일을 머물렀다. 그동안 노자는 마음을 단련하고 신기(神氣)를 보양하는 수진(修眞)[22]의 여러 비법을 윤희에게 전수해 주었다.

그 무렵 노자의 마부는 서갑(徐甲)이었다.

서갑은 본래 죽어 백골만 남아 있었는데 노자가 도술로 살려 내었고, 서갑은 하루에 100전씩 받기로 하고 노자를 위해 청우를 사육하고 수레를 몰았다. 서갑은 속세의 재물을 원했고 노자는 서갑에게 "함곡관에 도착하면 200년간 밀린 품삯 720만 전을 주겠다"고 말했다.

서갑은 함곡관에 이르는 그 먼 길을 오는 동안 노자에게 자주 돈을 요구했다. 이에 노자는 "내가 가려는 곳이 멀긴 하지만 그곳에 도착하면 그만한 황금으로 너에게 보상하겠다"고 말했다.

노자가 함곡관에 머물던 어느 날, 서갑은 들에서 소에게 풀을 뜯기고 있었다. 노자는 서갑을 마지막으로 시험

---

22) 수진(修眞) : 진리를 닦다. 수진양성(修眞養性).

해 보기로 했다.

  이에 노자는 퇴임한 관리처럼 자신의 모습을 바꾼 뒤에, 길상초(吉祥草)를 뽑아 젊은 딸로 만들어 가지고 서갑 앞에 나타났다. 서갑은 노인의 재산과 노인의 외동딸에 현혹되었다. 서갑을 사위로 삼겠다는 노인의 말에 서갑은 노자에게서 떠나기로 마음먹고 윤희를 찾아갔다. 서갑은 노자가 약속을 어기고 품삯을 한 푼도 주지 않았다고 고발했다.

  이에 노자가 서갑에게 말했다.

  "네가 나를 따라다닌 지 벌써 200여 년이 되었거늘 너는 어찌 이를 알지 못하고 나를 고발했느냐?"

  노자는 말을 마치면서 서갑의 입천장에 붙여 두었던 태현생부(太玄生符)23)를 떼어 냈다. 그 순간 서갑은 한 무

---

23) 태현생부(太玄生符) : 부적(符籍)의 한 종류. 도교 기본 술법의 한 가지로 부(符 : 부적)가 있다. 부적은 도사가 술법을 행할 때 사용하는 종이나 비단, 목간 혹은 건축물에 쓴 문자(엄밀히 말하면 문자와 같으나 문자가 아니다)나 도형을 말한다. 도사는 이 부적을 통해 귀신을 부리거나 잡귀나 악귀를 진압하거나 병을 치료하고 복을 빌어 준다. 《운급칠첨(雲笈七籤)》 45권에 따르면 "부적은 삼광(三光 : 해, 달, 별)의 신령스러운 문자이며 천진(天眞)의 신표"라 했고 또 "도술의 비법은 오직 부(符)와 기(氣)와 약(藥)뿐"이라 해서 부적이 도술에서 얼마나 중요한가를 증명하고 있다. 부적을 태운 재를 물에 푼 것을 부수(符水)라 하

더기 백골로 변했다. 부적의 붉은 글씨는 마치 새것처럼 선명했다. 그 사연과 모습을 듣고 본 윤희는 노군 앞에 고개를 숙이고 말했다.

"어리석은 그 사람이지만 불쌍히 여겨 다시 생명을 주십시오."

노자가 태현생부를 백골 위에 던지자 서갑은 다시 살아났다. 서갑은 진정 부끄러웠다. 윤희는 서갑에게 충분한 돈을 주고 예를 갖춰 그를 떠나보냈다.

어느 날, 노자는 윤희에게 말했다.

"그전 날 내가 자네에게 서쪽에 부처란 사람이 무위의 도를 잘 실천한다고 말한 적이 있네. 이는 곧 나의 몸이 서쪽 천축국에 태어나 그곳에서 교화를 해야 한다는 뜻이었네. 내가 그쪽 사람들을 교화하고 돌아와야 하는데 이제는 내가 떠날 때가 되었네."

윤희는 절을 올리며 모시고 따라가겠다고 말했다. 그러자 노자가 말했다.

"나는 하늘과 땅의 모든 곳과 지하 세계, 동서남북의 사

는데 이를 마시면 병을 치료할 수 있다고 믿었다. 《운급칠첨》 57권 〈부수론(符水論)〉 참고.

유(四維)와 팔방의 맨 끝이라 할 수 있는 팔극(八極) 그리고 우주의 상하 어느 곳이든 가야 하네. 자네가 비록 나를 따라다니며 내 시중을 들겠다지만 자네에겐 불가능한 일일세."

그러나 윤희는 굳은 의지를 내보이며 말했다.

"불 속이건 끓는 물 속이건 아니면 하늘 끝이나 땅속 끝이라도, 이 몸이 다하더라도 모시고 가겠습니다."

"아닐세! 자네가 비록 나를 따라 시중들겠다지만 그보다는 우선 도를 닦아야 하네. 비록 나한테서 도를 전수받았다지만 아직 짧은 기간이기에 신통한 경지에 이르지 못했네. 그러니 어떻게 나를 따라올 수 있겠는가? 자네는 이곳에 남아 도를 더 닦으면 머지않아 도를 완전히 깨쳐 여러 나라를 돌며 교화할 수 있을 것일세."

그러고서 노자는 《도덕경(道德經)》[24]을 지어 자신의

---

24) 《도덕경(道德經)》: 도교의 가장 기본이 되는 경전으로 《노자오천문(老子五千文)》 또는 《도덕진경(道德眞經)》이라고 부른다. 운문체로 쓰였고 글은 간결하면서도 뜻은 깊다. 《노자도덕경》에서 도(道)는 본질이고 덕(德)은 그 작용이라 할 수 있다. 한나라 하상공(河上公)의 《노자장구(老子章句)》에 총 81장 중 앞쪽 37장을 도경(道經), 뒤쪽 44장을 덕경(德經)이라고 구분했기에 《도덕경》이라 부른다. 현존하는 최고본(最古本)은 1973년 중국 창사시(長沙市) 마왕퇴(馬王堆) 3호 고분에서 출토된 《노자갑을본(老子甲乙本)》으로 한고조(BC 206~BC

도에 관한 오묘하고 큰 뜻을 윤희에게 전수했다. 아울러 3년 뒤 촉 땅의 청양(靑羊) 저잣거리로 자신을 찾아오라고 했다.

말을 마친 노자는 몸을 솟구쳐 공중에 올라 구름 꼭대기에 단정히 앉았다. 그리고 다섯 줄기 광명과 함께 온몸에서 번쩍이는 금빛 광채를 내며 사방을 밝혔다. 이어 천천히 함곡관을 오색구름이 감싸면서, 노자는 서쪽으로 사라졌다.

윤희는 눈물을 흘리면서, 노자의 모습을 놓치지 않으려고 하늘 끝을 응시했다. 윤희의 가슴에는 오직 스승에 대한 연모의 마음뿐이었다. 노자가 떠나던 그날, 모든 강물이 범람하고 산천이 진동했으며 하늘에는 오색의 찬란한 빛이 태미성(太微星)까지 뻗쳤고 온 나라에는 밝은 빛이 넘쳤다.

윤희는 그날 이후 성심으로 수신하고 제도하는 도법을 연마하면서 인간의 방자, 사치, 욕망을 다스려야 한다는 스승의 말씀을 《노자서승경(老子西昇經)》[25] 36장으로 엮

---

195 재위) 때 쓰인 것으로 알려졌다. 한대 이후 약 200여 종의 각종 주석서가 만들어졌다고 하는데, 약 90여 종이 지금도 통용된다고 한다.

었다. 이 《노자서승경》에 따르면 수신(修身)할 때, 온갖 욕망을 털어 버리고 생각을 멈춘 마음의 평정 속에 수일(守一)26)해야 하며 육신과 정신이 하나가 되어야만 장생(長生)할 수 있다고 했다.

---

25) 《노자서승경(老子西昇經)》: 남송(南宋) 시대에 지어진 도교 경전의 일종. 부처가 노자의 가르침을 받았다는 내용으로 도교를 높이고 불교를 낮추려는 의도로 지었다고 한다. 도교는 불교의 중국 전래 이후에 종교적 틀을 갖추어 나갔기에, 불교와 경쟁하면서 다른 한편으론 불교의 예배나 독경 또는 계율과 교리와 형식 등을 차용할 수밖에 없었다. 물론 불교의 중국화 과정에서도 중국의 전통적인 용어나 도교적 내용도 불교 속에 수용되었을 것이니 결국 불교와 도교는 서로 도움을 주고받았다고 말할 수 있다.

26) 수일(守一): 도교에서 말하는 수련의 한 방법. 모든 생각을 육신의 한곳에 모아 그 기(氣)와 신(神)이 육체를 지키게 하는 것이다. 본래 인간의 혼(魂)은 정신적인 활동을 주관하고 백(魄)은 육체의 생명을 주관한다. 인간의 정신과 육체는 분리될 수 없기에 혼과 백 또한 분리될 수 없다. 혼과 백, 이 두 가지가 완전히 하나로 합일할 때 비로소 완전한 마음이 형성된다. 그러나 인간이 욕망과 여색 또는 안일을 얻고자 하면 그쪽으로 끌리는 육체와 그것을 억제하려는 마음으로 나뉜다. 그렇게 되면 진정한 혼은 사라진 것이다. 인간의 정신이 건전하지 않고서야 어찌 심오한 도를 체득할 수 있겠는가? 정신이 도에 집중되어야만 기가 흩어지지 않고 전일(專一)하게 될 수 있으며 그렇기 때문에 도의 습성인 부드러움과 조화, 즉 유화(柔和)를 체득할 수 있다. 그래야만 어린 아이처럼 깨끗하고 순수해져 인간의 본성을 끝까지 지킬 수 있고 그 때문에 장수할 수 있는 것이다.

윤희는 인간 속세의 여러 사연들과 단절하고 오직 연단에만 전념해 성공을 거두었다. 또한 스승으로부터 전수받은 도덕경의 오묘한 큰 뜻에도 통달했다. 아울러 윤희는 《관윤자(關尹子)》 9편을 저술해 그 묘체를 밝혔는데, 《관윤자》는 보통 《문시진경(文始眞經)》이라고도 부른다.

윤희와 헤어진 노자는 승천한 다음 해, 태미궁에서 분신(分身)해 촉의 높은 관리인 이 대관(李大官)의 아들로 태어났다. 동시에 청룡을 양으로 바꾸어 그 집에 태어나게 했다. 그 양은 온몸에 푸른 털이 가득했고 어린아이는 늘 그 푸른 양을 데리고 놀았다. 그러던 어느 날 그 양이 어디론가 모습을 감추었다. 이 대관의 하인들이 양을 찾아 나섰다. 마침 어린 하인 아이가 청양을 찾았다.

한편, 3년이 지나자 윤희는 서쪽으로 촉(蜀) 땅에 들어가서 청양(靑羊)의 저잣거리를 찾았다. 그러나 촉의 어디에도 청양이란 거리는 없었다. 거리를 돌아다니던 윤희는 마침 이 대관 집 어린아이가 끌고 가는 청양을 보고 노자의 말씀이 무슨 뜻인가를 알았다.

'지금 푸른 양이 저잣거리를 지나고 있으니 스승께서 바로 여기에 계시지 않겠는가?'

윤희는 어린아이에게 다가가 물었다.

"이 양은 뉘 댁의 양인가?"

그러자 어린 하인이 말했다.

"우리 주인께서 아들을 한 분 얻으셨는데 아드님께서는 이 양을 특히 좋아하십니다. 그런데 이틀 전에 양이 없어지자 아드님이 울음을 그치지 않았습니다. 이제 겨우 양을 찾았습니다."

이에 윤희는 하인 아이에게 당부했다.

"빨리 들어가서 도련님께 윤희가 왔다고 말씀드려라."

어린 동자가 들어가 그대로 말하자 아이는 즉시 옷깃을 여미며 말했다.

"빨리 윤희를 모셔 오너라."

윤희가 그 집에 들어서자 갑자기 온 집 안에 광채가 나면서 마당 가운데에 큰 연꽃 좌대가 솟았다. 아이는 온몸에서 태양처럼 밝은 빛을 발했고 머리 뒤쪽에는 둥근 빛이 서려 있었다. 머리엔 칠보관을 쓰고 새벽의 정기인 신정(晨精)으로 지은 옷을 입고 아홉 빛깔로 번쩍이는 차일 아래, 연화대에 앉아 있었다. 온 집안사람들은 놀라 당황해서 어쩔 줄 몰랐다. 이에 그 아이가 부드러운 목소리로 또렷하게 말했다.

"나는 노군(老君)이다. 태미성은 나의 집이며 진일(眞一)은 곧 도(道)[27]이니 나의 몸이다. 또 태화(太和)[28]의 정기와 북두성의 혼백에 의해 사람의 모습으로 태어났다.

그리고 지금 찾아온 윤희는 나의 제자로다. 이제 모든 것이 다 밝혀졌거늘 그만 놀라도록 해라."

윤희는 무한히 기뻤다. 그 기쁨과 놀람은 끝이 없었다. 윤희는 노자에게 절을 올리며 말했다.

"오늘 다시 천안(天顔)을 우러러뵈니 이 기쁨 끝이 없습니다."

이에 노자가 말했다.

"전에 내가 자네를 이 세상에 남겨 두었던 것은, 자네가 인간 세상에 태어나 생활하면서 인간 세계의 온갖 은혜와 애정에 깊이 물들었고, 비록 나에게서 경전과 비결을 전수받았다지만 아직 크게 성공하지 못했기에 속세에서 기다리며 수련케 했던 것이네. 이제 연단의 기운이 몸에 실려

---

27) 도(道) : 노자가 말하는 도는 유가의 도와 다르다. 유가에서 말하는 도란 '인간이 가야 하는 바른길' 또는 '일을 처리하는 방법'이라는 의미가 있는 일종의 실천 도덕이며 사회생활의 규범과도 같은 것이다. 그러나 노자의 도는 우주의 근본으로 천지만물의 시초이며 생성, 변화, 소멸의 원리다. 또 천지의 운행과 인간의 존재와 삶이 모두 도에 순응하며 자연스럽게 이루어져야 한다고 주장한다. 노자가 말한 도의 속성을 이해할 수 있는 용어로 무(無), 허(虛), 정(靜), 유약(柔弱), 박(樸) 등을 생각할 수 있다.

28) 태화(太和) : 태(太)는 곧 대(大)로, 지고지극(至高至極)을 뜻한다. 대화(大和), 도(道)와 같다.

있고 묘체를 터득했으며, 마음은 자미성에 이어졌고 얼굴에 신령스러운 광채가 나며 신선이 거처하는 현포(玄圃)29)에 자네의 이름이 올라갔고 자방(紫房)30)에 옥찰(玉札)31)을 매었고, 기(氣)가 태미원(太微垣)32)에 합쳐지고 육신이 합진(合眞)했네."

노자는 즉시 천계 지계 수계의 삼계(三界) 내 모든 신선과 36중천(重天)33)의 모든 제군(帝君)과 십방(十方)의

---

29) 현포(玄圃) : 곤륜산(崑崙山)에 있다고 하는 선인(仙人)의 거주 지역.
30) 자방(紫房) : 신선의 거처. 자부(紫府)라고도 한다.
31) 옥찰(玉札) : 도교에서 말하는 천서[天書 : 경문(經文)]의 일종.
32) 태미원(太微垣) : 하늘의 별자리 구분. 사마천의《사기》〈천관서(天官書)〉는 별들의 관직표라 할 수 있는데 성좌를 인간 제왕 및 장상(將相)에 맞추어 배치했다. 즉, 하늘의 성좌를 세 구역으로 구분해 삼원(三垣)이라 했다. 삼원은 자미원(紫微垣), 태미원(太微垣), 천시원(天市垣)인데 북극성은 제왕성으로 자미(紫微)라 했다. 자미는 자궁(紫宮)이라고도 하는데《후한서》48권에 따르면 "하늘에 자미궁이 있는데 상제의 거처다(天有紫微宮 是上帝之所居也)"라고 했다. 이후 황제의 거처를 자미원의 자(紫), 일반인이 출입할 수 없는 곳이기에 금(禁)을 써서 자금(紫禁)이라 했다. 그래서 명·청대 북경의 황제궁을 자금성이라 불렀다.
33) 36중천(三十六重天) : 신선이 거주하는 하늘의 선계(仙界). 각각의 중천은 천신(天神)이 다스리는데 욕계(欲界) 6천, 색계(色界) 18천, 무색계(無色界) 4천, 4범천(梵天), 3청천(淸天)과 대라천(大羅天)을 합해

신왕(神王)들을 불렀다. 곧이어 하늘에서 여러 제군과 신과 신선들이 각종 향이나 꽃을 들고 내려와 고개를 숙이고 노자의 하명을 기다렸다.

노자는 오노상제(五老上帝)34)와 사극감진(四極鑑眞)35)들에게 명해 윤희에게 옥책금교를 주고 문시 선생(文始先生)36)이라고 부르도록 했다.

아울러 윤희를 무상 진인(無上眞人)으로 24천왕(天王)의 위에서 8만 신선들을 거느리게 했다. 또 용이 끄는 수레를 타고 하늘을 날 수 있게 했다. 동시에 촉의 이 대관 집 식구와 하인 등 200여 명도 그 집과 함께 승천했다.

36중천이라 한다.

34) 오노상제(五老上帝) : 목성(木星), 화성(火星), 토성(土星), 금성(金星), 수성(水星)의 5성을 주관하는 신.

35) 사극감진(四極鑑眞) : 사어(四御), 사극대제(四極大帝)라고도 한다. 사방의 온갖 일을 주관하는 신으로 북방의 북극자미대제(北極紫微大帝)는 모든 별[星宿]들을 통솔하고, 남방의 남극장생대제(南極長生大帝)는 모든 혼령[靈]을 다스리며, 서방의 태극황천대제(太極皇天大帝)는 모든 신(神)을 거느리며, 동방의 동극청화대제(東極靑華大帝)는 모든 생명체[類]를 주관한다.

36) 문시 선생(文始先生) : 윤희(尹喜)에 대한 존칭. 무상 진인(無上眞人), 구천 선백(九天仙伯)이라고도 한다.

그 뒤 주(東周)나라 경왕(敬王) 17년 공자(孔子)[37]는 노자를 찾아와 예(禮)에 대해 물었다.[38] 이때 노자가 공자에게 말했다.

"그대가 받들려는 사람들은 이미 죽어 뼈조차 없어졌고 오직 그들의 말만 남았습니다. 좋은 상인은 좋은 물건을 깊숙이 간직하되 빈 것처럼 보이며, 큰 덕을 갖춘 사람은 어리석은 것처럼 행동합니다. 그대의 교만과 욕심 그리고 그런 뜻을 버려야 합니다. 휘어지는 나무는 꺾이지 않고 우묵하게 팬 곳에 물이 고입니다. 훌륭한 사람은 자신의 존재를 드러내지 않아도 스스로 밝게 빛나고, 스스로

---

37) 공자(孔子) : 공자는 주 영왕 21년, 곧 BC 551년에 태어났다고 사기(史記)에 기록되었다. 경왕(景王) 17년이면 BC 528년에 해당한다.

38) 공자(孔子)는 노자를 찾아와 예(禮)에 대해 물었다 : 공자와 제자 남궁경숙(南宮敬叔)은 주(周 : 동주)의 도읍[지금의 뤄양시(洛陽市)]에 가서 노자에게 예에 관해 물었다. 주자朱子, 주희(朱熹)는 "노자가 주실(周室)의 주하사(柱下史)를 지내 예와 예절에 관해 알기 때문에 찾아가 물었다"고 말했다. 남궁경숙은 맹의자(孟懿子)의 아우이기에 노공(魯公)의 지원을 받을 수 있었다. 〈공자세가〉에는 방문한 연도 기록은 없고 노(魯) 소공(昭公)이 수레와 말 두 마리, 하인 한 명을 내주었다고 기록했다. 당시 주(周) 왕실은 낙양(洛陽)에 있었다. 공자가 주실(周室)로 노자를 방문한 시기를 공자가 '계씨사(季氏史)가 된 이후, 노 소공 20년 사이'의 일로 기록했다. 사실 공자가 노자를 만났다면 이는 중대한 일인데 《논어》에는 이에 관한 언급이 없다.

옳다고 주장하지 않지만 옳은 것은 절로 드러납니다. 스스로 뽐내지 않기에 성공할 수 있고 스스로 자랑하지 않기에 그 공덕은 오래가는 것입니다."

이에 공자는 물러나 탄식하며 말했다.

"새는 하늘을 날 줄 알고, 물고기는 헤엄칠 줄 알며 짐승은 달릴 줄 안다. 짐승은 그물로 잡고 물고기는 낚을 수 있으며 새는 활로 떨어트릴 수 있다. 그러나 용은 비바람을 몰고 다니기에 나는 용이 오르고 내리는 것을 볼 수가 없다. 노자는 아마도 용과 같은 분이라 생각한다."

주나라 열왕(烈王) 3년에 노자는 진(秦)을 지나갔다. 그때 진의 헌공(獻公)이 역수(曆數)에 대해 물었다. 이어 난왕(赧王) 9년에 다시 산관(山關)이란 곳에 출현했다가 곤륜산으로 날아갔다고 한다.

진(秦) 말기에 노자는 섬서(陝西)의 황하 가에 출현해 하상공(河上公)39)이라 칭하면서 안기생(安期生)40)에게

---

39) 하상공(河上公) : 전한(前漢)의 도가(道家) 학자. 성명은 미상이다. 강가에 초막을 짓고 살았으며 《노자》에 정통했다고 한다.
40) 안기생(安期生) : 전국 시대 진(秦)의 전설적인 방사(方士). 득도한 지 1000여 년에 동해 바닷가에서 약을 팔며 살았다. 당시 사람들이 천세공(千歲公)이라고 불렀다고 한다. 진시황(秦始皇)이 동해를 순행하

도를 전수했다. 한(漢)나라 문제(文帝, 한고조의 넷째 아들. BC 180~BC 157 재위)는 노자의 심오한 가르침을 좋아해 늘 하상공에게 사람을 보내 《노자도덕경》의 뜻을 물었다. 그러자 하상공이 말했다.

"도덕은 존귀한 것인 만큼 멀리서 사람을 보내 묻는 것이 아닙니다."

이에 문제는 즉시 수레를 몰고 하상공을 찾아와 말했다.

"하늘 아래 왕의 땅이 아닌 곳이 없고 땅에 사는 모든 이가 왕의 신하가 아닌 사람이 없다고 했으며 천하의 사대(四大)[41] 중 왕은 그 하나를 차지하고 있소. 그대가 비록 도를 터득했다지만 그대도 역시 짐의 신하이거늘 어찌 몸을 낮추지 못하고 스스로 고귀하다고 생각하시오? 그리고 짐은 사람을 부자로 또는 가난하게 만들 수도 있다는 사실을 그대는 알고 있소?"

면서 사흘 동안 대화를 나누었으며 '봉래산으로 나를 찾아오라'는 말을 했기에 진시황이 서불[徐市 : 서복(徐福)] 등을 보냈다는 이야기가 전한다.

41) 사대(四大) : 도교에서는 도(道), 하늘[天], 땅[地], 왕(王)을 사대(四大)라 한다. 《노자도덕경》 25장 "道大天大地大王亦大 域中有四大 而王居其一焉" 참고.

한 문제는 《노자도덕경》을 인용해 하상공에게 말했다. 한 문제는 자신이 사대의 하나라는 점에 긍지를 갖고 있었지만, 왕보다 더 큰 땅이 있고, 땅을 덮고 있는 하늘 그리고 하늘과 땅에 충만한 도(道)를 터득한 노자의 화신(化神)인 하상공을 알지 못했다.

  한 문제의 말을 들은 하상공이 손바닥을 비비자 그의 몸이 천천히 공중으로 떠올라 구름 위에 앉았다. 하상공은 100여 척 높이에서 아래를 내려다보며 문제에게 말했다.

  "이제 나는 천상의 세계에 있지도 않고 그렇다고 보통 사람 같지도 않으며 땅에 있지도 않습니다. 그러니 내가 어찌 폐하의 신하이며 폐하가 어떻게 나에게 부귀를 내려주거나 나를 빈천하게 만들 수 있겠습니까?"

  이에 황제는 크게 깨달은 바 있어 급히 수레에서 내려와 고개 숙여 사죄하며 가르침을 청했다. 이에 하상공은 황제에게 말했다.

  "왕은 땅을 법도로 삼고 땅은 하늘을 본받고 하늘은 도를 따르며 도는 자연을 본받습니다. 즉, 도의 본성은 자연입니다."

  그러면서 하상공은 문제에게 《노자도덕경》 한 권을 주었다.

한 성제(成帝 : BC 33∼BC 7 재위) 때, 노자는 곡양천(曲陽泉)이란 곳에 하강해 도사 우길(于吉)42)에게 《천하진록(天下眞錄)》이란 책을 한 권 주었다. 후한 장제(章帝, 75∼88 재위) 때에는 다시 우길에게 188계(戒)를 주었고 후한 안제(安帝, 106∼125 재위) 때에도 하강해 유사(劉赦)라는 사람에게 《죄복신과(罪福新科)》라는 책을 주었다. 또 순제(順帝) 재위 기간(125∼144)에는 장 천사(張天師)43)에게 《삼동경록(三洞經錄)》을 전수했다. 환제(桓帝, 146∼167 재위) 때에는 천태산(天台山)에 하강해 만년선(萬年先)이란 사람에게 《상청대보(上淸大寶)》와 삼동(三洞)44)의 여러 경전들을 내려 주었다.

---

42) 우길(于吉) : 《삼국지연의》에 나오는 손책(孫策)에게 죽임을 당하고, 손책을 죽게 한 도사.
43) 장 천사(張天師) : 장도릉(張道陵). 후한 말 오두미도(五斗米道)의 창시자. 태상노군이 지었다면서 도서 24편을 지어 유포하면서 노자를 교주로 내세웠다. 최초의 도교 교단을 만들었고 후한 말 황건적(黃巾賊)의 난(184)을 이끌었다.
44) 삼동(三洞) : 동진(洞眞), 동현(洞玄), 동신(洞神)을 말하는데 도교의 경전, 즉 도장(道藏)의 분류 방법이 되었다. 도장 중 첫째인 동진부는 원시천존이 지은 경전을 총칭한다. 여기서 동진의 동(洞)은 '통하다[通]'의 뜻으로 신령스러워 세속의 잡된 것이 섞이지 않았다는 뜻이다. 둘째 동현부는 상청영보천존(上淸永寶天尊)이 지은 경전의 총칭으로 통현(通玄)을 뜻하는데 그 효용성과 영험이 끝이 없다 해서 현(玄)이라

노자의 현신은 그 이후 한동안 뜸했다. 조위(曹魏, 220~265 존속) 명제(明帝, 226~239 재위) 때에는 숭산(嵩山)⁴⁵⁾에 하강했다.

당나라 고조(高祖, 618~626 재위) 때에는 양각산(羊角山)에 하강해 당공 이연(李淵)에게 천명(天命)을 전했다. 특히 당고조 무덕(武德) 3년(620)에 보주(普州) 사람 고선행(高善行)이 양각산에서 흰옷을 입은 노인을 만났다. 그때 노인이 고선행에게 말했다.

"나 대신 당의 황제에게 전하거라. 노군인 내가 바로 천자(天子)의 조상이다."

이 말을 전해 들은 당고조는 즉시 양각산에 사당을 건립했다.

당 현종[玄宗, 이융기(李隆基)] 천보(天寶) 원년(742)에 노자가 당나라 황궁의 단봉문에 하강하니 황제가 흥경궁에 친림해 환대했다. 당 현종은 노자에게 현원황제(玄

는 이름을 얻었다고 한다. 다음으로 동신부는 태청도덕천존(太淸道德天尊) 곧 태상노군의 저술로 통신(通神), 즉 '귀신을 통제하며 그 공적을 이루 헤아릴 수 없어 신통(神通)하다'는 의미다.

45) 숭산(嵩山) : 오악(五嶽)의 중악. 지금의 허난성(河南省) 쑹산(嵩山)산을 말한다. 소림사(小林寺)가 있는 산이다.

元皇帝)라는 칭호를 올렸고 황제가 친히 《노자도덕경》의 주석을 달았다.

그리고 노자는 전동수(田同秀)란 사람에게 "함곡관에 〈금용상전(金用相傳)〉이 소장되었다"고 일러 주었고 왕원진이란 사람에게는 〈묘진부〉를 말해 주었다. 노자는 그 후 송나라 휘종(徽宗) 정화(政和) 2년(1112)에 화양동천(華陽洞天)에 하강했다고 한다.

이렇듯 노자는 어느 시대이건 수시로 나타났으니 그 출현과 사라지는 것을 전혀 예측할 수 없으며 변화가 무궁무진했다. 아울러 많은 신선들을 이끌었고 인간들에게 계시를 내려 준 것을 이루 다 셀 수 없었다.

완구(宛丘) 선생은 제명환(制命丸)을 복용하고 득도했다. 은나라 말기에 그 나이가 이미 1000여 세가 넘었다. 완구 선생은 그 비법을 강약춘(姜若春)에게 전했고, 강약춘은 그 제명환을 제조 복용해 300여 세가 넘었어도 10여 세의 어린아이 얼굴 그대로였다.

팽조(彭祖)46)는 강약춘을 사부로 받들고 그 비방을 전

---

46) 팽조(彭祖) : 중국 전설 속 5제(五帝)의 한 사람인 전욱(顓頊)의 후손으로 요(堯)임금에 의해 팽(彭)이란 곳에 봉해졌다고 한다. 팽조는

수받았다고 한다. 팽조는 도사들의 맨손 체조라 할 수 있는 도인(導引)47)에 능했다. 팽조는 방중술(房中術)에도 밝았으며 은나라 말기 그의 나이 760여 세였으나 그때까지도 아주 건강했다.

　이처럼 노자와 완구 선생이 출현해 가르침을 전한 이후 도교의 원류가 형성되었다고 한다.

방중술에도 능통해 그 비법을 은(殷)나라 채녀(采女)에게 전했다고 한다. 은 말기 760여 세였으나 10여 세의 어린아이처럼 보였다고 한다. 그 자신이 장수하는 동안 49명의 아내가 차례로 늙어 죽었다고 한다.

47) 도인(導引) : 기(氣)를 이끌어 내 조화를 이루고 육신을 부드럽게 만들기 위한 맨손 체조에 호흡법을 가미한 도사의 수련 방법. 신체 단련과 질병 예방이 그 목적이라 할 수 있다.

제3회. 두 신선이 화산에서 전도하다
이선화산전도(二仙華山傳道)

    어느 날, 노자와 완구 선생은 화산(華山, 오악 중 서악)에서 도에 대해 이야기를 나누고 있었다. 그때 갑자기 한 줄기 바람이 집 안으로 불어왔다. 이에 노자가 완구 선생에게 물었다.
  "이 바람을 아시겠소?"
  "글쎄요? 누군가 이곳으로 오고 있는 것 같습니다."
  그러자 노자는 신선 명부인 선록(仙錄)을 뒤적이며 말했다.
  "이철괴가 득도해 오늘이나 내일쯤 이곳에 도착할 것 같소이다."
  노자는 두 동자를 불러 산 아래로 내려가 마중을 하라고 내려보냈다. 두 동자가 산 아래로 내려왔을 때, 마침 도골 선풍에 도사들이 즐겨 입는 우복(羽服)[48]을 입은 사람

---

[48] 우복(羽服) : 우의(羽衣). 도인들이 즐겨 입는 새의 깃털로 만든 옷. 신선이 되어 선계에 비상하고 싶은 염원의 표현이다. 우인(羽人)은 신선이나 도사를 지칭한다.

이 표표히 걸어왔다. 두 동자가 다가가 물었다.

"혹시 이 선생이 아니십니까?"

그러자 그가 놀라 물었다.

"그렇소. 그런데 어찌 나를 알아보시는가?"

"저희들은 노군의 명을 받고 여기서 선생을 기다렸습니다."

이철괴는 크게 기뻐하며 말했다.

"노군께서 나를 알고 계시다니! 이는 필시 도(道)의 인연일 것이다."

그러고서는 두 동자에게 치하했다. 이철괴는 두 동자를 따라 노자의 처소로 들어갔다. 노자가 앉아 있는 당상에는 밝은 빛이 비추며 마치 구름과 별에 둘러싸인 것 같았다. 노자의 피부는 규중처녀마냥 희고 고왔으며 강보에 쌓인 아기처럼 원기가 넘치고 있었다.

그 옆의 완구 선생은 어린아이 같은 동안에 학같이 흰 수염, 푸른 눈에 빼어난 눈썹을 가진 그야말로 온몸에 맑은 도와 의기가 넘치며 참기운을 머금은 기상이 역력했다.

노자와 완구 두 분이야말로 천상의 신인(神人)[49]이며

---

49) 신인(神人) : 신선, 진인(眞人), 지인(至人). 신인은 '오곡을 먹지 않

결코 속세 인간의 평범한 골상은 아니었다. 이철괴는 공손히 절을 올렸다. 노자와 완구 선생이 답례하며 자리를 권했다. 이철괴는 다시 예를 표하며 말했다.

"저는 시골의 하찮은 사람으로 도에 뜻을 두고 성취하고자 했지만 아직 핵심을 터득하지 못했습니다. 그간 선인의 가르침을 찾아다니면서 뵙기를 간절히 기원하며 깨달음을 얻고자 했습니다. 지금 두 분의 선안(仙顔)을 뵈오니, 진실로 오래고 오랜 인연이 이루어진 것이며, 삼생(三生)50)에서 처음 맞이하는 행운 같습니다. 사부님의 은혜가 끝이 없을 것이오니 제발 버리지 마시길 바랍니다. 제가 이렇듯 꿇어 엎드려 가르침을 듣는 것도 황송할 뿐인데 어찌 앉을 수 있겠습니까?"

그러자 노자가 온화하게 말했다.

"앉게나! 내가 자네에게 말하겠네. 대도의 가장 큰 요체는 아늑하고 또 까마득해 볼 수 없는 것이며, 대도의 극치는 어둡고 어두운 것 같고 전혀 소리도 말도 없는 것이

고 바람을 먹고 이슬을 마시며 운기(雲氣)를 타고 비룡(飛龍)을 몰고 사해지외(四海之外)를 돌아다닐 수 있다'고 했다. 《장자》〈소요유(逍遙遊)〉참고.

50) 삼생(三生) : 전생(前生), 금생(今生), 내생(來生). 인과(因果)가 작용해 삼생에 그 모습이나 결과가 나타난다고 생각했다.

네. 이 세상 어디든 도가 없는 곳이 없나니 정신을 바로잡아 고요히 기다리면 그 모습은 절로 바르게 되며 맑아지는 것일세. 결코 도를 얻는다고 육신을 혹사하지 말고, 그대의 마음을 딴 곳에 쏟지 말고 본성을 방종하지 말고 근심 걱정을 멀리하면 절로 장생(長生)할 수 있을 걸세."51)

이철괴는 노자의 가르침을 듣자 마침 마음의 꽃이 활짝 피어나며 마음속의 온갖 티끌이 깨끗이 사라지는 것 같았다.

이철괴는 고개 숙여 재배하면서 말했다.

"선도(仙道)가 천지의 대도라는 진리를 확실히 알겠습니다."

이철괴가 완구 선생에게 인사를 올리자 완구 선생이 말했다.

"자네 이름은 이미 신선의 명부인 선적(仙籍)에 올랐네. 이를 명심하고 수양을 게을리하지 말게. 머지않아 성취할 바 있으려니 더 이상 많은 것을 찾지 말게."

노자와 완구 선생은 이철괴에게 하산하라며 두 동자를

---

51) 내가 자네에게 말하겠네… 장생(長生)할 수 있을 걸세 : 원문은 "吾語汝至道. 至道之精, 窈窈冥冥 至道之極, 昏昏默默. … 乃可以長生". 《장자》〈재유(在宥)〉 참고.

시켜 배웅토록 했다. 이철괴는 두 분에게 재배하고 하산했다.

제4회. 이철괴는 혼자 거닐다가 스승을 만나다
철괴독보우사(鐵拐獨步遇師)

 화산을 떠난 이철괴는 다시 깊은 산속 바위틈에 은거하면서 노자 가르침의 오묘한 뜻과 완구 선생의 말씀을 깊이 터득했다. 이철괴의 도심은 더욱 견고해졌고 득도하기 위한 노력은 더욱 간절하고 성실했다. 이철괴는 보이지 않는 귀신을 부릴 줄 알았고, 사방의 뛰어난 은사(隱士)들과 널리 교제했다. 이철괴는 여러 신선들과 왕래하며 찾아오는 여러 제자들과 함께 수도에 정진했다.

 어느 날, 이철괴와 그 제자들이 도에 관해 토론하고 있었다. 그때 갑자기 밝은 빛이 창문에 어른거렸다. 철괴는 그것을 한참 관찰하다가 말했다.
 "이 기운은 예사롭지 않도다. 틀림없이 신인께서 이곳에 강림할 것이로다."
 철괴는 제자들을 보내고 혼자 뜰을 거닐면서 주변을 응시했다. 그때 맞은편 산봉우리에 높이 날던 매 한 마리가 날개를 접으면서 가볍게 내려앉는 것이 보였다. 철괴는 절로 탄식하며 말했다.
 "《시경(詩經)》에 '조그만 꾀꼬리가 언덕 위에 앉아 있네'52)라는 구절이 있으니 이는 새들도 머물 곳에 머물 줄 안다는 뜻이로다. 비록 활과 작살을 아무리 잘 쏘는 무리가 있다 한들 그저 바라보기만 할 뿐, 어떻게 손을 쓸 수 있겠는가? 인간들은 어찌하여 아옹다옹 마치 달팽이 뿔 위에서 허망한 명예를 다투며,53) 파리 머리에 붙은 조그만 이익을 좇아가는 것같이 스스로 함정에 빠지는가?54) 그러다가 죽으면서 후회하지만 어찌 저 작은 솔개만도 못한 인간들이 아닌가? 나만이라도 더욱 조심하며 그러지 말아야 할 것이로다."

그러고선 스스로 시 한 수를 읊었다.

---

52) 조그만 꾀꼬리가 언덕 위에 앉아 있네 : 원문은 《시경(詩經)》〈소아(小雅)·어조지십(魚藻之什)〉의 "緜蠻黃鳥, 止於丘隅".

53) 달팽이 뿔 위에서 허망한 명예를 다투며 : 원문은 "爭蝸角之虛名". 와각(蝸角)은 달팽이 뿔이다. 달팽이 왼쪽 뿔 위에 있는 촉씨(觸氏)의 나라와 오른쪽 뿔 위의 만씨(蠻氏) 나라가 보름간 전쟁을 했다는 이야기가 《장자(莊子)》〈칙양(則陽)〉에 나온다. 이를 '와각허명(蝸角虛名)', 즉 '달팽이 뿔 위에서 승리했다는 헛된 명예'라 한다.

54) 파리 머리에 붙은 조그만 이익을 좇아가는 것같이 스스로 함정에 빠지는가? : 원문은 "覓蠅頭之微利, 自驅陷井". 이때 '멱(覓)'은 찾는다는 뜻이고 '승(蠅)'은 파리를 뜻하며 '미(微)'는 작다는 뜻이다. '파리의 머리 위에 있는 작은 이익'을 '승두미리(蠅頭微利)'라 한다.

머물 곳을 알고 욕심 아니 내며,
절반 펼친 경전에 눈길을 준다.
천 길 벼랑 위에 우뚝 서 있나니,
하필 세상 티끌 그리워하겠나?

知止不求才,　金睛半倦開.
振衣千仞崗,　何效戀塵埃?

시를 읊은 이철괴는 고개를 들어 먼 산봉우리를 응시했다. 그곳에 상서로운 구름이 휘날리며 푸른 기운이 하늘에서 뻗쳐 내려오는 듯하더니, 두 사람이 각각 학을 타고 날아왔다. 철괴가 자세히 보니 바로 노자와 완구 선생이었다. 철괴는 급히 영접하며 인사를 올렸다. 자리에 앉은 노자가 웃으면서 말했다.

"요즈음 자네의 생활은 지난날 내가 말했던 뜻을 실천하는 것 같구먼."

노자와 완구 선생은 철괴의 수도와 정진을 칭찬했다. 다시 노자가 말했다.

"내가 서역(西域) 여러 나라를 한번 돌아보려고 하는데 자네와 동행하고 싶네. 열흘 후에 자네 육신은 벗어 두고 혼령만 나를 찾아오게나. 기일을 꼭 지켜 당도하기 바라네."

말을 마친 노자와 완구 선생은 학을 타고 창공 저편으

로 사라졌다. 철괴는 눈으로 스승을 전송하며 찬탄을 금치 못했다. 그리고 어느새 열흘이 지났다.

철괴는 양씨(楊氏) 성을 가진 제자를 불러 놓고 당부했다.

"나는 오늘 혼령만 빠져나가는 출신(出神)을 해서 화산(華山)으로 노군을 뵈러 갈 것이다. 물론 육신은 여기에 두고 간다. 꼭 이레째 되는 날 돌아올 예정이다. 내 혼령이 돌아올 때까지 육신을 잘 지키도록 해라. 행여 내 육신이 손상되지 않도록 조심해라. 이레가 되어도 내 혼령이 돌아오지 않는다면 그때 내 육신을 화장(火葬)토록 해라."

신신당부를 마친 철괴 선생은 단정히 앉은 채로 건강한 육신은 그대로 두고 혼령만 빠져나갔다.[55]

---

55) 건강한 육신은 그대로 두고 혼령만 빠져나갔다 : 육신을 벗어 놓고 혼(魂)만이 빠져나가는 것을 '원신출각(元神出殼)'이라고 한다.

제5회. 도제가 육신을 지키다가 화장하다
촉도수시오화(囑徒守尸誤化)

한편 양씨 성을 가진 제자는 스승의 부탁대로 밤낮으로 늘 조심하며 육신을 지켰다. 그런데 엿새째 되는 날, 갑자기 본가에서 사람이 와서 떠날 것을 재촉하며 말했다.

"모친의 병환이 정말 위급합니다. 기절하셨다가 겨우 깨어나셔서 오직 아들을 한번 보시고 죽겠다고 하십니다. 급히 서둘러 돌아가야 합니다."

이에 제자 양씨는 큰 소리로 울면서 말했다.

"모친의 병환은 위급하고 사부의 혼령은 아직 돌아오시지 않으니 내가 만약 떠난다면, 사부의 육신은 누가 지키겠는가?"

그러자 집에서 온 하인이 말했다.

"한번 죽은 사람은 다시 소생할 수 없는 법입니다. 하물며 벌써 엿새나 되었다니 배 속의 내장은 벌써 썩었을 것입니다. 그 육신이 살아나길 기대한다면 정말 꽉 막힌 사람입니다. 어찌 어리석지 않습니까? 그리고 스승은 자신이 찾아 모신 분이지만 부모는 하늘에 의해 맺어진 것입니다. 부모에게 효도하려면 친우와의 의리를 지킬 수 없다고 했는데, 효도와 사부의 명령 중 어느 것이 더 중하겠습니까? 비록 스승의 은혜가 크다고 하지만 나를 낳아 주고 길러 주신 부모님 은혜만 하겠습니까? 또 무슨 일이든 완급이 있는 법입니다. 그리고 부모의 임종을 지키는 것과 사부의 명을 받드는 것이 똑같다 하더라도 임종은 평생에 단 한 번뿐인 일입니다. 제 생각으로는 사부의 육신을 엿새 동안 지켰으면 비록 기일은 못 채웠을망정 사부의 신의를 저버린 것은 아닙니다. 만약 모친께서 임종하시면 임종을 못한 천추의 한을 누가 풀어 줄 수 있겠습니까? 한시라도 빨리 사부의 육신을 소각해 묻어 드리고 모친을 뵈러 가야만 그래도 효도를 할 수 있습니다."

철괴의 제자는 결단을 내리지 못했다. 그러나 일이 이 지경이 되었으니 어느 한쪽은 저버려야만 했다. 결국 사부의 육신을 화장하기로 결심했다. 철괴의 제자는 장작과 콩을 준비했다. 장작 위에 시신을 올려놓고 몇 가지 제물과 만장을 준비했다. 제자는 소리 내어 울었다. 눈물을 쏟으면서 두 번 절하며 제사를 지냈다. 그가 지은 제문에는 사부에 대한 미안한 마음이 나타나 있었다.

"모친은 병환으로 일어나질 못하고, 사부의 혼령은 아직도 돌아오시지 않았습니다. 사부 말씀대로 하루를 기다려야 하나 모친의 임종을 어찌 거역하리오? 물고기보다는 곰 발바닥인 웅장(熊掌)을 선택하듯이, 두 가지 다 할 수 없어 눈물 속에 울면서 혼백을 떠나보내려 하오니, 화산에서 알아서 해 주십시오."

　제사를 마친 뒤, 장작에 불을 댕기고 불길 위에 콩을 뿌렸다. 수북한 장작과 뜨거운 열로 시신은 곧 한 줌의 재로 남았다. 제자는 하늘을 보고 대성통곡을 한 뒤, 서둘러 고향집에 갔지만, 그의 모친은 이미 운명한 뒤였다.

제6회. 철괴는 굶어 죽은 시체에 혼령을 맡기다
철괴투혼아부(鐵拐投魂餓莩)

 한편 철괴 선생의 혼령은 화산에 도착한 뒤, 노군을 따라 서역의 여러 나라를 두루 여행했다. 아울러 봉래산(蓬萊山)과 방장산(方丈山)을 거쳐 36동천(洞天)까지 두루두루 구경했다. 동시에 노군을 따라 며칠간 유람하면서 여러 수련 방법과 도를 많이 터득했다. 철괴가 노자에게 하직 인사를 할 때, 노자는 웃으면서 별다른 말이 없었다. 노자는 떠나는 철괴에게 게송(偈頌)을 한 수 써 주었다.

 벽곡[56]을 한다지만 보리를 먹고,
 가벼운 수레에 낯익은 길이다.
 옛 육신을 찾아들고 싶지만,
 새 모습으로 다시 태어나리라.
 辟穀不辟麥,　車輕路亦熟.

---

56) 벽곡(辟穀) : 절곡(絶穀)이라고도 한다. 곡기를 끊음을 말한다. 도교 수련 방법의 하나로, 오곡을 먹지 않고도 생존하는 방법이다. 인간이 오곡을 먹지 않으면 몸속에 살고 있으면서 인체에 해독을 끼치는 삼시(三尸 : 재물과 음식과 미색에 대한 욕심)를 죽일 수 있다고 했다.

欲得舊形骸,　正逢新面目.

　철괴 선생은 정확하게 이레가 되는 날 본래의 거처인 초막으로 돌아왔다. 그러나 자신의 형체는 말할 것도 없이 모발 하나도 찾을 수 없었고 제자조차 보이질 않았다.
　철괴 선생은 마당 한편에서 연기가 나는 것을 보았다. 거기엔 아직도 불기운이 있었다. 철괴 선생은 이미 자기의 육신이 화장되었다는 사실을 알았다. 제자가 끝까지 기일을 지키지 못하고 육신을 화장한 일을 원망해 보았지만 아무 소용도 없었다. 결국 철괴 선생의 혼령은 찾아 들어갈 육신이 없으니, 이제 밤낮으로 공중을 떠돌아야 할 지경이었다. 철괴 선생은 다급했다.
　급히 산 아래쪽으로 내려가던 철괴 선생은 굶어 죽은 서지의 시신을 산비탈에서 찾아내었다. 그때시야 철괴는 떠나기 전 노자의 게송을 생각해 냈다.

　옛 육신을 찾아들고 싶지만,
　새 모습으로 다시 태어나리라.

　아! 굶어 죽은 거지의 이 모습이 나의 진면목이란 말인가? 하필 꼭 이래야 하는가? 그러나 혼신이 육신을 찾아들지 못하면 남한테 나설 수도 없지 않은가? 철괴는 급히 거지의 시신 속으로 들어가 몸을 일으켰다.

그때 갑자기 스승 노자가 나타나 박장대소하며 말했다.

"쓰러지는 초가에 창문은 부서지고 기둥도 썩었구나. 이리 누추한 집에 어찌 살겠는가?"

이철괴도 부끄러워 거지 육신에서 빠져나오려 하자 노자가 손을 저어 만류했다.

"도행(道行)은 외모에 있지 않네. 자네 그 모양도 아주 좋아! 내가 쇠로 만든 테로 자네의 쑥대머리 같은 머리카락을 묶어 줄 것이고, 쇠지팡이로 한쪽 다리를 부축해 주겠네. 오로지 도를 열심히 닦기만 한다면 모습은 좀 이상하지만 진선(眞仙)이 될 걸세."

이렇게 해서 더벅머리, 땟물이 흐르는 얼굴, 배 한쪽을 드러낸 채 한 다리를 절면서 꾸불꾸불한 쇠지팡이에 의지해 걸어 다니는 이철괴가 되었다.

세상 사람들은 이처럼 이철괴의 모습을 생각하지만 그것만이 이철괴의 본모습은 아니었다. 철괴는 벽곡을 잘 실천했기에 변화에 능했고 대나무 지팡이로 물을 뿌려 쇠를 만들 수도 있었다. 다만 후세 세상 사람들은 그의 성명을 모르고 그냥 철괴 선생이라고만 불렀다.

이철괴(李鐵拐)

제7회. 선단으로 기사회생하다
선단기사회생(仙丹起死回生)

 곧이어 철괴 선생은 제자의 모친이 죽었다는 사실을 알았다. 그러고선 혼자 생각했다.

 '아마 내 육신을 지키지 못한 것은 그 모친이 위급했기 때문일 게다. 그러나 결국 임종을 못 보았을 것이고, 그 허물은 나에게 있을 것이다. 내가 그 모친을 기사회생시키지 않으면 내 제자는 평생 후회할 것이다.'

 이렇게 생각한 철괴 선생은 쇠지팡이에 몸을 의지하고 길을 떠났다. 철괴 선생은 그 제자를 찾아갔다. 그 제자는 슬피 울어 목이 다 쉬었고 가슴을 치며 통곡하다가, 슬픔을 이기지 못하고 칼을 뽑아 자결하려고 했다.

 철괴 선생은 문상을 겨우 마친 뒤 상주에게 말했다.

 "본래 인간이 태어나고 죽는 것은 모두 명에 달린 것이니 어찌 억지로 죽을 수 있겠는가? 자식은 살아 계실 때 효도하고 돌아가신 뒤에는 끝까지 부모를 생각해야 하네. 장례에는 관과 목곽 그리고 수의를 마련해 좋은 묘지를 골라 깊은 슬픔 속에 정중히 모시면 충분하거늘 어찌 자결하려 하는가?"

 제자는 스승의 변신을 알아보지 못했다. 제자는 잠시

울음을 그치고 대답했다.

"제 사부의 혼신이 화산에 가시면서 저한테 이레가 지나도 돌아오지 않으면 육신을 화장해도 좋다고 말씀하셨습니다. 저는 엿새째 되는 날, 모친이 위독하시다는 소식을 듣고 더 기다릴 수가 없어 사부의 육신을 화장한 뒤 집에 돌아왔습니다. 그러나 모친은 이미 돌아가신 뒤였습니다. 안으로는 모친에 대해 마지막 효도도 못했고 밖에서는 스승에 대한 신의를 지키지도 못했습니다. 어머님께서는 보고 싶어도 오지 않는 자식을 불효자라 생각하셨을 것입니다. 또 사부님께선 기일을 지키지 못한 저를 신의 없고 불성실한 제자라 생각하셨을 것입니다. 많은 사람들이 저를 불충불효한 사람으로 생각할 것이니 저 자신도 부끄럽고 후세 군자들 역시 저를 그렇게 생각할 것입니다. 천시간의 죄인이며 인간 페물인 제가 힌시라도 빨리 지결헤도 오히려 늦었다 할 것이거늘 어찌 감히 살기를 바라겠습니까?"

말을 마친 제자는 자결하려고 다시 칼을 찾았다. 철괴선생은 제자를 만류하며 간곡히 말했다.

"충효는 그 마음에 있는 것이네. 그대의 마음이 이처럼 효성과 성심으로 가득 찼는데 누가 불충불효한 사람이라고 생각하겠는가? 결코 불충불효가 아닌 충효의 젊은이라 생각할 걸세. 나는 그전 날 각처를 유람하면서 선인에게

서 죽은 사람을 살릴 수 있다는 영단(靈丹)을 얻었는데 그때 그분으로부터 반드시 착한 사람에게 베풀라는 당부를 받았네. 지금 상주가 이처럼 큰 효도와 착한 마음을 갖고 있으니 모친에게 이 선약(仙藥)을 드리겠네. 혹 다시 회생하실지 장담할 수 없지만 성의라 생각하고 받아 주기 바라네."

이 말을 들은 제자는 즉시 무릎을 꿇고 선약을 받겠다고 진심으로 말했다.

철괴 선생은 메고 있던 호리병 속에서 환약 하나를 꺼내, 물에 개어서 제자 모친의 입 속으로 흘려 넣었다. 잠시 후, 숨결이 트이는 듯 가슴이 가볍게 움직이더니 얼굴에 혈색이 돌았다. 양씨 제자의 모친은 큰 숨을 몰아쉬더니 자리에서 일어나 앉았다. 마치 깊은 잠에서 깨어난 듯 홀가분하고 상쾌한 모습으로, 전혀 병 기운이 없어 보였다.

제자의 집안사람 모두가 기뻐하며 철괴 선생 앞에 머리를 조아렸다. 제자는 눈물을 흘리면서 선생의 성함을 물었다. 이에 철괴가 앉은 자세를 바로 하며 말했다.

"나는 네 사부다. 네가 나의 육신을 소각했기에 나는 다른 사람의 형체를 빌려 이렇게 되었다. 나는 네 모친이 돌아가신 것을 알고 네가 나에게 혹 원망이나 없을까 걱정해 모친을 기사회생시키려 찾아왔다. 네 마음이 효심으로 가득 찼고 다른 사람에 대한 원망이 없으니 기특할 뿐이다.

네 모친께서 회생하셨으니 평생토록 극진히 모시며 그간 못다 한 효도를 다하기 바란다."

이어 철괴 선생은 영단 하나를 더 남겨 주며 말했다.

"이를 복용하면 아무 질병이나 탈도 없을 것이다. 뒷날 언젠가는 만날 날이 있을 것이다."

제자는 크게 놀라 황급히 사부에게 인사를 올렸다. 그리고 철괴 선생을 모시고 가르침을 받고자 했으나 철괴 선생은 한 줄기 푸른 빛으로 변하면서 소리도 흔적도 없이 공중으로 떠올랐다. 제자는 철괴 선생이 사라진 하늘에 무수히 절하며 스승의 은혜에 감사했다.

철괴 선생이 준 영단을 복용한 제자는 모친에게 효도를 다했고 모친이 죽은 뒤, 철괴 선생의 거처를 다시 찾았다. 200년 뒤 철괴 선생은 제자에게 가르침을 베풀어 신선이 되도록 이끌었다.

제8회. 청우를 풀어 왕궁을 어지럽히다
희방청우난궁(戲放靑牛亂宮)

이철괴가 제자의 모친을 기사회생시킨 뒤 노군(老君)의 거처로 돌아가자 노군이 말했다.

"이번 일을 보니 자네도 이제 완전히 도통했어!"

노군은 큰 잔치를 열어 모두 함께 즐겼다. 어느 날, 노군은 어디론가 유람을 떠났다.

남아 있던 이철괴는 여러 선동(仙童)과 장난하며 놀다가 갑자기 좋은 생각이 떠올랐다.

"우리가 노군의 청우(靑牛)를 타고 놀면 어떨까? 교대로 청우를 타고 세상을 한 바퀴 돌아보면 재미있을 거야."

여러 선동들은 모두 좋다고 박수를 쳤다. 이에 철괴는 청우의 고삐를 풀었다. 철괴가 청우에 올라타려고 다가서자, 절뚝거리는 철괴의 모습에 놀란 청우가 안장을 떨어트리며 좌우로 크게 뛰었다. 마치 하늘이 무너지고 땅이 갈라지듯, 큰 소리와 함께 청우는 천상의 세계를 마구 뛰다가 어디론가 사라졌다.

사실 갑작스러운 이런 변괴에 철괴와 여러 선동들은 크게 놀랐다. 그들은 여기저기를 둘러보며 청우를 찾았지만 종적을 찾을 수 없었다. 결국 그들은 서로 잘못을 떠넘

기며 논쟁을 벌였다. 마침 노자가 돌아와 무슨 일이냐고 물었다.

"철괴 선생과 두 동자들이 청우를 타고 놀려고 고삐를 풀었는데 소가 철괴 선생의 모습에 놀라 어디론가 도망쳤습니다. 우리 여럿이 사방으로 찾아보았지만 찾지 못하자 서로 탓하면서 싸우고 있습니다."

노자는 철괴와 선동들을 불러 크게 꾸짖었다.

"그 청우는 얼마 전에도 인간 세계에 내려가 허다한 재난을 일으켜 사람을 보내 겨우 잡아 왔기에 내가 큰 말뚝에 튼튼한 고삐로 매어 놓았다. 그런데 너희들이 장난하려다가 그 청우를 놓쳐 버리고 말았으니 앞으로 인간 세계에 어떤 피해를 줄지 알 수가 없다. 앞으로는 이런 일이 두 번 다시 생기지 않도록 하겠다."

그러고서 노자는 즉시 철괴를 인간 세계로 방출하면서 다시 오랜 수양과 공적을 쌓고 잘못을 뉘우쳐야 복귀를 허락하겠다고 말했다. 노자는 화를 가라앉히며 청우를 찾아오라고 하명했다.

한편, 고삐가 풀린 청우는 마치 청룡이 바다로 돌아간 듯, 갇혔던 맹호가 산에 들어간 듯 이리저리 날뛰고 제멋대로 날고뛰면서 서역 쪽으로 달아났다.

청우가 한참을 내달렸을 때, 어디선가 갑자기 풍악 소

리가 크게 진동하며 고운 음률과 노랫가락이 귓전에 울려왔다. 청우가 고개를 돌려 보니 그곳은 대진국(大秦國)[57]이었다.

대진국에는 마침 무슨 큰 경사가 있는 것 같았다. 화려한 등불과 함께 무수한 불꽃이 일어나고 향내가 진동해 하늘까지 뻗쳐 있었다. 또한 땅과 바다에서 나오는 온갖 진기한 보물을 늘어놓았으니 그 화려함을 이루 다 말할 수가 없었다.

뿐만 아니라 아름다운 미녀들의 화려한 의상에 흐느적거리는 춤과 교태가 있었다. 낭랑한 노랫가락이 그것을 바라보고 서 있는 청우의 마음을 뒤흔들었다.

'왕가의 즐거움이요 속세의 쾌락이라 하더니 이렇듯 화려하고 눈부실 줄은 정말 몰랐노라. 이곳의 쾌락이 이러할진대, 내가 여기에 머물지 않는다면 어디에 가서 무엇을 하겠는가?'

청우는 신통력을 발휘해 대진국의 궁궐로 숨어들었다. 먼저 국왕을 잡아내어 20여 리 떨어진 큰 바위 위의 소나

---

57) 대진국(大秦國) : 후한 환제 때, 로마 황제 안토니우스가 보낸 사신이 중국에 온 적이 있다. 이후 로마의 동방 영토를 대진국이라 기록했다. 여기서는 서역에 대한 지역 이름으로 쓰였다

무에 묶어 놓았다. 국왕이 사라진 궁궐은 벌컥 뒤집혔다. 왕후는 국왕이 보이지 않자 여러 곳에 사람을 보내 찾게 했다.

그 무렵, 청우는 국왕으로 변신해 왕후 앞에 나타났다. 그 모습은 진짜 국왕과 똑같았다. 청우는 여러 후궁들과 음란한 놀이를 했고 후궁들은 아무도 가짜 국왕인 줄 몰랐다. 그러나 왕비는 달랐다. 국왕의 언행이 본모습이 아니라는 것을 확실히 알았다. 왕비는 모든 문무 대신을 불렀다.

가짜 국왕, 즉 청우의 혼령은 아무렇지도 않은 듯 국왕의 옷차림에 관을 쓰고 신하들 앞에 나섰다. 신하들 역시 무슨 변괴가 있는지 알 수 없었다. 그러나 왕후는 여러 신하들에게 국왕이 가짜라고 분명히 말했다.

가짜 국왕이 그렇지 않다고 항변하자 모든 대신들이 어쩔 줄을 몰랐다. 그때 마침 나라의 천문을 주관하는 흠천감(欽天監)에서 요사한 별이 주군의 성좌를 아주 심하게 범하는 변괴가 일어났다고 아뢰었다. 그때서야 비로소 많은 신하들이 지금의 국왕을 의심하기 시작했으나, 가짜라고 말하진 못했다. 그러면서 온 나라에 사람들을 보내 곳곳에 방문을 붙여 국왕을 찾게 했다.

얼마 후, 어떤 나무꾼이 도성 밖 큰 바위 위에 왕관을 쓴 사람이 있다고 알려 왔다. 많은 신하들이 국왕을 맞이하러 나갔다. 가짜 국왕은 이런 사실을 알고 대노해 왕후를 어둡고 추운 냉궁에 가두고, 후궁들을 데리고 제멋대로 음탕한 짓을 계속했다. 후궁들은 겁에 질려 아무 소리도 못했다.

한편 진짜 국왕은 큰 바위 위에서 내려오지도 못하고 안타깝게 구원을 바라고 있었다. 신하들은 국왕을 보고 급히 긴 사다리를 준비해 힘센 장사를 올려 보내 광주리에 국왕을 담아 내려보냈다. 겁에 질린 국왕은 신하들에게 사연을 말했다.

"지난밤 삼경에, 소 머리 모양을 한 사람이 방에 뛰어들더니 나를 업어 이곳에 데려다 놓았다."

이에 신하들은 모두 땅에 엎드려 용서를 빌며 말했다.

"지금 그자가 폐하의 모습으로 둔갑하고 궁궐을 어지럽히고 있습니다. 왕후께서는 가짜 국왕을 꾸짖다가 지금 냉궁에 갇혔습니다."

이에 국왕은 한편으론 크게 놀라면서 단호한 어조로 말했다.

"즉시 우림군(羽林軍)을 출동시켜 그놈을 잡아내도록 하라."

이에 대진국의 우림군이 모두 출동했다. 화포 소리가 하늘을 진동하고 온갖 깃발이 하늘을 가릴 듯, 우림군은 왕궁을 향해 진격했다. 우림군과 대신들이 궁문에 이르자 궁중에서 짐승이 커다랗게 울부짖는 소리가 들리더니 요괴가 불을 뿜으며 달려 나왔다.

이에 우림군의 군사들은 불에 타 죽었고 장수와 병졸들이 동서로 마구 뛰다가 엎어지고 넘어지면서 서로 밟히며 아우성 속에 죽는 자가 이루 헤아릴 수 없었다. 국왕과 대신, 장수들은 병졸을 모두 퇴각시켰다. 장수와 병졸이 공포에 떨고 있을 때, 그래도 국왕이 먼저 정신을 차리고 말했다.

"이 요괴는 그 신통력이 대단해 우리 힘으로는 대적하기 어려운 것 같소. 여러 대신들의 고견을 듣고 싶으니 빨리 아뢰도록 하시오."

그 말이 끝나기도 전에 한 대신이 앞으로 나서며 말했다.

"여기서 대략 1000리쯤 떨어진 곳에 구천현녀(九天玄女)[58]의 사당이 하나 있습니다. 그 현녀의 신령이 아주 영

---

58) 구천현녀(九天玄女) : 원녀(元女), 현녀(玄女)로도 표기한다. 상고(上古) 시대 신화 속의 머리는 사람이고 몸은 새인 여신이다. 옛날 황제(黃帝)가 치우(蚩尤)라는 짐승과 탁록(涿鹿)이란 곳에서 싸울 때, 구천현녀가 치우를 물리칠 방법을 황제에게 가르쳐 주었다고 한다. 황제와 치우의 싸움은 중국에서 매우 잘 알려진 신화다. 치우는 매우 탐욕

험하시어 사방의 모든 재난을 다 구원해 주신다고 합니다. 폐하께서는 만백성의 어버이이시며 사직의 주인이십니다. 또 궁궐은 한 나라의 중심이며 근본인데 어찌 요괴한테 유린당할 수 있겠습니까? 괴물이 이토록 방자하니 목욕재계하시고 기도하시면 현녀 신령께서 틀림없이 영험한 신통력으로 요괴를 제거해 주실 겁니다."

스럽고 사나우며 흉악한 악신이다. 짐승이지만 사람 말을 할 줄 알고 구리로 만들어진 머리에 쇠로 된 이마를 가졌으며, 모래와 자갈을 먹고 산다고 했다. 이에 반해 황제는 모든 중국인의 조상으로 생각되는 정의의 대표라 할 수 있는 인물이다. 즉, 황제와 치우의 싸움에서 황제의 승리는 정의가 사악을 이긴다는 뜻이었다. 때문에 황제에게 승리를 가져다준 현녀는 《천서비록(天書秘錄)》을 갖고 후세의 영웅들에게 병법을 전수해 주는 훌륭한 신으로 받아들여졌다. 이러한 구천현녀는 도교의 발전과 함께 도교의 여신이 되었다. 《수호전》에서도 구천현녀가 등장해 송강(宋江)에게 계시를 내린다.

제9회. 대진국왕이 현녀 신령께 기도하다
진왕청도현녀(秦王請禱玄女)

    대신의 말을 들은 국왕은 즉시 목욕재계하고 현녀 신의 묘당에 나아가 제문(祭文)을 지어 읽으며 재(齋)를 올려 현녀 신의 도움을 간청했다.
    현녀 신묘(神廟)에 올린 제문은 아래와 같으니, 제문에 이르길,

    짐은 천명을 받아 대진국의 백성을 보살피고 있는바, 온 나라가 조석으로 무사하고 백성은 모두가 제 할 일을 다하고 지냈습니다. 그런데 갑자기 소 머리를 가진 요괴가 구중궁궐에 들어와 괴이한 힘을 자랑하며 짐을 암혈(巖穴)에 잡아넣고 또 승냥이와 같은 독성으로 왕후를 냉궁(冷宮)에 가두었습니다. 거기에다가 후궁들을 욕보이며 궁궐을 더럽혔습니다. 이에 사면팔방에서 분노하고 7대의 선조들도 치를 떨었습니다. 이에 짐이 우림군을 동원해 요괴를 죄를 벌하려고 했으나 오히려 불쌍한 군사들만 죽음을 당했습니다. 지금 군사를 동원해 참수할 방책을 찾으면서 우선 현녀의 신령 앞에 경건한 마음으로 기도하오니, 거룩하신 성

령으로 궁궐의 요괴를 쫓아내 주시길 빕니다. 저의 간청을 들으시는 대로 신령께서 굽어 보살펴 주시길 간절히 비옵니다.

국왕은 재를 마치고 제문을 태우고 종묘로 돌아와 군신들과 요괴를 잡아낼 방책을 강구했다. 한편 현녀는 국왕이 올리는 제문을 알아듣고 즉시 구름을 타고 공중으로 올라갔다. 현녀는 노자의 청우가 인간 세계에 내려와 소란을 피우고 있다는 사실을 단번에 알아차렸다. 그러고는 혼자 생각했다.

'노군께선 어인 연고로 청우를 풀어놓아 이런 변괴를 일으키셨는가? 필시 소인들의 실수가 있었을 것이야. 본래는 저 청우를 죽여야겠지만 노군의 체면을 살펴 드려야 하겠지!'

현녀는 즉시 서찰을 한 통 써서 노자에게 알리며 다른 한편으로는 국왕의 꿈속에 나타나 계시를 내렸다.

"내일 군사들을 조련한 뒤, 동원해 공격토록 하시오. 나한테 요괴를 제압할 방책이 있소."

국왕은 꿈속에서 현녀의 계시를 받고 큰 소리를 지르며 놀라 깨어났다. 국왕은 꿈속이지만 너무 뚜렷한 계시에 감격해 즉시 대신들을 불렀다.

"짐의 꿈속에 검은 옷을 입은 선녀가 나타나 내일 요괴를 공격하라고 했소. 과연 이 꿈의 계시를 믿어야 하겠소? 만약 오늘처럼 무수한 사상자만 낸다면 어찌하겠소?"

그러자 대신들이 다 같이 상주했다.

"이는 폐하의 기도에 현녀께서 응답하신 것입니다. 틀림없이 영험이 있을 것입니다. 저희들이 선봉에서 폐하를 받들겠습니다."

국왕은 다음 날 새벽, 5만 대군을 동원해 후궁을 둘러싸고 공격하게 했다. 노자의 청우는 궁중에서 술법을 쓰려고 할 때, 대진국의 군사들이 자신을 둘러싸고 공격한다는 사실을 알고 즉시 주문을 외우며 부적을 담갔던 물을 뿜어 댔다. 그러자 수많은 불화살과 불덩이가 군사들을 향해 날아갔다. 그러나 그때 갑자기 검은 옷을 입은 한 여인이 나타나 정수가 담긴 병을 들어 공중에 뿌리니 불꽃과 불화살은 모두 사라졌다.

노자의 청우가 정신을 차리고 앞을 보니 현녀가 서 있었다. 청우는 깜짝 놀라 모습을 바꿔 도망가려 했으나 현녀가 칼을 한 번 휘두르니 청우는 본모습을 드러내었다. 청우는 궁 안의 뜰에서 도망가지 못하고 이리저리 뛰었다.

한편 노자는 청우가 어디로 도망쳐 무슨 일을 저지르고 있는가 걱정하고 있는데, 현녀의 사자가 도착했다. 사자는 현녀의 서신을 노자에게 올렸다.

"도장(道長 : 노자)께선 하늘의 법계(法界)에 조용히 계시지만, 청우가 방자하게 대진국에서 해악을 저지르고 있습니다. 그러면서 아직도 돌아갈 생각을 하지 않으니 어떻게 하면 좋겠습니까?"

현녀의 서찰을 읽은 노자는 크게 탄식했다.

"이 몹쓸 짐승이 이처럼 말썽을 피우다니!"

그러고선 현녀의 사자에게 말했다.

"나 대신 현녀 신께 전하거라, 너무 당황해 서신을 보내지는 못하지만 즉시 그 짐승을 잡아들이겠노라."

노자는 즉시 서갑(徐甲)을 다시 불러 명령했다.

"고삐와 큰 족쇄를 가지고 대진국에 가서 빨리 청우를 잡아 오도록 해라."

서갑은 즉시 대진국으로 내려갔다. 서갑이 대진국에 도달하니 현녀의 술법으로 청우는 그 본모습을 드러내고 궁중 뜰을 뛰어다니고 있었다. 서갑은 큰 소리로 청우를 꾸짖으면서 청우의 등에 부적을 붙였다. 청우는 순간 온순하게 엎드렸다. 서갑은 급히 고삐를 매고 족쇄를 채워 청우를 데리고 동쪽 하늘로 올라갔다.

국왕은 궁중으로 돌아왔고, 다시 평온을 되찾았다. 이후 대진국에서는 현녀 신을 크게 책봉했으며, 사당을 크고 화려하게 지었다.

제10회. 이철괴가 비장방을 여러 번 시험하다
철괴누시장방(鐵拐屢試長房)

　이철괴가 청우를 풀어놓았기에, 노자는 철괴를 인간 세계로 방출해 공덕을 쌓아 속죄하도록 했다. 때문에 철괴는 자신의 성명을 숨기고, 등에 호로(胡蘆)59)를 짊어진 노인의 모습으로 여남[汝南, 지금의 중국 허난성(河南省) 남부 주마뎬시(駐馬店市)]라는 성안의 저잣거리에서 약을 팔았다.

　노인한테 약을 사 가거나 얻은 사람은 누구든지 효험이 있었다. 노인은 가게의 처마 밑에 호로를 매달아 두고서 밤이 되면 호로 속으로 뛰어들어 갔다. 물론 아무도 보거나 아는 사람이 없었다.

　그러나 비장방(費長房)60)이라는 시장(市長)61)은 어느

---

59) 호로(胡蘆) : 조롱박, 표주박. 액체를 담을 수 있어 용도가 다양하다. 호로는 약선(藥仙) 이철괴를 상징하는 물건이다. 중국인들은 팔선을 암시하는 특별한 물건을 암팔선(暗八仙)이라 한다. 즉, 이철괴의 호로(葫蘆), 종리권의 부채, 장과로의 도정간(道情簡), 여동빈의 불진(拂塵) 혹은 보검(寶劍), 한상자의 피리, 하선고의 꽃바구니, 남채화의 연꽃, 그리고 조국구의 척판(尺板) 등이다.

날 망루에서 저잣거리를 살펴보다가 저녁때 노인이 호리병 속에 뛰어들어 가는 모습을 보았다.

　다음 날, 비장방은 술을 사 들고 노인을 찾아와 정중히 인사하며 가르침을 청했다. 그러나 노인은 내일 다시 오라며 다른 말이 없었다. 다음 날 저녁에 비장방은 노인을 찾아갔다.

　노인과 비장방은 함께 호리병 속으로 들어갔다. 호리병 속이지만 그 안은 커다란 저택이었다. 넓은 대청에는 온갖 치장과 함께 멋진 주안상이 차려져 있었다. 비장방은 대단한 환대를 받았다.

　비장방이 돌아가려고 하자, 노인은 이런 일을 타인에게 발설하지 말라고 당부했다. 그런 뒤로 비장방은 노인을 잘 모시며 공경했다. 몇 해가 지나, 노인이 비장방의 망루로 찾아와 말했다.

　"나는 본래 선인이었소. 그간 잘못이 있어 견책을 당해 이곳에 와 있었는데 이제 선계로 돌아가야 한다오. 그런데 혹시 나를 따라가 볼 생각이 있소? 그리고 내 자리에 약

---

60) 비장방(費長房) : 후한(後漢) 때의 방사(方士). 《후한서(後漢書)》 〈방사열전(方術列傳) 하〉에 기록이 있다.

61) 시장(市長) : 시장 감독관. 시연(市椽).

간의 술과 안주가 있는데 그대와 이별주로 마시고 싶소."

비장방은 하인을 시켜 노인의 자리에 가서 술병을 들고 오라 했다. 그러나 하인은 그 술병이 무거워 들지 못했다. 나중엔 10여 명의 장사가 들어 보려고 했으나 술병을 움직일 수 없었다. 결국 노인이 내려가 한 손가락으로 들고 올라왔다. 그 술병은 한 되쯤 들어가는 병이었다. 그러나 둘이 밤새 마셔도 계속 술이 나왔다.

비장방은 노인을 따라 도술을 배우고 싶었지만 그러려면 가족들과 얼마를 이별해야 할지 몰라 망설였다. 이에 노인은 비장방의 마음을 알았다. 노인은 비장방에게 그 키만 한 대나무를 하나 건네주면서 비장방의 집 뒤편 처마 밑에 걸어 두라고 했다.

비장방은 대나무를 처마 밑에 매달았다. 그 순간 대나무는 비장방의 시신으로 변했다. 다음 날 아침, 비장방의 하인 하나가 처마 밑에 목을 매어 죽은 주인의 시신을 발견했다. 온 가족이 모두 통곡하며 염하고 장사를 치렀다.

비장방이 옆에 있어도 또 비장방이 말을 해도 가족들은 알아듣지 못했다. 결국 비장방은 가족과 헤어져야만 했다. 비장방은 노인을 따라 깊은 산속으로 들어갔다. 가시덤불을 지나고 큰 바위를 오르고 내리며, 개울을 수없이 건넜다.

비장방은 맹호들이 우글대는 산속에 혼자 남겨졌다.

그러나 비장방은 하나도 두려워하지 않았다. 비장방이 방 안에 정좌하고 있을 때, 그 머리 위에는 썩은 새끼줄에 커다란 바위가 매달려 있었으나 비장방의 마음은 조금도 불안하지 않았다. 또 비장방이 수행하는 곳에 온갖 잡귀들이 나타나 그를 위협해도 자세를 바꾸지 않았다. 얼마간의 시험을 거친 뒤 노인이 말했다.

"자네는 가르칠 만한 젊은이야!"

그리고 노인은 그릇에 인분을 담아 주며 먹으라고 했다. 그릇 안에는 구더기가 가득 들어 있었고 지독한 냄새가 코를 찔렀다. 아무리 도를 닦기로 결심한 비장방이었지만 그것만은 먹을 수 없었다. 그러자 노인이 안타깝다는 듯이 말했다.

"자네가 거의 득도할 뻔했지만 결국 여기서 그치는군. 어찌하겠는가! 돌아가게나!"

비장방이 모든 것을 포기하고 돌아가려 하자 노인은 대나무 지팡이를 내주며 말했다.

"이 지팡이를 타고 가게. 잠깐이면 자네 집에 도착할 거야. 집에 가거든 이것을 갈대 수풀에 버리게."

이어 부적을 한 장 내주며 말했다.

"이 부적을 갖고 있으면 귀신을 볼 수 있고 또 귀신을 마음대로 부릴 수 있네."

비장방은 집으로 돌아왔다. 식구들이 모두 크게 놀랐다. 비장방은 10여 일간 집을 떠났다고 생각했는데 그가 죽은 지 10년이 되었다고 했다. 가족 모두가 분명히 시신을 염하고 입관한 뒤 매장했다고 말했다. 가족들이 무덤을 파 관을 열어 보니 그 안에는 비장방의 키만 한 대나무 하나가 들어 있었다.

비장방은 타고 온 지팡이를 갈대 수풀에 버렸다. 그 순간 대나무는 무서운 소리와 함께 용으로 변해 승천했다.

노인으로부터 얻어 온 부적의 신통력은 정말 대단했다. 부적을 지니고 환자를 만지면 무슨 병이든 다 나았다. 이는 환자 몸속에 들어 있던 악귀가 놀라 도망가기에 환자의 병이 완전히 낫는 것이었다.

비장방은 귀신들을 불러 놓고 종아리를 때리고 또 일을 시킬 수도 있었다. 그리고 가끔은 각처의 토지신(土地神)[62]을 불러 백성의 땅을 잘 지켜 주라고 일장 훈시를 했다.

비장방이 혼자 앉아 있으면서 성난 표정을 지으면 사

---

[62] 토지신(土地神) : 중국에서는 마을 단위 또는 한 지역 단위로 토지를 주관하는 토지신을 모신다. 토지신은 중국 민간 신앙 중 최하급의 신으로, 대개 노인 부부의 모습을 하고 있다.

람들이 무슨 일이냐고 물었다. 그러면 비장방은 귀신들을 혼내는 중이라고 말했다.

비장방이 손님과 함께 식사할 때면 귀신을 불러 먼 동해 바다의 생선을 사 오게 했다. 그는 또 하루에도 1000리 밖으로 구경을 다니기도 했다.

한때 환경(桓景)이란 제자가 있어 비장방의 도술을 배우고 있었다. 어느 날, 비장방이 환경에게 말했다.

"오는 9월 9일에 너의 집에 큰 재난이 닥칠 것이다. 산수유나무 가지를 어깨에 걸치고 산꼭대기에 올라가 국화주를 마시고 있으면 재난을 면할 수 있다."

환경은 비장방의 말대로 온 가족을 데리고 피신했다가 저녁때 집에 돌아와 보니 집 안에 있던 가축이 모두 죽어 있었다.

그 후 어느 날, 비장방은 그 신통한 부적을 잃어버렸다. 결국 여러 잡귀들을 보지도 부리지도 못해 잡귀에게 맞아 죽었다.

한편 이철괴는 인간 세계로 유배된 이후 공적을 다 쌓아 선계로 복귀했다. 철괴는 노자의 거처에 나아가 사죄했다. 뒷날 이철괴는 상선(上仙)이 되어 구름을 타고 명산을 유람했고 때때로 학을 타고 하늘을 오르내렸다. 이철괴가 인간 세계에 내려오면 보통 가난한 사람 집에 머물곤

했다.

　남중(南中)이란 곳에 설공과(設功果)란 사람이 있었는데 이철괴가 가끔 내려와 그 집에 머물곤 했다. 어느 날, 나무를 하는 두 초동이 서로 이야기를 하는데, 그중 한 아이가 말했다.

　"내일, 설공과네 집에 맨발의 거지가 찾아올 텐데 그가 바로 신선 이철괴 선생이야. 우리 함께 가 보지 않겠니?"

　이런 말을 마침 지나가던 야경꾼이 들었다. 야경꾼은 이상하다고 생각하면서 다음 날 설공과의 집을 찾아가 보았다. 마침 거기에는 맨발의 거지가 아궁이 앞에서 불을 쬐고 있었다. 야경꾼은 넙죽 절하면서 신선의 길로 이끌어 달라고 간청했다. 그러자 거지가 물었다.

　"내가 신선인 줄 어떻게 알았는가?"

　"어제 산속 오두막에서 두 아이가 이야기하는 소리를 듣고 선인께서 여기에 계실 것이라 생각했습니다."

　"그래! 그럼 나 하는 대로 따라 하면 자네를 신선의 길로 인도하겠네."

　거지는 자리에서 일어나 뜨거운 모닥불을 밟으며 앞으로 걸어갔다. 그러나 야경꾼은 화상이 두려워 따라 걷지 못했다. 야경꾼은 그냥 집으로 돌아갈 수밖에 없었다. 그러나 도중에 뜻밖에도 그 거지를 다시 만났다. 야경꾼은 다시 인도해 달라고 졸랐다.

"자네, 지금은 그냥 돌아가게. 그리고 나를 위해 산속 오두막에 있는 두 아이를 꽁꽁 묶어 가지고 냇가 다리 위에서 내일 나를 기다려 주게. 그러면 나의 조그만 배가 지나갈 테니 그 배 위에 올라타기만 하면 자네를 인도하겠네. 두려워하지 말게."

야경꾼은 산속 오두막으로 갔다. 그 오두막엔 초동 두 명이 그때까지 놀고 있었다. 야경꾼은 두 아이를 꽁꽁 묶었다. 밤이 되자 동자들은 울며불며 풀어 달라고 애원했다. 나중에는 야경꾼에게 모진 욕설을 하다가 큰 소리로 엉엉 울기도 했다.

야경꾼은 다음 날 아침부터 다리 위에서 거지의 배를 기다렸다. 그러나 한낮이 되도록 거지는 보이지 않았다. 나중에 상류로부터 아주 조그만 배 한 척이 떠내려왔다. 야경꾼은 그 배를 타지 않고 거지 신선을 기다렸다. 마침 거지 신선이 나타나더니 왜 타지 않느냐고 물었다.

"저 조그만 배에 무거운 내가 어떻게 타겠습니까?"

그러자 이철괴가 본모습을 드러내며 말했다.

"자네 같은 속인들은 너무 무겁다고 생각하니, 나도 자네들은 건네줄 수가 없어!"

이철괴는 그 일엽편주로 건너뛰었다. 그러고선 바람과 파도를 일으키며 공중으로 떠올라 하늘 저편 구름 속으로 멀어졌다.

중국인들이 이야기하는 팔선 중에서 종리권(鍾離權), 남채화(藍采和), 여자 신선인 하선고(何仙姑) 등은 모두 이철괴에 의해 점화(點化)[63]되어 신선이 되었다고 한다.

---

63) 점화(點化) : 신선이 법술(法術)로 교화, 감화하다. 지점감화(指點感化).

제11회. 종리권이 적을 물리치다
종리장병벌구(鍾離將兵伐寇)

팔선의 한 사람인 종리권(鍾離權)⁶⁴⁾은 안휘성(安徽省)의 서북단 박[亳, 지금의 안후이성 보저우시(亳州市)]이란 곳에서 태어났다.

종리권은 태어날 때부터 이미 세 살 정도 된 아이만큼 컸으며 밤낮으로 울지도 먹지도 않았다. 그러다가 이레째 되던 날, 갑자기 "이 몸은 자부(紫府)⁶⁵⁾에서 놀고, 이름은 옥경(玉京)⁶⁶⁾에 올리겠다"고 말했다.

종리권은 자라면서 정수리가 둥글고 이마가 넓었으며, 움푹한 눈에 긴 눈썹, 두툼한 귀와 붉은색이 도는 큰 코, 넓적한 입과 붉은 입술, 기다란 팔을 갖고 있었다.

그는 어려서부터 매사에 신중했으니 마치 마음속에 저

---

64) 종리권(鍾離權) : 종리는 복성(複姓)이다. 자(字)는 운방(雲房), 호(號)는 정양자(正陽子)다. 종리한(鍾離漢)이라는 이름도 있다. 한 왕조가 망한 뒤 진(晉)에 출사했다는 기록도 있다.
65) 자부(紫府) : 신선의 거처.
66) 옥경(玉京) : 천제(天帝)의 거처.

울이 있는 것과 같았다. 때문에 이름을 권(權, 저울질한다는 뜻)이라고 지었다고 한다.

그의 자는 적도(寂道)이고, 호는 화합자(和合子), 왕양자(王陽子) 또는 운방 선생(雲房先生)이라고 했다.

그의 부친은 제후의 반열에 속했고 관직은 운중군(雲中郡)의 태수(太守)를 지냈다. 어른이 된 종리권은 한(漢)왕조의 대장군이 되었다. 그때 마침 토번(吐蕃, 티베트)족의 군사 30만이 서쪽 변방을 침범해 재물과 부녀자를 노략질한다는 급보가 들어왔다.

보고에 따르면 토번족의 기세는 매우 대단해, 마치 산을 무너트리고 파도가 바위를 때리며 폭풍이 나무를 뽑는 듯하니 변방의 군사로는 대적할 수 없었다. 거기에 아군의 사기가 저하해 적을 보면 먼저 도망치기만 하니 급히 중앙에서 대군을 파견해 적을 막아야 한다는 무척이나 다급한 보고였다. 그리고 전황이 워낙 위급해 조금이라도 때가 늦으면 변방의 여러 지역이 그대로 적의 수중에 떨어질 것 같다고 했다.

변방의 이런 보고에 황제와 대신이 모두 놀랐고 장안성 내외 모든 백성이 두려워 떨었다. 이에 천자는 곧 문무백관을 불러 대책을 논의했다.

천자는 대장군 종리권에게 50만 대군을 거느리고 즉시 출동하게 하면서, 원정군을 80만 대군이라고 공포했다.

종리권이 출병하는 날, 조정 대신들이 모두 교외까지 나와 전별하며 시를 지어 종리권과 수하 정병들을 격려했다.

대장군 황도를 나서는데,
허리엔 황금빛 멋진 화살.
적도를 모조리 잡겠다 말하니,
명성과 공적을 청사에 새기리.
大將出皇都,　腰懸金僕姑.
笑談空醜虜,　聲譽勒丹靑.

조정 대신들의 환송을 받은 종리권은 각종 병기와 거마, 의장, 군량 및 마초 등을 일일이 점검하고 삼군에 군령을 하달했다.

"예로부터 우리 중국은 천명을 받아 천하를 다스리며 주변의 미개한 여러 이민족을 제압해 왔다. 또한 주변의 종족들은 우리 중화를 섬겨 왔고 또 그것이 그들의 본분이었다. 여태까지 이적들이 제아무리 강하다 해도 감히 중국을 침략한 적이 없었다. 우리 한 제국이 세워진 이후로 온 천하 사방이 태평하고 주변 이적들은 고분고분했다. 이번에 토번의 미개족들이 중화의 서쪽 변경을 침범해 역대 선조들이 놀라고 폐하께서도 억조창생을 위해 노심초사하시니, 황제의 신하 된 자는 지금이 바로 충성을 바칠

종리권(鍾離權)

시기이며 모든 장졸이 힘을 쓸 때라고 생각한다. 명철하신 천자께서는 나에게 대장군의 직책을 부여하시고 삼군을 통솔해 오랑캐 무리를 물리치라는 당부를 내리셨다. 모든 군사들은 각자 용기와 힘, 지혜와 성심으로 맡은바 자기 책임을 다해 폐하의 뜻을 저버리지 말라. 아울러 여기서 여러 장병들과 약속하나니 첫째, 적을 만나면 용감히 전진하며 지혜롭게 싸워 이겨야 한다. 절대로 주저하거나 후퇴하지 말라. 둘째, 행군 도중에 절제하고 매사에 조심해야 한다. 특히 농작물을 짓밟거나 백성의 재물을 약탈한다든지 부녀자들을 희롱하는 일이 없어야 한다. 위와 같은 약속을 범했을 경우 모두 참수해 군기를 똑바로 세우도록 하겠다. 그리고 적과 용감히 싸워 공을 세우는 자는 한 사람도 빠지는 일 없이 모두 큰 상을 주고 높이 등용토록 하겠다. 이상의 모든 약속은 결코 빈말이 아닐 것이다. 이 종리권은 천지신명께 맹세하노니 바로 너희들과 사생(死生)을 같이하리라."

종리권의 신념에 찬 훈시가 끝나자 삼군은 더욱 숙연해졌다. 종리권은 선발대를 출발시켰고 전후 세 개 부대로 나누어 진군하되 종리권은 친히 중군을 지휘했다.

각종 깃발이 펄럭이며 하늘을 덮었다. 창칼이 햇빛에 빛나고 북소리가 천지에 진동했다. 80만 대군의 당당하고 늠름한 그 기상은 대제국의 힘을 과시했다. 한 대군의 기세는 옛 시인의 시 구절 그대로였다.

북벌에 나선 장군의 기세 드높으며,
기개는 하늘에 닿고 갑옷 찬란하다.
바람을 찢는 화살이 변방에 울리고,
전공에 붉은 조서는 하늘에 닿도다.
將軍北伐陣雲高, 氣壯虹霓耀錦袍
風動角弓鳴塞外, 功成丹詔出重霄.

제12회. 종리권과 불률이 교전하다
종리불률교병(鍾離不律交兵)

　　종리권이 거느린 삼군은 보통 행군 일정보다 두 배를 빨리 진군해 기수(奇水)라는 강가에 도착했다. 종리권의 대군은 토번족의 군사를 바라보는 곳에 진지를 구축했다.
　　다음 날 아침, 양쪽 군사들은 전투 대형을 다 갖추었다.
　　한(漢)나라 군영에서 큰 북소리와 함께 징과 꽹과리가 요란히 울리고 각종 깃발이 양편으로 갈라지면서 여러 장군들에 둘러싸여 대장군 종리권이 출전했다.
　　그의 두 눈썹은 두 자루의 긴 칼과 같이 하늘로 치켜 올라갔고 붉은 얼굴에 붉은 전포, 금빛 갑옷을 입고 긴 창을 비껴 잡고 결연한 표정으로 부대 앞에 버티고 섰다.
　　토번군의 진영에서도 한 대장이 나오는데 금빛 투구에 은빛 갑옷이 찬란했고 고정도(古定刀)란 명검을 차고 앞에 나섰다.
　　과연 두 진영의 위풍은 마치 용과 호랑이 같은 영웅의 모습 그대로였다. 어느 시인이 한 수의 시를 지어 그 모습을 읊었다.

　　두 명의 장군 서로 싸우는 날,

영웅은 본래 둘일 수 없는 법.
하늘을 치고 땅을 찢는 기세,
떨치는 위엄 귀신도 놀라도다.
북소리 둥둥 산천을 뒤흔들고,
빛나는 깃발 구름을 흩날린다.
나라의 안위 일격에 달렸으니,
천고의 명장 승패를 못 가린다.

二將交兵日, 英雄不可倫.
氣奔天地裂, 威震鬼神驚.
金鼓撼山嶽, 旌旗亂白雲.
安危憑一擊, 千古說難分.

종리권은 위풍도 당당히 큰 소리로 토번의 장수를 꾸짖었다.

"중국은 예로부터 주변의 우매한 종족을 어린아이처럼 보살펴 주었다. 우리 조정은 귀순하지 않는 종족이야 보살피지 않지만, 조공(朝貢)을 바친다면 누구든 후히 대접했다. 모든 종족들 마음이 우리 중화(中華)에 쏠렸고, 멀고 가까운 종족 모두 중화 천자의 큰 덕을 흠모하는데, 오직 너희 토번족은 천자께 귀순하지 않고 배은망덕한 짓을 계속했다. 그간 너희들이 바른길로 돌아오길 기다리며 달랬으나, 오히려 우리의 변경을 위협하며, 어리석게도 대국의 분노를 자초하고 있으니 참으로 한심하도다. 어서 빨리 투항하고 천자께 조공한다면 족장의 지위를 보존하겠지만 그러지 않는다면 목숨조차 유지하기 어려울 것이다. 만약 이후에도 어리석은 짓을 계속한다면 내가 용서하지 못하리라."

그러자 토번의 장수 점불률(點不聿)도 지지 않고 대꾸했다.

"천하는 천하일 뿐! 능력 있고 강한 자는 누구든지 차지할 수 있는 것! 어찌 중국인만이 천자라고 맹랑하게 떠드는가? 너희는 너희이고 우리는 우리다. 너희가 다른 종족한테 재물을 뺏어 가니 우리도 중국의 것을 취할 수 있는 법이다. 천하를 차지하는 것은 천운에 따를 뿐! 우리가 어찌 너희에게 굴복하겠는가? 그리고 이 땅에 인간으로 태어난 이래, 우리가 한때나마 너희에게 조공했던 것은 그때 힘이 없었기 때문이었다. 지금 우리의 백만 대군이 이토록 강성한데 너희에게 항복하겠는가? 자웅을 가르고 승패를 분명히 할 뿐! 여러 말은 필요 없노라!"

종리권은 그 말에 크게 분노하며 창을 잡고 점불률을 공격했다. 점불률도 장검으로 맞섰다. 두 말과 두 대장은 어울려 80여 합을 싸웠다. 그러나 승부를 가리지 못했다.

점불률은 종리권을 결코 이길 수 없다고 생각하자 싸움에 진 듯 말을 돌려 도망쳤다. 종리권은 급히 말을 몰아

뒤쫓아 가면서 마음속으로 헤아렸다.

"필시 돌발적인 공격이 있을 것이다."

종리권의 예상대로 점불률은 활에 화살을 재어 급히 몸을 돌리며 활을 쏘았다. 종리권은 빨리 몸을 피하면서 놀란 척 되돌아 달아났다. 그러자 이번에는 점불률이 추격해 왔다.

그러자 종리권은 갑자기 멈춰 서며 작은 비수(匕首)를 날렸다. 점불률은 급히 손으로 얼굴을 가렸지만 비수는 점불률의 뺨을 긁으며 날아갔다. 이에 점불률은 크게 놀라 도망쳤다. 종리권도 더 이상 추격하지 않고 대군의 공격을 명했다.

양측은 일대 혼전을 벌인 뒤에, 각자 징을 쳐서 군사를 불러들였다.

제13회. 종리권이 토번을 대파하다
종리대파번진(鍾離大破番陣)

　본진을 수습한 종리권은 군사들을 점검했다. 부상병이 많아 군의에게 보내 치료하게 했다. 종리권은 토번의 군사력이 예상보다 강하다는 것을 알았다. 내일 다시 전투가 벌어져도 승리를 장담할 수가 없었다. 필시 특별한 계책을 써야만 했다.

　그날 밤, 종리권은 경무장한 기병 2만을 골라 사방에 매복시킨 뒤, 내일 연주포 소리와 함께 사방에서 일어나 토번의 장수를 생포하라는 계략을 지시했다. 그리고 삼군에 군령을 내려 4시에 조반을 지어 먹고 5시에 진을 치며 날이 밝으면 본진을 공격토록 했다. 그리고 별동대는 토번 주력군이 출병하면 토번의 본부와 후방의 치중(輜重) 부대를 공격하게 했다.

　한편, 토번의 대장 점불률도 장막으로 돌아와 상처를 치료하며 군사들을 점검했다. 부러지고 다치거나 죽은 병사들을 이루 다 셀 수가 없었다. 점불률은 한나라 대장군의 무예가 출중하고 군사가 많아 정면 공격으로는 이기기 어려울 것이라 생각하고 특별한 진법으로 적의 대장군을 그 진중에서 생포하면 파죽지세로 대파할 수 있다고 계산했다.

이에 점불률은 즉시 부장들을 불러 3시에 밥 짓고 4시에 배불리 먹인 뒤, 5시에 친히 준마를 타고 다니면서 깃발을 세우며 직접 지시를 내렸다. 토번은 강의 서편에 새로운 진을 치고 한 군사의 공격을 기다렸다. 토번의 새 진영은 아주 완전무결했고 성곽처럼 견고한 데다 출입할 수 있는 군문이 두세 겹으로 마련되어 있었다. 이는 천지자연의 비결이며 귀신도 예측할 수 없는 특별한 진법(陣法)으로 점불률이 생각해도 기기묘묘한 최고의 군진이었다.

날이 밝아 한나라 측에서 진영을 정비한 후, 토번의 진을 바라보니 그 견고하기가 마치 성벽과도 같아 도저히 공격한 틈새를 찾을 수 없었다. 종리권은 크게 놀라면서 마음속으로 중얼거렸다.

"적장이 그저 무예만 뛰어난 사나이로 알았는데 이처럼 병법에도 밝을 줄은 몰랐군. 도대체 무슨 진영을 설치한 것일까?"

종리권은 급히 장대(將臺)에 올라 토번의 진영을 상세히 훑어보았다. 그리고 미소를 지으며 말했다.

"아하! 저것은 팔괘진(八卦陣)이로군! 저런 진법을 편 것은 우리의 공격을 기다려 나를 진중에서 생포하려는 욕심을 낸 것이니 그에 따른 방책을 세워 실행하면 될 것이다."

종리권은 부장 풍이(馮己)를 불러 물었다.

"장군은 적의 저 진법을 아는가?"

부장은 모른다고 대답했다. 종리권은 손가락으로 적진을 가리키며 하나하나 설명했다.

"저것은 팔괘진이다. 그 진영 내에는 여덟 개의 군문이 배치되어 있다. 팔문이란 휴(休), 생(生), 상(傷), 두(杜), 경(景), 사(死), 경(驚), 개문(開門)을 말한다. 오직 생문과 개문으로 진격해야만 살 수 있고 나머지는 크게 불리하거나 죽을 수밖에 없다. 너는 지금 두 개의 문을 잘 확인해라. 그리고 어떻게 저것을 혼란케 할 수 있는지 잘 들어야 한다. 우선 너는 날랜 기병 2000명만 데리고 동남쪽 푸른 깃발이 꽂힌 저 모퉁이로 공격해 들어가 동북의 검은 깃발을 돌아 나와야 한다. 그리고 다시 동북에서 엄살(掩殺)해 들어가 동남을 거쳐 나오면 저 진영은 저절로 와해된다. 나는 대군을 거느리고 네 뒤를 따라 공격할 것이다. 적의 뜻을 우리가 확실히 알았으니 승리는 틀림없이 우리 것이다. 잘 알고 용감히 싸워 큰 공을 세우도록 해라. 네가 실수하면 나머지 대군도 위험하다는 사실을 명심하도록 해라."

풍이는 종리권이 일러 준 대로 적진을 세밀히 관찰하

며 대책을 세웠다. 그리고 정예 기병 2000명을 인솔하고 동남쪽의 청색 깃발이 꽂힌 문으로 과감하게 돌진했다. 풍이는 적병을 마구 무찌르고 동북 방면으로 탈출했다.

토번군이 감히 대항도 못하고 허둥댈 때, 풍이는 다시 동북쪽으로 들어가 적진을 뒤흔들며 동남으로 빠져나왔다. 그러자 토번의 진용은 여지없이 무너졌다. 풍이는 부하 사병들에게 소리쳤다.

"우리 대장군의 계산 그대로 적진은 무너졌다. 지금이 바로 사나이가 큰 공을 세울 때다! 마지막 공격이다!"

사졸들은 큰 소리를 지르며 적진으로 돌격했다. 종리권은 대군에게 공격 명령을 내렸고 토번군은 도주하기 시작했다. 이어 연주포가 울리면서 사방의 복병이 튀어나오며 적을 조여들어 왔다. 점불률은 겨우 수십 명의 부하에 에워싸여 도주했다.

강가 토번의 진영에는 시체가 산을 이루었고 피는 도랑을 따라 흘러내렸다. 한군은 점불률을 20여 리나 추격했다. 한군은 토번의 군량과 병기(兵器)와 크고 작은 깃발을 부지기수로 노획했다. 종리권은 조정에 장계를 올려 대첩(大捷)을 보고했다. 이하 나머지 일은 자세히 적지 않는다.

제14회. 토번이 한군을 크게 무찌르다
번병겁패한군(番兵劫敗漢軍)

본래 종리권은 상계(上界)의 신선이었는데, 문서 업무에 잘못이 있어 인간 세계인 범계(凡界)로 유배당해 종리씨(鍾離氏) 집안에 출생했다. 종리권이 한의 대장군으로 토번군을 크게 무찌르고 공을 세우고 있을 때, 마침 이철괴가 그 상공을 지나가고 있었다.

이철괴는 우연히 하계를 내려다보았다. 지상에 살기가 등등한 속에서 종리권과 토번의 장수가 한참 교전하고 있었다.

"종리권은 도를 체득하고 수양에 힘쓰면서 속세의 온갖 범사를 초월해야 마땅하거늘 어찌하여 저렇듯 죽자 사자 싸움에 빠져들었을까? 그리고 토번 사람들을 다 없애 버린다고 그것이 공덕을 쌓는 일이라 할 수 있겠는가? 종리권이 큰 공을 세워 벼슬이 올라가면 속세의 영화에 푹 빠지게 되어 나중에는 대도를 더 그르칠 것이야. 그렇다면 차라리 종리권을 패배하게 해서 속세의 쓴맛을 보게 한 뒤 선계(仙界)로 인도하는 것이 훨씬 더 좋을 거야!"

이철괴는 이에 늙은이로 모습을 바꿔 토번군의 진영에 나타났다.

한편 토번의 대장 첨불률은 대패한 뒤 잔병을 수습하니 열에 한둘이 겨우 제 걸음을 걸을 정도였다. 한나라 군사들에게 어떻게 보복을 할 수 있을까 궁리를 해 보았지만 방법이 전혀 없었다. 장막 안에서 술잔을 들고 침울하게 걱정하고 있는데 당번 병졸이 들어와 말했다.

"밖에 한 노인이 찾아와 뵙고자 합니다."

첨불률은 필시 유세차 찾아온 노인이고 아마도 새로운 방법을 제시할 수 있으리라 생각하며 불러들였다. 노인은 장막 안에 들어와 팔을 올려 절을 하지도 않고 가만히 서 있었다. 불률이 먼저 물었다.

"노인장께선 무슨 일로 찾아오셨는가?"

노인은 정정한 목소리로 답했다.

"특별히 장군에게 치하드릴 일이 있어 찾아왔습니다."

"나는 지금 대패했고 장수와 병졸을 거의 다 잃었는데 나한테 무슨 기쁜 일이 있어 노인의 치하를 받겠소?"

"그렇지 않습니다. 본래 전투에는 승패가 있는 법이고 한 번 승리나 패배로 운명이 확정되지 않습니다. 먼저 겪어 본 쓰라린 패배 덕분에 최후의 영광을 차지할 수도 있습니다. 두 번째 전투에서도 패배하란 법은 없습니다. 장군의 그만한 능력으로 어찌 단 한 번의 패배 때문에 이토록 좌절하십니까?"

점불률은 마음속으로 맞는 말이라 생각하며 가만히 듣고 있었다.

"이 늙은이 생각으로는 한나라 장병들은 오늘 승리로 아주 교만하고 방자해졌습니다. 바로 이 점을 이용해 오늘 밤, 한군의 병영을 급습하면 크게 성공할 수 있습니다. 제가 엊저녁에 천문을 보니 한나라 대장의 별이 그 빛을 잃어 가고 있었습니다. 거기에다 여러 별들의 침탈이 많아 그 세력이 크게 꺾이는 것을 보았습니다. 오늘 밤에 저들 진영에 큰 재난이 일어나 장수와 병졸들이 크게 놀랄 것입니다. 그때를 이용해서 사방에서 돌격해 들어가면 그들은 모두 하늘에서 내려온 신병(神兵)인 줄 알고 쉽게 굴복할 것입니다. 어찌 오늘 저녁 같은 절호의 기회를 놓치겠습니까?"

노인은 말을 마치자 아무 인사도 없이 돌아 나갔다.

점불률은 노인의 말을 듣고 크게 기뻐하면서 밤참을 지어 먹게 한 뒤, 삼경에 한 군영을 습격하겠다고 명령했다. 그러나 일부 장수들은 그 노인의 말을 믿을 수 없고, 한나라 측에서도 대비가 있을 것이라며 난색을 표했다.

그러나 점불률은 단호히 말했다.

"그 의견도 틀린 것은 아니다. 그러나 노인의 말은 병법에 딱 부합한다. 물론 나도 약간 의심이 가기도 한다. 그러나 전쟁의 승패는 우리가 예상할 수 없다. 그저 너무 의심하진 말라. 장군들은 오직 용감하게 공격하고 불리하면 신속하게 후퇴하면 된다."

점불률은 4만 병력을 동원하며 철저한 준비와 점검을 마치고 네 개 부대로 나누어 사방으로 숨어들어 갔다. 각 부대는 다시 전후대로 구분해 서로 후원하기로 했다. 토번의 병사와 말들은 모두 재갈을 문 채 소리 없이 잠복하고 때를 기다렸다.

한편 종리권은 이기고 돌아와 삼군을 격려하는 큰 잔치를 벌였고 논공행상을 마쳤다. 그러다 보니 삼경 무렵에야 겨우 자리를 파했다.

그때 부장 풍이가 종리권에게 말했다.

"적들이 패퇴했다지만 그 병졸들이 아직 많이 있습니다. 그들이 오늘 저녁 우리 진영을 공격하지 않을까 걱정이 됩니다."

그러자 종리권이 말했다.

"그대의 지금 그 말은 병법에도 쓰여 있는 말이다. 내가 미리 대비한 바 있으니 그대는 외곽에 대한 경계에 만전을 기하도록 하라."

풍이는 명을 받고 돌아갔다.

한밤 삼경이 되었다. 갑자기 부대 후면에서 큰 불길이 솟았다. 물론 이철괴가 의도적으로 방화한 화재였다. 거기에 때맞추어 바람까지 크게 불어 불길은 맹렬하게 번져 나갔다. 거의 모든 군영 막사에 불이 붙었다. 종리권의 장수와 병졸들은 황급히 불을 끄려 애를 썼으나 그 불길을 잡을 수 없었다.

한의 장졸들이 크게 당황해 허둥대고 있을 때, 각처에서 불화살이 쏟아지면서 사방의 복병이 내습해 왔다. 북소리, 고함 소리, 창칼이 부딪치는 소리, 죽어 가는 병졸의 외마디 절규가 뒤범벅이 된 처참한 밤이었다. 한나라 군사들은 말에 안장을 얹을 겨를도 없었다. 병졸들은 미처 갑옷을 입지도 못했고 칼이나 창 같은 무기를 손에 잡을 수도 없었다. 불길 속에 기습당한 한의 대군은 서로 밟혀 죽는 자가 더 많았다.

대장 종리권은 침착하게 창을 쥐고 적군을 맞아 싸우며 장수들을 독려했다. 그러다가 마침 종리권을 찾아 나선 점불률과 마주쳤고 즉시 10여 합을 겨루었다.

종리권은 다급했다. 자기 군사들은 계속 도망치고 있는데 토번의 군사는 계속 늘어만 갔다. 그러다 보니 싸울 의기조차 꺾이는 것 같았다. 종리권은 몸을 빼내었다.

겨우 10여 보 도망했을 때, 토번의 병졸에 걸려 넘어졌다. 점불률은 바싹 추격해 오고 토번 병사들의 뜻 모를 고함 소리는 더욱 크게 들렸다. 종리권이 이처럼 위급할 때, 부장 풍이가 달려들어 토번의 병졸을 상대했다. 종리권은 겨우 몸을 빼낼 수 있었다. 그러나 곧 종리권이 탄 말이 쓰러졌다. 풍이는 즉시 토번의 기병을 하나 죽이고 말을 뺏어 종리권에게 주었다. 종리권은 부하 10여 명과 함께 산언덕을 바라보며 내달렸다.

한나라 진영의 모든 영채에 불길이 드높았다. 한의 50만 대군은 단 하룻밤 새 완전하게 궤멸당했다. 캄캄한 밤이 아니었다. 화광으로 대낮같이 밝은 영채를 뒤로하고 종리권은 산을 넘고 계곡을 더듬어 나아갔다. 종리권은 정신을 가다듬기 위해 크게 숨을 들이쉬었다.

그 순간, 매복했던 토번병의 고함 소리와 함께 종리권은 낙마했다. 급히 풍이가 달려들어 종리권을 일으켜 세우며 말했다.

"대장군께선 혼자 떠나십시오. 우리가 대적하겠습니다."

종리권은 겨우 다른 말을 잡아타고 혼자 계곡을 따라 달려갔다. 토번병의 추격은 더 이상 없었다. 그러나 50만 대군의 사령관은 혼자 어둠 속을 가고 있었다.

제15회. 대패한 종리권이 산속에 숨다
종리패도산곡(鍾離敗逃山谷)

혼자 빠져나온 종리권은 추적하는 토번병의 횃불이 멀어지는 것을 보고 겨우 마음을 놓았다. 종리권은 잠시 쉬면서 생각했다.

'나라의 대장군으로 삼군을 지휘해 천하를 태평하게 하고 외적을 소탕하는 큰 공을 세워 후세에 명성을 전해 영웅이나 위인으로 기억되고 싶었다. 그러나 조심하지 않았기에 전군을 잃고 쫓기는 신세가 되었으니 결국은 패장으로 기억될 뿐, 또 나 때문에 죽은 수많은 병졸의 원혼을 어떻게 달래 주어야 하는가? 위로는 폐하의 신망을 저버렸고 아래로는 국사를 그르쳤으니 천자께 무어라 상주할 것이며, 무슨 면목으로 부모와 조상을 뵐 수 있겠는가? 이는 하늘이 내린 벌이다. 나는 이로써 속세의 공명이 끝이 난 것 아니겠는가? 일을 꾸미는 것은 사람이지만(謀事在人), 성사 여부는 하늘에 달렸다(成事在天)는 그 말이 사실이로구나.'

종리권은 탄식하고 슬퍼하며 비탄에 빠졌다. 겨우 일어나 길을 찾아 내려갔지만 도대체 어디로 가야 할지 몰랐다. 또 물어볼 만한 행인이나 인가도 없었다. 그저 말이 가는 대로 가다 보니 날이 밝았다. 사람과 말이 너무 지치고 배가 고팠다. 무엇보다도 다리에 힘이 빠져 움직일 수도 없었다.

그렇다고 좁은 산길에 무작정 앉아 쉴 수도 없어 억지로 10여 리를 더 가다가 잠시 쉬려고 주저앉았다.

결국 일어나지도 못하고 한숨을 자고 나니 다시 한밤이었고 달이 동녘 하늘에 떠올랐다. 종리권은 천천히 숲 속 좁은 길을 따라 걸었다. 사방은 적막하고 풀벌레 울음도 없이 그저 조용했다.

종리권은 처량하고 비참했다. 그는 하늘을 보고 큰 소리로 울부짖었다.

"아! 내가 여기서 죽어야 하는가?"

캄캄한 어둠 속에서 종리권은 더 나아갈 수도 없었다. 말 위에서 주저주저하고 있을 때, 어디선가 서역의 중, 호승(胡僧)이 한 사람 나타났다.

그는 푸른 눈동자에 툭 불거진 광대뼈, 곱슬머리가 조금 남아 있는 대머리였으며, 풀로 엮은 옷에 대나무 지팡이를 짚고 있었다. 호승은 뚜벅뚜벅 다가왔다.

그는 아주 여유 있는 당당한 모습이었고 세속에 초연한 기개가 있었다. 종리권은 그가 비범한 승려라고 생각했다. 말에서 내린 종리권은 손을 맞잡아 예를 표한 뒤 물었다.

"저는 한의 대장군으로 토번을 정벌하러 나왔다가 대

패했습니다. 지금 길을 잃고 헤매고 있습니다. 제가 쉴 수 있는 곳이나 길을 안내해 주신다면 그 은혜 잊지 않겠습니다."

호승은 아무 말도 없이 앞서 인도했다. 얼마쯤 가니 큰 별장 같은 저택이 나타났다.

"이곳은 동화 선생(東華先生)67)께서 성도(成道)한 곳이니, 장군께서 잠시 쉬실 수 있습니다."

호승은 말을 마치자 읍을 하고 어디론가 사라졌다. 그 저택은 아주 조용하고 정갈하며 아늑했다. 밤이었는데도 기이한 화초의 향기가 있었고 수목의 배치도 좋아 보였다. 거기에다가 연못과 작은 시내, 그리고 정자도 눈에 들어왔다. 알맞게 자란 소나무와 잣나무가 두 줄로 늘어선 세 갈래 길이 손님을 대청으로 인도했다.

종리권은 이렇듯 운치 있는 정원이니 이곳은 결코 세속 부호의 저택이 아니라 하늘에 있다는 신선의 거처일 것이라고 생각했다. 종리권은 조용히 안으로 걸어 들어가다가 깜짝 놀라 소리를 지를 뻔했다.

---

67) 동화 선생(東華先生) : 한대(漢代)의 왕현보(王玄甫)를 말한다. 동화제군(東華帝君)이라고도 부른다. 전진도(全眞道) 5조(五祖) 중 한 사람이다.

제16회. 동화 선생이 종리권에게 전도하다
동화전도종리(東華傳道鍾離)

종리권은 집 안 뜰로 걸어 들어가다가 우뚝 섰다. 뜰에는 한 사람이 시를 읊고 있었다.

혼자 지키는 한평생 도리,
안개 자욱한 옛 골짜기다.
자연 속에서 마음껏 즐기니,
몸은 흰 구름 따라 한가롭다.
길은 있지만 왕래 막혀 있고,
마음 비우고 누굴 따라가랴?
한밤 편안히 홀로 앉았으면,
앞산 둥근달 그냥 떠오른다.

自樂平生道, 煙蘿古洞間.
野情多放曠, 身伴白雲間.
有路不通世, 無心孰可扳.
康床孤夜坐, 圓月上前山.

시를 읊고 나서는 "이 시는 아마도 눈이 파란 호승(胡僧)의 넋두리일 거야!"라고 말했다.

종리권은 노인을 자세히 바라보았다. 노인은 흰 덧옷에 청려장68)을 짚고 있었다. 노인은 팔짱을 끼고 천천히 종리권한테 다가와 말했다.

"혹시 한의 대장군 종리권이 아니신지?"

종리권은 노인이 자기 이름을 알고 있자 깜짝 놀라 한 발 나아가 읍하며 말했다.

"그렇습니다."

"이 깊은 산속에 어인 일이신가?"

"능력도 없는 몸이 황제의 명을 받아 토번을 정벌하러 나왔다가 대군을 모두 잃고 겨우 홀로 빠져나왔습니다만, 길을 잃고 헤매면서 혹 객사(客舍)나 승방이 있을까 찾고 있었습니다. 기갈에 몸은 지치고 가시에 찢기면서 어둠을 헤치다가 다행히 스님을 한 분 만나 이곳까지 오게 되었습니다. 뜻밖에 존안을 뵈었으니 여간 큰 행운이 아닙니다. 혹 하룻저녁 유숙할 수 있도록 허락해 주신다면 크신 은혜 잊지 않고 꼭 보답하겠습니다."

노인은 종리권을 집 안으로 안내했다. 노인은 종리권에게 선녀 마고(麻姑)69)가 만든다는 술인 마고주와 까만

---

68) 청려장(靑藜杖) : 명아주 줄기로 만든 지팡이. 명아주는 풀이름이다. 다 자라면 아주 가벼우면서도 단단해 노인의 지팡이로 사용된다.

참깨로 지은 밥을 대접했다. 노인은 식사하는 종리권을 보며 말했다.

"부귀와 공명은 본래 뜬구름 같은 것이고 전쟁에서 치고 뺏으며 이기고 지는 것이 모두 기(氣)의 움직임이고, 기는 언제나 수시로 변하는 것이지. 까마득히 먼 상고 이래로 강산의 주인도 늘 바뀌니 부귀공명인들 어찌 정수(定數)가 있겠는가? 눈 깜짝할 사이에 모습이 달라지고 누

---

69) 마고(麻姑) : 마고의 모습은 '마고헌수(麻姑獻壽)'라는 중국 민속연화(年畫)의 중요한 소재가 되고 있다. 마고의 내력에 대해 진(晋)나라 갈홍(葛弘)의 《신선전(神仙傳)》에는 다음과 같은 설명이 있다. 언젠가, 동해 바닷가에 왕원(王遠)이란 사람이 입산수도해 신선이 되었는데 그에게 마고라고 하는 열여덟 살쯤 된 여동생이 있었다. 머리에 쪽을 찌고 나머지 머리를 늘어뜨리면 허리에 닿았으며 비단옷을 입은 그 광채는 눈이 부실 정도였다. 그러나 손은 예쁘지 않았다. 손가락과 손톱이 마치 새 발가락과 같았다. 3월 3일 서왕모의 탄신일에 반도회(蟠桃會)를 열면 백화(百花), 모란, 작약, 해당화 등의 꽃 신선들이 마고를 맞이해 함께 참석하는데, 마고는 특별히 강주하(絳珠河)의 강가에서 영지(靈芝)로 술을 빚어 서왕모에 헌수하고 노래와 춤으로 서왕모를 즐겁게 한다고 한다. 바로 이런 이유들로 중국에서는 마고가 여수선(女壽仙)으로 자리 잡게 되었던 것이다. 마고는 수명장수의 상징이 되어 회화와 공예 심지어 각종 상표의 주요 소재가 되었다. 마고는 선녀처럼 예쁜 모습으로 때로는 구름이나 학을 타고 아니면 푸른 솔밭 사이에서 사슴을 타고 있다. 또 손으로 쟁반과 잔을 받들어 헌수하는 모습도 있다. 그 쟁반에는 선도(仙桃)와 영지(靈芝)로 만든 술과 귤 등을 담고 있다고 한다.

런 조로 밥을 짓는 동안 평생의 부귀영화와 처참한 몰락을 꿈꾼다는 황량의 꿈(黃粱之夢)70)처럼 덧없이 허무한 것이지."

노인의 말씨는 아주 자상하면서도 기력이 느껴졌다.

"내가 장군보다 약간 나이가 많은 것 같은데, 나는 세속이 이렇다는 것을 간파하고 유유자적하며 세상의 굴레에서 멀리 벗어나려고 했네. 내 비록 득도의 경지에는 이르지 못했지만 그래도 세속의 욕망에서는 벗어났다고 생각하고 있지. 장군은 어이해 꿈속을 헤매듯 부귀공명에 그토록 연연하며 노심초사하시는가?"

종리권은 노인의 말이 인정에 맞고 사리분별이 바르며, 의미심장하다고 생각했다. 그 순간 종리권은 자기 마음의 변화를 느꼈다.

즉, 호랑이의 기세를 흠모하는 사나이의 웅심(雄心)이

---

70) 황량의 꿈(黃粱之夢) : 노생(盧生)이란 사람이 조(趙)의 도읍 한단(邯鄲)의 객점에서 여옹(呂翁)이라는 도사를 만났는데, 여옹이 누런 기장(黃粱)밥을 짓는 동안 잠깐 꿈을 꾸었다. 꿈속에서 온갖 영화를 누리다가 꿈을 깬다는 이야기로 한단지몽(邯鄲之夢)이라고도 한다. 많은 소설과 희곡의 소재가 되었는데 당나라 심기재의 《침중기(枕中記)》, 명나라 탕현조의 《한단기(邯鄲記)》 등이 모두 '부귀란 끝내 허무에 귀착하며 욕망은 자신을 파멸케 한다'는 뜻을 말하고 있다.

신선과 함께 나는 학(鶴)을 따르고자 하는 도심(道心)으로 바뀌는 것 같았다. 종리권은 노인에게 양생(養生)의 비결을 물었다. 노인은 간단히 대답했다.

"양생은 별것이 아니야. 우선 마음을 비우고 배[腹]를 실(實)하게 하면 되는 것이지."

"지금 하신 말씀의 뜻을 잘 모르겠습니다."

"마음은 우리 몸의 주인이네. 그 바탕이나 실체는 곧 텅 빈 것, 즉 허(虛)일세. 그 안에는 아무것도 없어야 해. 마음이 허하면 욕심이 없고 배가 실하면 걱정이 없는 법이지. 그러나 인간이 물욕을 갖게 되면서 비어야 하는 것이 꽉 차게 되는데 그 본래의 모습으로 돌아가기 위해선 물욕을 없애야 하지. 그렇게 되면 빈 것은 언제나 빈 상태로 남게 되고 인간의 마음, 곧 정신은 만물보다 한 차원 높은 곳에 존재할 수 있네. 인간의 배는 정(精)의 집이야. 그것은 본디 완전한 상태로 조금도 샐 틈이 없게 만들어진 것이네. 그런데 인간이 성장해 여색에 눈뜬 이후 실한 것이 허하게 되지. 그러니 인간의 정을 굳건히 하기 위해선 욕망, 특히 색욕을 막으면 실한 것은 언제나 실한 상태로 남아 있고 손상되지 않는 법일세. 즉, 허한 것은 허하고 실한 것은 실한 상태가 되면 나이가 들었어도 언제나 어린아이같이 건실하며 젊은이의 상태로 장수할 수 있지. 그리해야 몸은 신선의 세계, 곧 자부(紫府)에서 놀며 그 이름을 옥책(玉冊)에 올릴 수 있네. 이렇게 되면 비로소 양생했다고 말할 수 있지."

종리권은 노인의 그 말을 듣고 크게 깨달은 바가 있었다.

본시 인간의 본모습은 자연과 더불어 살며 아무런 지식도 필요 없고 욕망도 없는 무지무욕의 건강체로 마치 어린아이같이 무럭무럭 자라게 마련이었다. 그러나 인간이 욕망과 의욕을 갖고 지혜를 뽐내면서 서로 싸우고 남을 괴롭히고 빼앗게 되면서 그 이후로 인간은 병들게 되었다고 생각했다.

"만약 선인께서 저를 깨우쳐 주시지 않았다면 제 한평생이 속세의 티끌 속에 파묻힐 뻔했습니다."

종리권은 곧바로 일어나 노인에게 제자로서 절을 올렸다. 이어 노인은 종리권에게 장생의 비결과 금단화결(金丹火訣)[71] 그리고 청룡검법(靑龍劍法)의 요체를 모두 전수해 주었고 종리권은 하나도 놓치지 않고 완벽하게 습득했다. 마음을 비우고 열심히 배우니 마치 텅 빈 상태로 왔

---

[71] 금단화결(金丹火訣) : 고대의 방사(方士)나 도사들이 황금이나 납, 수은 등 각종 광물을 넣고 가열해 불로장생할 수 있는 옥액(玉液)을 만드는 비결.

다가 가득 채워 돌아가는 것 같았다.

다음 날, 종리권이 사부에게 하직하자 노인은 길을 안내한다고 배웅을 나섰다. 얼마쯤 이야기하며 걷다가 종리권이 뒤돌아보는 순간 노인과 저택은 모두 사라지고 없었다.

울창한 숲에 푸른 소나무만 빽빽하고 신령스러운 기운이 감돌 뿐, 어디에 집이 있었는지 또 종리권이 노인의 가르침을 받던 뜰과 연못이 있던 자리는 어디인지 찾아볼 수 없었다. 종리권은 크게 탄식하며 말했다.

"나는 진선(眞仙)을 만나 뵈었다."

종리권은 천천히 집을 향해 걷기 시작했다.

제17회. 산에서 칼을 날려 호랑이를 잡다
비검산우참호(飛劍山塢斬虎)

　종리권은 노인의 가르침을 받은 뒤, 본가로 돌아왔다. 본가에서는 종리권이 패전한 뒤 행적이 묘연하다는 소식을 듣고, 틀림없이 전장에서 죽었다고 생각해 모두 수심과 통곡으로 날을 보내고 있었다. 그러던 차에 의외로 건장한 몸으로 돌아오니 온 집안이 모두 기뻐했다. 종리권은 가족들에게 그간의 모든 일을 상세하게 설명해 주었다.

　특히 필마단기로 산속을 헤매다가 호승의 안내로 동화선생이 득도한 곳에서 진인(眞人)[72]을 만나 전도받았던 사실을 차근차근 이야기했다. 그러자 부모는 크게 감탄하면서 말했다.

　"그 옛날 네가 태어날 때, 밝고 신비한 빛 한 줄기가 하

---

[72] 진인(眞人) : 《장자》〈대종사(大宗師)〉 편에 서술된 진인은 적은 것[寡]도 싫어하지 않고 성취[成]를 자랑하지도 않으며 후회하지도 않는다. 높은 곳에 올라도 두려움이 없고 물에 들어가도 젖지 않으며 불에 들어가도 뜨겁지가 않다. 이는 지(知)가 도(道)에 합치하기 때문에 그렇게 된다. 또 진인은 삶을 기뻐하지도 죽음을 싫어하지도 않는다. 사생여일(死生一如), 곧 생사를 초탈한 사람이라고 할 수 있다.

늘까지 뻗었단다. 그리고 이레가 지나자, '몸은 자부에서 놀고 이름을 옥책에 올리겠다'고 첫말을 했지. 이를 보면 그때부터 특이한 보살핌이 있었던 거란다. 만약 신인의 보호가 없었다면 이번 전쟁터에서 죽었을 게야."

이에 문중 사람이 모여 크게 잔치를 벌이고 즐겼다. 그러나 종리권은 즐겁지 못했다. 군사를 인솔하고 출정했던 대장군이 전투에서 패한 뒤, 홀로 집으로 돌아와 조정에 보고도 하지 않았으니, 조정에서 알면 크게 문책할 것이 분명했다.

그리고 이미 선인의 가르침과 검법을 전수받았으니 그냥 잊어버릴 수는 없었다. 이에 종리권은 집을 떠나 선인의 행적을 더듬어 보고 선도(仙道)를 수련해야겠다고 생각했다.

그즈음 그의 형 종리간(鍾離簡)은 낭중(郎中)이라는 관직을 지냈지만, 질박한 성품에 도인을 흠모하며 사직한 뒤, 집에 머물고 있었다. 종리간은 선도를 수련하겠다는 동생의 말을 듣고 너무 기뻐 잠을 이루지 못했다. 종리간은 종리권과 동행하기로 결심했다.

종리권은 일가권속과 헤어져, 도복을 입고 손에 불진(拂塵)[73]을 들고, 머리를 양편으로 틀어 올리고, 형과 함께 표연히 화산(華山)의 삼봉을 찾아 나섰다. 형제는 여유 있게 걸었다.

 넓은 들을 지나고 안개 자욱한 골짜기를 걸었다. 큰 산마루를 넘었고 나루터에서 조각배를 기다려 물길 따라 내려가기도 했다. 마을을 지나면 산이요, 산에는 골짜기가 깊었고 우거진 수풀을 헤치며 걸었다.

 종리권은 냇가 물오리를 바라보고 있다가 형에게 말했다.

 "형님! 물오리의 목74)은 왜 짧고 백로의 목은 왜 길까요? 백로의 긴 목을 조금 잘라서 물오리에 이을 수 있겠습

---

73) 불진(拂塵) : 먼지떨이. 도사들이 번뇌를 물리친다는 표시로 들고 다니는 총채. 수행 중에 벌레를 쫓을 수도 있고, 먼지를 가릴 수도 있다.

74) 물오리의 목 : 원문은 "鳧之頭何短 鷺之頸何長, 欲斷彼而續此…"로 오리 목의 길고 짧은 것을 언급했다. 《장자》〈외편(外篇)・변무(騈拇)〉에는 물오리와 학의 다리를 말했다. 곧 "오리 다리가 비록 짧아도 이어주면 걱정이 되고 학의 다리가 길어도 잘라 주면 슬퍼한다. 그래서 타고난 본성의 긴 것을 잘라서도 안 되고, 타고난 것이 짧다고 이어서도 안 된다. 그래야만 근심할 것이 없는 것이다(是故鳧脛雖短, 續之則憂. 鶴脛雖長, 斷之則悲. 故性長非所斷, 性短非所續, 無所去憂也)". 천성은 길다 해서 자를 것도 아니고 짧다 해서 잇는 것도 아니다. 이는 무용(無用)의 용(用)과 만물제동(萬物齊同)의 사상을 말한 것이다. 여기서 '학의 다리를 잘라 물오리의 다리에 잇는다'는 뜻의 '단학속부(斷鶴續鳧)'라는 고사성어가 나왔다.

니까? 저는 천하의 많은 일이 더 길게나 짧게 할 수 없다고 생각합니다. 학의 긴 목을 잘라 물오리의 목을 늘려 준다면 그것은 그 본성을 잃어 조화의 큰 뜻에 어긋나지 않겠습니까? 우리 인간들이 그런 이치나 인과(因果) 관계를 깨닫기만 한다면 큰 도를 몸소 체험할 수 있고 천지를 우리 뜻대로 이용할 수 있을 것입니다. 그러나 세상 사람들은 정욕에서 벗어나지 못하기에 도의 경지에 이르지 못할 뿐입니다."

"형님! 저는 흘러가는 물을 바라보고 있으면 많은 생각이 듭니다. 물은 모든 생명을 살리는 근본입니다. 그러면서 물은 그 공덕을 뽐내지도 않고 남이 싫어하는 가장 낮은 곳에 자리 잡습니다. 또 물은 가장 부드럽고 자신을 고집하지도 않습니다. 둥근 그릇에 담으면 둥글고 네모난 데 담으면 네모진 모양입니다. 고요한 물에 나 자신의 모습을 비춰 볼 수 있기에 명경지수(明鏡止水)란 말도 있는 것 아닙니까? 또 아무리 많아도 물이고 아무리 적어도 물이니 그 본질을 잃지 않는 것이 아니겠습니까? 저는 물이 최고의 선, 상선(上善)[75]이라고 생각합니다."

---

[75] 상선(上善) : 완전한, 최고의 선. 《노자도덕경》 제8장 "上善若水, 水善利萬物而不爭" 참고.

"형님, 목수는 꾸불꾸불하거나 가지가 많은 나무는 쓸모가 없다고 베지 않습니다. 때문에 그런 나무는 제 명대로 살다가 죽습니다. 그러나 울지 않는 닭은 쓸모가 없다고 죽여 손님상에 올립니다.[76] 유용하든 무용하든 화를 면할 수는 없을 것입니다. 그렇다고 그 중간을 취할 수는 없겠지요. 그렇기에 오직 도를 깨닫는 일이 중요하다고 생각합니다."

 이런 식으로 형제가 담론을 계속하며 걸어가는데, 어디선가 갑자기 큰 고함 소리가 들리며 온 산이 무너질 듯 시끄러웠다. 이어 많은 사람들이 호랑이를 몰아 쫓고 있었다. 그 호랑이는 이마에 한 주먹만큼 하얀 털이 났고 사발만큼 크고 부리부리한 눈에, 사납고 날쌔어 그간 많은

---

[76] 목수는… 올립니다 : 장자가 산중을 가다가, 가지와 잎이 무성한 대목(大木)을 보았다. 벌목꾼이 있어도 그 나무를 베지 않았다. 장자가 그 까닭을 물으니 "쓸 곳이 없다(無所可用)"고 말했다. 장자는 "이 나무는 쓸모가 없기에 천수를 마칠 수 있다(此木以不材得終其天年)"고 말했다. 산에서 내려와 아는 사람 집으로 갔다. 친우가 기뻐하면서, 일하는 아이에게 거위를 잡아 요리를 하라고 말했다. 아이가 물었다. "한 마리는 울고, 다른 한 마리는 울지 못하는데 어느 거위를 잡으면 좋을까요?" 주인이 말했다. "울지 않는 것을 잡아라(殺不能鳴者)" 《장자》〈외편・산목(山木)〉 참고.

사람들을 상하게 했다.

특히 산 아랫마을 젊은 과부의 10여 세 된 외아들을 물어 죽였기에 그 과부가 한에 사무쳐 관가에 울며 하소연했다. 이에 현령은 그 젊은 과부의 애절한 사연을 듣고 크게 슬퍼하며 온 현의 포수와 젊은이들을 동원해 호랑이 사냥에 나선 것이었다. 포수와 젊은이들은 길고 짧은 칼이나 창을 들고 징과 꽹과리를 치며 온 산을 포위하고 호랑이를 몰았다. 그러나 호랑이도 결코 만만치 않았다. 호랑이는 남산 한 굽이에 우뚝 서서 날카로운 어금니를 드러내며 큰 소리로 포효했다. 그 당당한 위엄에 많은 사람들이 무서워 떨며 땅바닥에 엎드려 감히 고개를 들지도 못했다. 그중 제법 담력이 있다고 하는 사람 몇이 어깨를 이어 서서 호랑이 쪽을 바라볼 뿐, 감히 앞으로 나아갈 생각도 못했다.

종리권 형제가 그곳에 나타나자 종리권의 위풍당당한 체구를 보고 서로 수군댔다.

"저 장군 같은 도사가 우리와 함께 호랑이 사냥에 나서 줄까? 저 도사가 싫다 하면 호랑이를 영영 못 잡을 거야."

"도사란 본래 어려운 사람을 도와주는 것이 그 본분이야! 도와 달라고 부탁해서 안 될 것도 없지!"

그들 중 몇 사람이 종리권 앞에 나와 공손히 말했다.

"저 호랑이는 그동안 많은 사람을 살상했습니다. 이곳

현령께서 우리를 동원해 잡으라고 하셨지만 호랑이가 하도 사나워 죽이지 못했으며 오히려 여러 사람이 크게 다치기만 했습니다. 지금 저 산허리에 우뚝 서서 감히 가까이 갈 수도 없는 지경입니다. 도장(道長)께서 인자하신 마음으로 우리를 도와 백성의 해악을 제거해 주십시오."

종리권이 그 말에 대답하지 않고 서 있자 형 종리간이 말했다.

"저 짐승이 그처럼 해악이 많다니 네가 배운 청룡검법을 이 기회에 한번 보여 주지 않겠느냐?"

종리권은 "예, 그러지요"라고 단호히 대답했다.

그리고 칼을 잡았다. 큰 기합 소리와 함께 종리권은 칼을 날렸다. 그 먼 곳까지 칼은 모습을 보이지 않고 날았다. 호랑이의 커다란 비통한 울음소리가 나면서 호랑이가 나뒹굴었다. 붉은 피가 튀는 것이 보였고 그리고 곧 잠잠해졌다. 모두가 놀라 종리권을 칭찬했다. 모두 엎드려 감사의 절을 올리고 종리권의 성명을 물었다. 그러나 종리권은 웃으면서 대답하지 않았다. 종리권은 칼을 찾아 칼집에 넣었다. 형제는 아무 일도 없었다는 듯 고담준론을 나누며 화산으로 걸음을 재촉했다.

제18회. 황금으로 빈민을 구제하고 신선이 되다

점금제중성선(點金濟衆成仙)

종리권 형제 두 사람은 여러 날을 쉬지 않고 걸었다. 어느덧 그들은 화산에 도착했다. 하늘 끝, 태양에 닿을 듯 높고 큰 산에서 구름과 안개가 뿜어져 나오고 보랏빛 기운이 산허리를 감싸고 있는 듯, 과연 유명하고 현명한 선비들이 은거하고 신선이 숨어 살며 도를 전할 만한 명산이었다. 마치 옛사람의 시에 있는 그대로였다.

> 은하수까지 우뚝 솟은 산,
> 구름 속 산길 높고 험준하다.
> 천 길의 벼랑 떨어지는 폭포,
> 다려서 걸친 비단 폭이어라.
> 산 아래 수련할 토굴이 있고,
> 마음을 진정할 교량도 있다.
> 드높게 솟아 세속을 지켜 주니,
> 화산! 그 이름 홀로 빛난다.
> 山聳霄漢外, 雲裡路岩嶢.
> 瀑布流千丈, 如鋪練一條.

下有棲心窟,　　橫安定命橋.
巍巍鎭世俗,　　華山名獨超.

화산을 읊은 또 다른 시가 있으니

우뚝 솟은 삼봉은 구천을 만지고,
구름 깊은 그곳에 신선이 머문다.
분명 그대에게 초탈하라 말했지만,
사내대장부는 어인 일로 왔는가?
突兀三峰接九天,　　雲霄深處即神仙.
分明指汝超凡路,　　何事男兒到此邊?

종리권 형제 두 사람은 삼봉 아래 명당을 찾아 나뭇가지와 풀을 엮어 초막을 짓고 밤낮으로 연단을 제조하고 수련을 계속했으나 선단(仙丹)의 제조는 1년이 지나도록 성공을 거두지 못했다.

어느 날, 종리권이 산 아랫마을에 내려가 보니 가난한 사람들이 줄을 지어 길을 가득 메운 채 떠돌고 있었다. 그 사연을 물어보니 근래 몇 년간 흉년이 들어 늙은이와 어린애가 굶어 죽고 젊은이들은 타지로 흩어졌다고 했다. 종리권은 크게 탄식하며 눈물짓고 돌아와 형 종리간에게 말했다.

"요 몇 년 사이에 기근이 자주 들어 불쌍한 농민들이 그냥 죽어 가고 있으니 차마 못 보겠습니다."

그러자 종리간도 걱정하며 말했다.

"곤경에 처한 사람을 구제하고 생활을 넉넉하게 해 주는 것이 바로 어진 마음이 아니겠느냐? 너는 그간 금단(金丹)의 도술을 터득했는데, 이런 때 어려운 사람들을 구제하지 않는다면 그것을 무엇에 쓰겠느냐?"

이에 종리권도 동감하며 말했다.

"맞습니다! 형님, 저도 한번 시험해 보고 싶습니다."

이에 종리권은 구리나 주석, 놋쇠 같은 것을 아주 강한 숯불 위에 얹어 놓고 거기에 영약을 조금씩 몇 방울 떨어트렸다. 그랬더니 놀랍게도 모두 금은 같은 보물로 변했다. 종리권은 그것들을 빈민들에게 골고루 나누어 주었다. 이로 인해 목숨을 건진 사람들이 수천수만 명이었다.

어느 날, 신선 중 제일이라 할 수 있는 상선(上仙) 왕현보(王玄甫)[77]가 종리권이 곧 득도하리라는 것을 알고 화

---

77) 왕현보(王玄甫, 생몰년 미상) : 이름은 성(誠), 자(字)는 현보(玄甫), 호(號)는 소양(少陽). 한나라 동해[東海, 지금의 산둥(山東) 웨이하이시(威海市)] 출신이다. 도교의 선인으로, 전진도(全眞道) 오양사조(五陽祖師)의 첫째다. 왕현보는 동화제군(東華帝君)의 화신으로 알

산으로 종리권을 찾아왔다.

왕현보의 호는 동화자(東華子)이며 '귀양 온 신선'이란 뜻의 적선인(謫仙人)이라 부를 만큼 풍채가 좋았다. 왕현보는 어려서부터 입산수도해 각종 비록(祕錄)을 배웠고 대단비결(大丹秘決)과 청룡검법에도 능통했다. 뒷날 곤륜산에서 수도했고 오대산(五臺山)78)에도 자주 머물렀다.

종리권은 왕현보의 풍채와 정신이 특이하고 언변과 논리가 기묘한 것을 보고 흠모의 마음이 크게 일어나, 왕현보를 사부라 생각하며 장생(長生)의 비결을 물었다. 이에 왕현보는 명확하게 설명해 주었다.

"사람의 마음은 조급한 것 같지만 움직이지 않고 기(氣)는 면면히 이어진다지만 언제나 배회하고 정(精)은 가늘게 흘러가면서도 크게 뒤집히며, 신(神)은 볼 수 없는 것 같지만 분명히 왕래하는 것이네. 곤륜(崑崙)79)을 열고

려졌다.
78) 오대산(五臺山) : 지금의 중국 산시성(山西省) 동북부 신저우시(忻州市) 우타이현(五臺縣)에 있는 우타이산이다. 불교 문수보살의 도량(道場)으로 알려졌다. 중국 10대 명산의 첫째다.
79) 곤륜(昆崙) : 두뇌. 머리.

칠규(七竅)80)를 개방해 구해(九垓)81)의 원기를 수렴해야 하네. 그리고 옥관(玉關)82)을 뚫어야 신광(神光)이 드러나며 적막한 천하를 제멋대로 나다닐 수 있게 되네."

말을 마친 왕현보는 곧바로 떠나갔다. 그 이후 어느 날, 종리권은 화양 진인(華陽眞人)을 만났다. 화양 진인은 종리권에게 태을도법(太乙刀法)83)과 화부내단(火符內丹)84)의 비법을 전수해 주었다. 이로써 종리권은 깊고 심오한 현현지도(玄玄之道)85)를 완전히 터득했고 하늘과 땅에서 일어나는 기운의 변화인 내왕지기(來往之機)를 확실히 터득했다.

그러던 어느 날, 종리권은 그의 형을 남겨 두고 혼자 운성(隕城)이란 곳의 자금사고봉(紫金四誥峰)에 있는 빈 동

---

80) 칠규(七竅) : 눈, 귀, 코, 입. 규(竅)는 구멍을 뜻한다.
81) 구해(九垓) : 온 천하. 9주. 여기서 해(垓)는 지경, 땅끝을 뜻한다.
82) 옥관(玉關) : 얼굴에서 코를 뜻한다.
83) 태을도법(太乙刀法) : 태을(太乙)은 천신(天神)을 뜻한다. 검법의 한 종류다.
84) 화부내단(火符內丹) : 연단(鍊丹)의 한 종류.
85) 현현지도(玄玄之道) : 노자의 도를 말한다. 《노자도덕경》 제1장 "道… 同謂之玄 玄之又玄 衆妙之門" 참고.

굴에 머물렀다. 그때 갑자기 큰 소리와 함께 석벽이 대문처럼 양옆으로 열렸다. 종리권은 곧바로 그 안으로 들어갔다.

거기에는 옥으로 장식한 상자가 있었는데 그 안을 열어 보니 신선 비결(神仙秘訣)이 들어 있었다. 종리권이 그것을 갖고 나오자 석벽은 전처럼 다시 닫혔다. 종리권은 며칠간 그곳에 머물면서 비결을 습득한 뒤 다시 화산의 삼봉으로 돌아와 비결을 실천해 보았다.

그러자 갑자기 오색의 상서로운 구름이 초막 안에 가득 차면서 선악(仙樂)이 울려 퍼졌다. 이어 밖에서 선학(仙鶴)이 종리권을 불러내며 말했다.

"옥황상제(玉皇上帝)86)의 명을 받아 모시러 왔습니다. 그리고 다시 선계의 옛 직분을 맡으시라는 하명이 있었습니다."

종리권은 형 종리간에게 헤어지면서 말했다.

"형님은 잠시 더 이곳에 머물러 계십시오. 머지않아 다

---

86) 옥황상제(玉皇上帝) : 통칭 옥황대천존(玉皇大天尊), 현궁고상제(玄穹高上帝). 간칭(簡稱)은 옥황(玉皇) 또는 옥제(玉帝). 속칭(俗稱) 천공백(天公伯), 천공(天公). 도교에서는 신계의 통치자다. 선천존신(先天尊神)이라고도 한다. 민간 신앙의 호천상제(昊天上帝)에서 유래했다.

시 만날 것입니다."

그리고 그간 간직했던 금간옥책(金簡玉冊)[87]을 종리간에게 넘겨주었다. 종리권은 구름을 타고 선계로 올라갔다.

종리간은 종리권과 이별한 뒤, 비결의 이치를 깊이 연구했다. 그리고 더욱 연단(煉丹)에 공을 들였다. 청정무위의 정결한 기운을 모두 모으고 금간옥책의 요체를 모두 모았다. 드디어 만물의 가고 오는 요체를 알았고 현묘한 도를 터득했으며 신묘한 경지에 들었다. 그러던 어느 날, 운방 선생 종리권이 학을 타고 나타나 말했다.

"형님! 이제 득도하셨고 속세의 인연이 다했습니다. 이제 이곳에 더 머물지 않아도 됩니다. 형님, 같이 떠나십시다."

이에 종리간도 학을 타고 승천했다. 뒷날 종리권은 순양(純陽) 여동빈(呂洞賓)을 점화(點化) 인도했다.

---

87) 금간옥책(金簡玉冊) : 황금과 옥 위에 쓴 글.

제19회. 남채화가 박판을 치며 노래하다
채화지박답가(采和持拍踏歌)

　옛날 선계(仙界)에 살던 맨발의 신선, 곧 적각대선(赤腳大仙)이 지상에 내려오니 이가 바로 남채화(藍采和)다. 그는 비록 인간 세상인 범계(凡界)에 머물며 살았지만, 인간이라면 누구나 다 갖고 있는 성씨도 확실치 않았다. 그렇지만 그는 늘 자유로웠고 얽매인 데가 없었으며 한세상을 즐겁게 보낸 특별한 신선이었다.

　남채화에게는 세 가지 보물이 있었다.

　그는 언제나 허름한 옷 한 벌뿐이었다. 그것이 그의 검약(儉約)이었다. 검소했기에 자신의 뜻을 넓게 펼 수 있었다. 그는 늘 다 해진 남색 옷에 검은 물을 들인 세 치쯤 되는 넓은 허리띠를 매고 다녔다. 한쪽 발엔 신발을 신었지만 다른 쪽은 언제나 맨발이었다. 여름엔 솜옷을 입고 다녔는데, 뜨거운 한낮 햇볕 아래서도 땀을 흘리지 않았다. 겨울엔 홑옷에 눈[雪]을 맞고 다녔으나 귀나 입, 콧구멍에서 마치 뜨거운 김이 나는 것 같았다.

　둘째로 언제나 누구에게나 자애로웠으니 그 때문에 용감할 수 있었다.

　남채화는 돈을 얻으면 새끼줄에 꿰어 끌고 다녔다. 돈

남채화(藍采和)

이 자주 빠져나가도 전혀 개의치 않았고, 가끔은 가난한 사람에게 나누어 주었다. 남채화가 흘린 돈을 주워 혼자 가지면 그 사람의 본래 돈까지 나중에 없어졌다. 남채화는 가끔은 그 돈으로 술을 사 마시기도 하며 온 세상을 두루 돌아다녔다.

셋째로 그는 여러 사람들 앞에 자신을 내세우지 않았다. 그것은 겸양(謙讓)이었다. 그는 어린아이에게도 길을 양보했다.

검약과 자애와 겸양, 이 세 가지 보배가 있었기에 남채화는 도(道)에 통할 수 있었다. 남채화는 매일 시장을 돌며 구걸했고, 손에는 길이가 석 자쯤 되는 큰 박판(拍板 : 딱딱이)을 들고, 취하면 가끔 답가(踏歌)[88]를 불렀다. 물론 그의 그런 모습은 노인과 어린아이들의 좋은 구경거리가 되었다. 그는 미친 사람 같았으나 결코 광인(狂人)은 아니었다.

그의 노래는 입에서 나오는 대로 흥얼거리는 것 같았으나 그 노래엔 신선의 뜻이 들어 있어 사람들이 잘 이해

[88) 답가(踏歌, 蹋歌) : 발로 박자를 맞추며 부르는 노래. 당나라 때, 정월 보름날 밤에 100여 명의 사람들이 손을 잡고 둘러서서 답가를 부르면 모든 관료들이 나와 구경했다는 기록도 있다.

하지 못했다.

혹 어떤 사람이 어렸을 때 본 남채화나 백발노인이 되어서 만난 남채화는 그 얼굴과 옷, 노래하는 모습이 조금도 다르지 않았다고 한다. 남채화는 뒷날 이철괴를 만나 도에 대해 서로 의견을 나누었다.

그 이후 어느 날, 그가 술집에서 술을 마실 때 공중에서 생황과 퉁소 소리가 들리면서, 홀연히 내려온 백학을 타고 승천했다. 그리고 곧 하늘에서 남채화의 헌 옷과 신발 한 짝 그리고 허리띠가 떨어졌다.

사람들이 그의 옷을 집어 들자, 그것은 헌 옷이 아닌 모두가 푸른 옥이었다. 남채화가 승천하면서 그의 노랫가락 또한 없어졌지만, 그 이후로도 그는 가끔 인간 세상에 모습을 나타내곤 했다. 그가 부른 답가 12수는 다음과 같다.

제1수
지금 사람들 구름 타고 싶다지만,
구름 길이야 본래 자취가 없다네.
높은 산은 본디 위험하나니,
골짝 골짝마다 진룡(眞龍) 있어라.
녹음방초 앞뒤에 우거졌고,
흰 구름은 여기저기 피어난다.

구름 있는 곳 알고 싶다면,
구름 길은 허공에 있다네.

一歌

時人想雲路,　雲路杳無蹤.
高山多險峻,　濶澗有眞龍.
碧草前兼後,　白雲西復東.
欲知雲路近,　雲路在虛空.

제2수

나는 세상 사람을 본다네,
태어났다 다시 죽는 사람.
어제 아침 이팔청춘으로,
젊은 기운 옷소매 넘쳤지만,
지금 오늘 칠십이 지났는가?
힘없이 피폐하고 초췌할 뿐!
마치 봄날 피어나는 꽃처럼,
일찍 피었다가 저녁에 진다.

二歌

我見世間人,　生而還復死.
昨朝猶二八,　壯氣胸襟吐.
如今七十過,　困苦形憔悴.
恰似春回花,　朝開暮落矣.

제3수

흰 학은 무엇이 되는가?
천 리를 단숨에 날아가,
봉래산에 가고 싶으나,
그럴 만한 양식이 없어라.
이르기 전에 깃털 떨어지고,
모두 마음에서 참담히 멀어져,
본래 옛 둥지로 돌아가지만,
처자식도 알아보지 못하는구나.

三歌

白鶴那肯化　千里作一息,
欲往蓬萊山　將此無糧食
未達毛羽落　離群心慘惻
卻歸舊來巢　妻子不相識

제4수

늘어진 버들 안개 속에 뿌옇고,
꽃잎은 눈송이처럼 휘날린다.
지아비는 이부주(離婦州)에 살고,
지어미는 사부현(思夫縣)에 있다.
서로 하늘의 이쪽저쪽이니,

언제 다시 만날 수 있으리오?
명월루에 소식 보내니,
제비처럼 둥지 틀지 마소서.

四歌

垂柳暗如煙,　飛花飄似雪.
夫居離婦州　婦在思夫縣
各在天一涯,　何時復相見?
寄語明月樓,　莫棲觀飛燕.

제5수

산호 채찍으로 명마 몰아,
넓고 곧은 길을 달려간다.
젊은 청춘이란 긍지 있어,
병든 노인 될 줄 모른단다.
백발은 저절로 찾아오나니,
홍안을 어떻게 지키겠는가?
겨우 눈앞의 언덕을 보고서,
어찌 봉래산이라고 믿는가?

五歌

騮馬珊瑚鞭,　驅馳蕩蕩道.
自憐美少年,　不信有衰老.
白髮應會生,　紅顏豈長保.

但看見邱山,　介是蓬萊島.

제6수

본디 도사를 흠모했고,
도사 역시 형제라 생각했다.
가끔 도화원 손님을 만나면,
매번 신선 말씀이라 여겼다.
달 밝으면 현도(玄道)를 논하면서,
해 돋도록 궁리를 거듭했다.
세상 이치 모두가 종적 없어,
이제 겨우 본래인89) 인정한다.

六歌

本志慕道倫,　道倫常護親.
時逢桃源客,　每接話神賓.
談玄明月夜,　窮理日臨晨.
萬機但泯跡,　方識本來人.

제7수

마음대로 명문(名文)을 지으면서,

---

89) 본래인(本來人) : 대도(大道)를 깨친 사람.

건장하고 늠름한 육체로다.
살아서 담력 있는 몸이어도,
죽어선 이름 없는 귀신이라.
예부터 누구든지 이랬는데,
그대는 지금 무얼 얻으려나?
흰 구름 머문 거기, 거기에서,
신선의 노래 네게 일러 주리.
七歌

鐵筆大縱橫,　身材極魁梧.
生爲有膽身,　死作無名鬼.
自古如此多,　君今爭奈何?
可來白雲裡,　教你紫芝歌.

제8수
넘실넘실 큰 물결 황하는,
쉬지 않고 동으로 흘러간다.
흙탕물 유유히 끝이 없지만,
사람은 제각각 목숨 다한다.
나도야 흰 구름 타고 싶지만,
어찌 내게 날개가 솟아나리?
아직 내가 젊고 힘 있을 때,
더욱 애써 힘을 기울여야지.

八歌

浩浩黃河水,　　東流長不息.

悠悠不見清,　　人人壽有極.

我俗乘白雲,　　曷由我生翼.

唯當少壯時,　　行住須努力.

제9수

지금 내가 입은 바지 하나는,

명주나 비단 바지가 아니라오.

무슨 색 바지냐 물으시지만,

붉거나 보라색도 아닙니다.

여름날엔 잠방이가 되고

겨울철은 이불처럼 됩니다.

여름 겨울 내내 함께하리니,

끝내 오직 이와 같아야 하지.

九歌

我今有一襦,　　非羅復非綺.

借問作何色?　　不紅亦不紫.

夏天將作衫,　　冬天將作被,

冬夏遞互用,　　長年只如是.

제10수

우리의 인생 어찌 이리 긴가?
욕심은 전혀 식을 줄 모른다.
천지의 이름을 다 듣고도,
어느 때 쉴 짬을 얻겠는가?
사계절 지고 돌아 바뀌면서,
일 년이 급류처럼 흘러 버린다.
천지의 주인에게 아뢰고서,
구름에 올라 흰 소를 타리라.

十歌

世事何悠悠,　貪心未肯休.
聽盡天地名,　何時得歇頭?
四時凋變易,　八節急如流.
爲報大宅主,　雲地騎白牛.

제11수

높디높은 산꼭대기에서,
사방에는 그 끝이 없도다.
아무도 없이 혼자 앉았는데,
조각달 홀로 우물에 떠 있다.
샘에 무슨 달이 있겠는가,
달은 본래 하늘에 있는 것.

나는 홀로 노래를 부르려니,
본디 나의 노래는 선심(仙心)이라.

十一

高高山頂上,　四頓極無極.
獨坐無人知,　孤月寒照泉.
泉中且無月,　月自在靑天.
吟此一曲歌,　歌中本是仙.

제12수
이웃에 사는 한 노파가,
요즈음 부자가 되었다네.
예전에 나보다 가난했는데,
지금은 나를 돈 없다 비웃네.
나의 뒤에서 크게 웃으니,
나는 앞에서 껄껄 웃는다.
서로 웃기를 아니 그치니,
이쪽이 저쪽, 저쪽이 이쪽이다.

十二

東家一老婆,　富來三五年.
昔日貧於我,　今笑我無錢.
渠笑我在後,　戱笑渠在前.
相笑倘不止,　東邊復西邊.

제20회. 장과로가 나귀 타고 황제를 뵙다
장과기려응소(張果騎驢應召)

장과(張果)는 천지가 생기기 이전 혼돈(混沌)[90]하던 때 살았던 흰 박쥐[蝙蝠]의 정령이다. 그 정령이 천지의 기를 받고 해와 달의 정기를 받아 오랜 세월이 지나자 사람으로 태어났다. 사람들은 그를 보통 장과로(張果老)라고 불렀다.

뒷날 항주(恒州)의 중조산(中條山)[91]에서 완구 선생과 철괴 선생을 만나 선도에 관한 설법을 들었고 산서성(山西省) 일대를 유람하면서 불로장생했다. 산서성 일대의 노인들은 그들이 어렸을 때, 장과로가 이미 수백 살이 넘었다는 이야기를 들었다고 했다.

장과로는 늘 하얀 당나귀 등에 뒤쪽을 보고 앉아 거꾸

---

90) 혼돈(混沌) : 천지가 개벽하기 이전의 원기(元氣) 상태.
91) 중조산(中條山) : 지금의 산시성(山西省) 동북에서 서남으로 뻗은 전장 160킬로미터의 중탸오산맥이다. 최고봉은 해발 2358미터의 역산(歷山), 곧 리산산이다.

장과로(張果老)

로 타고 다녔는데, 하루에도 수백 리를 갈 수 있었으며 타지 않을 때나 밤에는 마치 종이를 접듯 접어서 두건 상자 속에 넣었다. 그러다가 나귀를 타려면 물을 뿜어 본래의 모습으로 만들어 타고 다녔다. 일찍이 당나라 고종(高宗)92)이 장과로의 명성을 듣고 불렀으나 장과로는 황제를 만나지 않았다.

그 뒤 당의 측천무후(則天武后)가 사람을 보내 불렀을 때, 장과로는 중조산에서 내려왔으나 죽은 체했다. 그때가 여름철이었는데 장과로의 시신에서는 썩는 냄새와 함께 구더기가 들끓었다. 이에 조정에서 온 사자들은 모두 그가 죽은 것으로 알았다. 그러나 뒷날 사람들은 장과로를 산속에서 다시 보았다고 한다.

당 현종(玄宗, 712~756 재위) 때인 개원(開元) 23년(735)에 현종은 통사사인 벼슬의 배오(裵晤)란 사람을 보

---

92) 당나라 고종(高宗) : 당 태종(太宗) 즉위 초, 곧 정관(貞觀) 2년(628)에 백성은 290만 호 정도였다. 그러나 태종 재위 23년간의 선정과 여민휴식(與民休息)을 통한 경제 회복과 사회 안정으로 고종[高宗, 이름은 치(治)] 즉위 초인 영휘(永徽, 650~655. 고종의 첫 연호) 3년(652)에 민호는 380만 호로 크게 증가했다. 고종은 22세에 즉위했고 649년부터 683년까지 35년간 재위했다. 재위 중 서돌궐을 없애고, 백제(660), 고구려(668)를 멸망시켜, 당나라 최대 영토를 이룩했다.

내어 항주에 가서 장과로를 모셔 오도록 했다. 배오의 오만무례한 태도가 마음에 들지 않은 장과로는 이번에도 기절해서 죽은 척했다. 그러자 배오는 놀라 급히 향을 피우고 천자께서 모셔 오라고 한다는 간절한 뜻을 말했다. 이에 장과로는 서서히 되살아났다.

배오는 장과로에게 빨리 장안성으로 가서 황제를 뵈어야 한다고 재촉할 수도 없었다. 다만 급히 장안으로 돌아와 그 전후 사정을 황제에게 보고했다. 현종은 다시 중서사인 서유(徐嶠)란 사람과 통사사인 노중현(盧重玄)에게 칙서를 갖고 가서 장과로를 모셔 오라고 분부했다. 장과로는 현종의 성의를 생각해 장안성에 도착했다.

황제는 장과로를 집현전(集賢殿)[93]에 머물게 하고 예를 갖추어 환대하며 공경대부들이 모두 장과로를 만나 보도록 조치했다. 현종은 가끔 신선에 관해 많은 질문을 했으나 장과로는 잘 모른다며 대답하지 않았다.

다만, 장과로는 기(氣)를 아끼는 듯, 여러 날 동안 거의 식사를 하지 않고 지냈다. 어느 날, 장과로가 현종을 배알하자 현종은 술을 하사했다. 장과로는 술을 사양하며 말

---

93) 집현전(集賢殿) : 당 현종이 설치한 학문 연구와 도서 편찬을 담당했던 관청.

했다.

"소신은 술을 겨우 3홉 정도 마실 수 있습니다만, 저의 제자 하나는 한 말 술을 마실 수 있습니다."

현종은 그 말을 듣고 기뻐하며 그 제자를 데려오라고 말했다. 장과로가 중얼거리듯 몇 마디 주문을 외우자, 전각 처마 아래로 열대여섯 살쯤 된 준수하게 생긴 도사가 내려왔다. 젊은 도사는 점잖고 우아한 자세로 황제 앞에 나와 배알했다. 그의 모든 행동거지가 예법에 맞았고 언사가 매우 청아했다. 이에 현종은 그 준수한 모습과 언행을 크게 칭찬하면서 자리에 앉으라고 했다. 그러나 장과로가 말했다.

"남의 제자인 젊은이는 당연히 서 있어야 합니다."

황제는 더욱 만족한 웃음을 지으며 한 말 술을 마셔 보라고 권했다. 젊은 도사가 천천히 한 말 술을 마셨다. 그 모습을 보고 장과로는 걱정스러운 듯 말했다.

"더 이상 술을 하사하시면 안 됩니다. 과음해 어전에서 실수할까 두렵습니다. 소신은 다만 잠시나마 폐하의 심심풀이로 불러왔을 뿐입니다."

그러나 현종은 술을 더 마시라고 분부했다.

젊은 도사가 술을 더 마시자 도사의 정수리에서 술이 솟아오르면서 관이 땅에 떨어졌다. 이어 젊은 도사의 모습은 보이지 않고 다만 누런 놋쇠 항아리만 뜰에 놓여 있었다. 황제와 후궁과 신하들이 크게 놀랐다. 황제가 내시에게 분부해 살펴보게 했는데 그 놋쇠 항아리는 집현전 뜰에 있던 꼭 한 말들이 항아리였다.

장과로는 가끔 신통력을 보여 주어 사람들을 놀라게 했다. 장과로가 손가락으로 새를 가리키면 날던 새가 떨어졌고, 꽃을 가리키면 꽃이 졌다. 또 대문을 가리키면 대문이 잠겼다. 그리고 손가락을 오므리면 본래의 모습으로 돌아왔다.

심지어는 저자나 누각을 다른 곳으로 옮겨 놓아 사람들을 어리둥절하게 만들었다가 곧 다시 제자리로 돌려놓아 많은 사람들이 탄성을 지르게 했다. 장과로는 물속에 들어가도 가라앉지 않았고 가끔 불 속에 들어갔다가 연꽃을 타고 나오기도 했다. 장과로의 도술은 매우 종류가 많아 이루 다 열거할 수가 없었다.

장과로는 가끔 그 주변 사람들에게 자신은 오제(五帝) 중 한 사람인 요(堯)임금이 재위하던 시절, 병자년에 출생했다고 말했다.[94] 그러나 그의 얼굴은 대략 예순이나 일

---

94) 장과로(張果老)는… 말했다 : 장과로는 당나라의 도사였고 이름은

흔 살쯤 되어 보였다.

그 무렵 형화박(邢和璞)이라는 점쟁이가 있었는데 사람의 수명을 잘 알아맞혔다. 현종이 형화박에게 장과로의 나이를 알아보라고 했는데 형화박은 '하도 많아 짐작할 수 없다'고 아뢰었다.

또 귀신의 모습도 눈으로 볼 수 있다는 사야광(師夜光)이라는 사람에게 장과로의 모습을 찾아보라고 했으나 사야광은 장과로의 모습을 볼 수 없다고 했다. 이후 장과로는 더욱더 현종의 존경과 신임을 받았다.

장과(張果)였다. 늙을 노(老) 자는 후세 사람들이 존칭으로 붙여 준 것이다. 당 초기에 그는 장생비술(長生秘術)에 의해 이미 수백 세(?) 된 신선이었다. 당 현종의 사자가 그를 찾아가 입조(入朝)하라고 권하자 장과로는 '나는 요임금 때인 병자(丙子)년에 태어났고, 벼슬은 시중(侍中)이었다'고 말했다《신당서(新唐書)》〈방기전(方伎傳)〉]. 장과로의 말대로라면 그는 당시에 이미 1300년을 살았다고 볼 수 있다. 그러나 요임금 때에 시중이라는 관직은 없었다. 장과로의 이런 이야기는 당시 현종의 총애를 받던 섭법선(葉法善)이란 도사의 입을 통해 더욱 황당해졌다고 한다. 섭법선은 '혼돈(混沌) 초기에 하얀 박쥐의 정령'이 장과로란 신선으로 변했다고 했다. 도교 측의 이런 설명을 듣고 그것을 믿는 사람이야 없겠지만, 허풍치고는 대단한 허풍이라고 할 수 있다.

제21회. 장과로가 궁중 사슴을 알아보다
과로전중변록(果老殿中辨鹿)

고역사(高力士)95)는 현종과 양귀비(楊貴妃)96)의 신임

---

95) 고역사(高力士, 684~762): 원래 성은 풍(馮)이고 이름은 원일(元一)이다. 본래 북연(北燕)의 왕족이었는데, 북연이 북위(北魏)의 침공을 받아 망할 때, 일족 400여 명이 남으로 항해해 반우(番禺) 지역에 정착했다. 남조 진(陳)에 귀속했다가 수와 당나라를 전전했다. 나중에 환관 고연복(高延福)의 양자가 되어 고씨를 칭했다. 현종이 태평 공주(太平公主)를 제거하는 데 공을 세워 현종의 절대적인 신임을 받았다. 안녹산의 난 때, 현종이 촉(蜀)으로 피난을 가는 길에 호위 군사가 양귀비의 처형을 요구했다. 현종은 주저했으나 고역사가 현종을 설득해 양귀비가 자결토록 했다. 현종이 양위하고 숙종이 즉위하자 고역사는 지방으로 귀양을 갔다. 현종이 762년 울분 속에 죽자, 그 소식을 들은 고역사는 식음을 전폐하고 7일 만에 죽었다.

96) 양귀비(楊貴妃): 현종이 총애하던 무 혜비(武惠妃)가 개원 25년(737)에 죽는다. 후궁에 아무리 미인이 많다지만 현종의 뜻에 맞는 여인이 없었다. 이에 열여덟째 아들인 수왕(壽王)의 왕비 양씨(楊氏)가 미인이라는 말을 듣고 자신의 며느리를 불러 보니 과연 미인이었다. 양씨는 양현염의 딸로 촉에서 태어났지만 10세에 부친을 여의고 숙부의 손에 양육되다가 17세인 735년에 수왕 이모(李瑁)의 비(妃)가 되었고 두 아들을 출산했다. 현종이 양씨를 만나 본 뒤, 현종의 모친 두 태후의 명복을 빌게 한다는 명목으로 양씨를 여도사로 만들어 도관(道觀: 도교의 사원)에 밀어 넣고 도호(道號)를 태진(太眞, 또는 大眞)이라 했다.

을 받는 환관이었다. 어느 날, 현종이 환관 고역사에게 장과로를 데려오라면서 말했다.

"짐은 술을 마시고도 취하지 않는 사람을 기사(奇士)라고 부른다는 말을 들었노라."

그때가 한겨울이었기에 추위를 이긴다는 뜻으로 현종은 장과로를 불러 술을 마셨다. 술이 세 번쯤 돌자 장과로는 술에 취해 비틀거리며 "좋은 술이 아니다"라고 말했다.

그러고는 목을 움츠리며 토했다. 그러자 그의 치아가 모두 빠져나왔다. 장과로는 사람들에게 하나씩 주워 보라고 말했다. 그리고 장과로가 그 치아에 이상한 물을 한 방울씩 떨어트리자 그 치아는 모두 백옥처럼 빛이 났다.

그 뒤에 언젠가, 현종은 우연히 함양(咸陽)에서 큰사슴 한 마리를 잡았다. 현종은 그 사슴을 잡아 요리하라고 명령했다. 그러자 장과로가 나서며 말했다.

아들 수왕을 재혼시키고, 그 한 달 뒤에 태진을 환속시켜 귀비로 책봉하는데(745) 이때 양귀비는 27세, 현종은 61세의 노인이었다. 귀비는 756년까지 12년간 현종의 총애를 독점했다. 결국 '안사의 난(755~763)'이 일어나, 양귀비는 마외파(馬嵬坡, 마외역(馬嵬驛)]의 절에서 목을 매어야 했고 현종은 슬픔과 실의 속에서 제위(帝位)를 아들 숙종(肅宗)에게 넘겨주어야 했다. 말하자면 안사의 난과 당의 국운이 기우는 계기가 된 것은 현종과 귀비의 애정이었다. 현종은 712년 28세에 즉위해 756년까지 45년을 재위했고, 762년 78세에 죽었다.

"이 선록(仙鹿)은 아마 1000년은 살았을 것입니다. 그 옛날 한나라 무제(武帝)가 원수(元狩) 5년(BC 118)에 가까운 시종들과 함께 상림원(上林苑)에서 사냥할 때, 이 사슴을 생포했다가 다시 방생했습니다."

그러자 현종은 믿을 수 없다는 듯이 말했다.

"짐의 정원에는 본래 많은 사슴을 키우고 있소. 그리고 한 무제 이후 지금까지 많은 왕조 교체가 있었소. 어찌 무제 때의 사슴이 지금까지 살아 있겠소?"

"한 무제께서 사슴을 방생하실 때, 왼쪽 뿔에 구리 팻말을 하나 달아 주었습니다."

이에 현종은 내시를 시켜 찾아보라고 했다. 과연 왼쪽 뿔에 두 치 정도 되는 구리 팻말이 있었으나 글자는 너무 오래되어 판별할 수 없었다. 현종은 놀람을 감추지 못하면서 물었다.

"원수 5년이라면 그때가 무슨 해였는가? 또 지금부터 몇 년 전쯤 되는가?"

그러자 장과로가 다시 나서며 말했다.

"그해는 계해년(癸亥年)이었습니다. 그해 궁정에 곤명지(昆明池)97)라는 연못을 팠습니다. 지금부터 정확히 852

---

97) 곤명지(昆明池) : 한나라 무제(武帝) 때 굴착한 주위가 40리인 인공

년 전입니다."

현종은 태사(太史)에게 명령해 그 햇수를 조사해 보라고 했는데 장과로의 말 그대로였다.

그 무렵, 당 현종 때 섭법선(葉法善)이라는 도사가 있었다. 사람들은 그가 백마산(白馬山)의 한 동굴 속에서 두 신선을 만나 도가 정일파(正一派)[98]의 수련법인 정일이삼법(正一二三法)[99]을 전수받았으며 부적으로 귀신을 부리고 각종 재액(災厄)을 물리칠 수 있다고 여겼다.

섭법선의 경우 그가 기(氣)의 변화를 알고 음양의 이치에 통달했기에 천기(天機)를 예측할 수 있고 그 때문에 각

호수. 장안성 서남 풍수(灃水)와 휼수(潏水) 사이에 있었다. 수군(水軍) 조련과 장안의 수원(水源) 부족을 보충하려는 의도였다고 한다. 송대 이후 고갈되어 메워졌다.

98) 정일파(正一派) : 도교 종파의 하나. 후한 장릉의 후손을 천사(天師)로 내세워 천사도(天師道)라고도 부른다. 송, 원, 명, 청의 역대 왕조를 거치면서 가장 중요한 종파로 꾸준히 발전해 왔다.

99) 정일이삼법(正一二三法) : 정일이삼법은 내단(內丹)의 한 종류로, 이는 《노자도덕경》의 '도는 1(一)에서 나오고 1은 2(二)를 낳고 2는 3(三)을 낳으며 3은 만물을 낳는다'는 구절에 바탕을 두고 있다. 도교의 수련법에서 1은 보통 기(氣)를 지칭하고 2는 음양 그리고 3은 음양이 교합해 이루어지는 물질 곧 단(丹)을 뜻한다.

종 재난을 미리 막을 수 있다고 생각했다. 현종은 섭법선을 장안으로 불러들여 관직을 수여하며 총애하려 했으나 섭법선은 한사코 관직을 사양했다. 그 무렵 현종은 섭법선을 불러 장과로에 대해 물었다. 그러나 섭법선은 분명히 알고 있으면서도 대답하지 않는 것 같았다. 현종이 크게 힐난하자 섭법선이 말했다.

"만약 폐하께서 맨발에 면류관도 벗으신 채 저를 구해 주시겠다고 약속하신다면 그 진실을 말씀드릴 수 있습니다."

그러자 현종은 그리하겠다고 약속했다. 이에 섭법선이 머뭇거리면서 말했다.

"장과로 그분은 태초 혼돈하던 때에 살았던 흰 박쥐의 정령입니다."

그 말을 미처 마치기도 전에 섭법선의 눈 코 귀 입의 일곱 구멍에서 피가 터져 나오면서 기절한 듯 땅에 쓰러졌다. 깜짝 놀란 황제는 신발을 챙겨 신지도 못한 맨발에 면류관도 벗은 채 장과로의 처소에 가서 그 죄를 용서해 달라고 빌었다. 그러자 장과로는 몹시 화가 난 표정으로 황제에게 말했다.

"하여튼 그 도사 녀석은 너무 말이 많습니다. 이번에 크게 혼내 주지 않으면 천기를 누설할까 걱정이 됩니다."

황제는 장과로에게 두 번 세 번 간청했다. 한참 뒤, 장과로는 섭법선의 얼굴에 물을 뿜었다. 섭법선의 얼굴에 겨우 혈색이 나타나면서 섭법선은 서서히 깨어났다.

이후 황제는 장과로를 더욱 존경했다. 황제는 화공들에게 장과로의 모습을 그려 집현전에 걸어 두라고 명령했다. 그 이후 장과로는 산속으로 돌아가겠다고 여러 차례 간청했다. 현종은 비단 세 필을 특별히 하사하면서 도사 두 사람에게 장과로를 모시고 항주로 돌아가도록 허락했다. 항주에 왔을 때, 도사 한 명은 다시 장안으로 되돌아갔으나 한 사람은 장과로를 따라 입산했다.

현종은 천보(天寶) 연간(742~756)에 다시 사람을 보내 장과로를 불렀다. 그 말을 들은 장과로는 그 자리에서 육신을 벗어 놓고 - 이것을 시해(尸解)라고 하는데 도사들의 죽음을 의미한다 - 하늘에 있는 선계로 올라갔다.

장과로의 제자들은 정성을 다해 장과로의 장례를 마쳤다. 뒷날 제자들이 다시 관을 열어 보니 관 속엔 아무것도 없었다. 현종은 항주 중조산에 서하관이라는 도관(道觀)100)을 크게 짓고 장과로를 제사하도록 했다. 먼 훗날 어떤 사람이 시를 지어 장과로를 읊었다.

---

100) 도관(道觀) : 도교의 사원. 도원(道院) 또는 도사묘(道士廟)라고 한다.

온 세상 많은 사람 중에,
그 같은 노인네 없었지.
나귀를 거꾸로 타지 않고,
고개 돌려 세상을 보았지.
擧世多少人,　無如這老漢.
不是倒騎驢,　萬事回頭看.

제22회. 하선고가 꿈을 꾸고 신선이 되다
선고득몽성선(仙姑得夢成仙)

하선고(何仙姑)는 팔선 중 유일한 여자 신선이다. 그녀는 광주(廣州) 증성현(增城縣)이란 곳에서 하소(何素)의 딸로 태어났다. 태어나면서부터 정수리에 여섯 군데 하얀 털이 있었다. 당나라 측천무후(則天武后) 때, 그녀는 운모계(雲母溪)란 곳에 사는 나이 열다섯 살쯤 된 아가씨였다. 어느 날, 하선고의 꿈속에 한 선인이 나타나 말했다.

"운모(雲母) 가루를 먹으면 몸이 가벼워지고 죽지 않는다."

꿈을 깬 하선고는 이상한 꿈이라면서 혼자 생각했다.

"신인(神人)께서 어찌 하찮은 나를 속이려고 그런 말씀을 하셨겠는가?"

이후로 하선고는 매일 조금씩 운모 가루를 먹었다. 과연 선인의 말대로 하선고의 몸은 매우 날렵했고 피로를 몰랐다. 운모는 도사가 연단할 때 사용하는 여덟 가지 광물인 팔석(八石)[101]의 하나로, 광택이 나는 납작하고 편편

---

101) 팔석(八石) : 주사(朱砂), 웅황(雄黃), 공청(空靑), 유황(硫黃), 융

한 결정체다. 이 운모는 선약 중 상품(上品)에 속하고 오래 복용하면 장생불로할 수 있다고 한다. 이 광물은 산속 구름이 피어나는 곳에서 캘 수 있으며, 운모는 사람들이 말소리를 내면 사라져 버린다는 이야기가 전해 온다. 이 돌에서 구름이 피어난다 해서 운모란 이름을 얻었다.

옛날 갈홍의 《포박자》란 책에는 운모를 10년간 복용하면 구름 기운이 생겨 몸이 가벼워진다고 했다.

하선고의 모친은 그녀를 출가시키려 했으나 하선고는 한사코 싫다 하면서 절대로 시집가지 않겠다고 서약했다. 결국 그녀의 모친도 그 결심을 꺾을 수 없었다.

어느 날, 하선고는 산골짜기를 혼자 거닐다가 이철괴와 남채화를 만났다. 두 신선은 하선고에게 선계와 관련이 있는 여러 가지 비결을 전수해 주었다. 그 이후 하선고는 늘 산속에 혼자 머물곤 했는데 그녀는 산속을 마치 날아다니듯 했으며 아침에 나가면 산속의 여러 과일이나 열매를 가득 따 가지고 저녁때 돌아와 어머니께 드렸다.

모친이 산속에서 매일 무엇을 했느냐고 물으면 하선고는 명산의 선경(仙境)을 찾아가 여자 신선한테 선도(仙

염(戎鹽), 초석(硝石), 자황(紫黃), 운모(雲母).

道)를 배운다고만 대답했다. 하선고는 어른이 되었고 그녀의 언행은 남들과 크게 달랐다.

하선고는 여단법(女丹法)[102]을 알아 그대로 실천했다. 본래 여자는 생리나 심리 또는 신체의 여러 면이 남자와 크게 다르기 때문에 수련의 방법도 달라야 한다.

여자의 모든 기는 유방에서 생겨난다. 여인의 수련은 유방에 기를 모아 조용히 마음을 안정하고 정신을 모으면서 시작한다. 이리하여 신기가 충족되면 유방이 축소되며 경수(經水 : 월경)가 저절로 끊어진다. 특히 부인의 경우 월경을 단절하는 것이 매우 중요한데 이를 참적룡(斬赤龍)이라고 한다. 붉은 용을 죽인다는 의미다.

그 후 어느 날, 측천무후는 사람을 보내 하선고를 궁중으로 불렀다. 그러나 하선고는 수도 장안에 도착하기 전 홀연히 어디론가 사라졌다. 사람들이 백방으로 찾았지만 결코 찾을 수 없었다.

당나라 중종(中宗) 경룡(景龍) 연간에 이철괴의 인도로 백일승선(白日升仙), 즉 한낮에 신선이 되어 승천했다고 한다. 그 뒤 현종 때인 천보(天寶) 9년(750), 강서성 남성현 마고산에 있는 마고단에 오색구름이 피어나며 하선

---

[102] 여단법(女丹法) : 여자의 수련법. 태음연형법(太陰煉形法).

하선고(何仙姑)

고가 그 모습을 나타내었다.

    또 그 뒤로 고향 근처, 광주 소석루에 모습을 드러내니 광주자사가 그 사실을 조정에 보고했다고 한다.

제23회. 여동빈이 객사에서 운방을 만나다
동빈점우운방(洞賓店遇雲房)

동빈(洞賓)의 성은 여(呂)씨이고 이름은 암(岩)이다. 동빈은 그의 자(字)이며 호는 순양자(純陽子)다. 여동빈은 동화 진인(東華眞人)의 후신이라고 한다. 본래 진인은 신선을 뜻하는 말이다.

동화 선생이 종리권을 도화(度化)할 때 실수로 '당신을 스승으로 모시겠다'고 말했다고 한다. 그 때문에 동화 선생은 뒷날 인간 세계에 여동빈으로 태어났고 종리권이 여동빈을 도화했으니 동화 선생은 종리권을 스승으로 모신 셈이다. 또 어떤 사람은 여동빈이 화양 진인(華陽眞人)의 후신이라고 말했다. 그래서 여동빈도 화양건(華陽巾)을 즐겨 썼다고 한다.

일반적으로 도사들은 학창의(鶴氅衣)103)를 입고 머리에는 화양건을 쓴다고 한다.

---

103) 학창의(鶴氅衣) : 본래 학의 깃털 등 새털로 짠 겉옷의 일종. 넓은 소매와 반듯한 깃에, 전체적으로 헐렁하고 넓어 추위를 막을 수 있고 속세를 벗어난 듯한 표연한 기품이 있어 도사나 문인들이 즐겨 입었다.

여동빈은 산서성(山西省) 서남부 포주(蒲州) 영락현(永樂縣)이란 곳에서 출생했다고 한다. 그의 조부 여위(呂渭)는 예부시랑을 지냈고 부친 여의(呂誼)는 해주(海州)자사를 지냈다. 여동빈의 모친이 그를 임신할 때, 기이한 향내가 방 안에 꽉 찼고 하늘에서는 아름다운 음악 소리가 들렸으며 백학이 공중에서 내려와 장막으로 날아들어 왔으나 그 모습을 감추었다고 한다.

여동빈은 태어나면서부터 신체가 건실하고 뛰어난 능력을 갖고 있었으며 도골선풍(道骨仙風)의 고귀한 모습이었다. 학의 정수리에 원숭이의 등, 호랑이 같은 튼튼하고 날렵한 몸, 용의 뺨, 봉황의 눈은 하늘을 바라보는 듯하고 두 눈썹은 구레나룻에 닿았다. 또 콧등은 우뚝 솟았고 얼굴색은 창백한 황색이었다. 왼쪽 눈썹 끝 쪽에 검은 점이 있었고 발바닥에는 거북 무늬가 있었다. 목은 길고 광대뼈는 튀어나왔으며 전체적으로 크고 건장한 몸집이었다.

여동빈이 아직 어린아이였을 때, 마조(馬祖)라는 이인(異人)이 아이의 관상을 보고 말했다.

"이 아이의 골상이 매우 비범하니 본래 속세의 인물이 아니오. 언젠가는 이 아이가 종리권이나 남채화 같은 선인과 함께 어울릴 것이니, 이를 잘 기억해 두시오."

여동빈(呂洞賓)

여동빈은 어려서부터 매우 총명했으니 하루에도 수만 자의 글을 지었고 입에서는 언제나 문장이 쏟아져 나왔다. 성인이 되었을 때, 여동빈의 키는 여덟 자 두 치였으며 머리에는 화양건을 쓰고 다녔다. 그는 누런 도포를 즐겨 입었고 그 위에 검은 실 허리띠를 매고 다녔으니 언뜻 보면 산림처사(處士)의 모습이었다. 그는 나이 스물이 될 때까지 결혼하지 않았다.

젊은 여동빈은 굳은 의지의 사나이였다. 동시에 친우와의 의리를 소중히 여기는 대장부였다. 여동빈이 청년이던 시절, 구묘(苟杳)란 고향 친구가 있었다.

구묘의 집은 너무 가난했기에 그는 여동빈 집에 살면서 독서하고 있었다. 여동빈과 구묘는 다 같이 청운의 푸른 꿈을 안고 열심히 공부했다.

그러던 중 어떤 사람이 자신의 여동생을 구묘에게 출가시키겠다며 혼담이 들어왔다. 그때 여동빈이 구묘에게 말했다.

"형이 결혼하더라도 내가 사흘간만 신방에서 같이 지내게 해 주시오."

여동빈은 구묘의 화촉동방에서 사흘 밤낮으로 독서만 했다. 이에 구묘도 느끼는 바 있어 신부와 합방하지 않고 독서에 전념했다. 드디어 구묘는 과거에 급제했고 여러 요직을 거치면서 순탄한 벼슬살이를 했다. 20여 년 뒤, 여동빈은 큰 화재로 집과 전 재산을 잃었다.

여동빈은 구묘를 찾지 않을 수 없었다.

그러나 차마 도와 달라는 말을 꺼내지도 못한 채 그럭저럭 석 달이 지났다. 구묘는 여동빈의 가사에 대해 일언반구 묻지도 않았다. 여동빈은 구묘의 무관심을 탓하면서 말없이 돌아왔다.

집에 돌아온 여동빈은 놀라지 않을 수 없었다. 그의 집은 이미 새로 지어졌고 아내는 대성통곡하며 자신의 장례를 준비하고 있었다. 그의 아내는 여동빈이 떠난 뒤, 곧 구묘가 사람과 돈을 보내와 집을 새로 지어 주었고 엊그제에는 여동빈이 병으로 죽었다며 관을 보내왔기에 지금 장례를 준비 중이라고 말했다. 여동빈은 의아해하면서 관을 열었다. 관 속에는 금은보화가 가득했고 구묘의 편지가 들어 있었다. 여동빈은 편지를 읽었다.

> 지난 날 그대는 내 신부에게 독수공방을 강요했소. 이제 내가 그대 아내에게 단장(斷腸)의 슬픔을 맛보게 하니 너무 허물치 마오.

지난날의 은혜를 잊지 않는다는 진실한 우정이 담겨 있고, 도움을 베풀면서도 받는 친우가 미안하지 않도록 가벼운 웃음으로 뜻을 표현한 간결한 편지였다. 여동빈은 친우의 깊은 우정에 감격했다. 이후 사람들은 '구묘와 여동빈은 서로의 착한 마음을 드러내지 않았다'는 말을 자주 했다.

여동빈에겐 관운이 없었다. 당 무종(武宗)104) 회창(會昌) 연간(841~846)에 진사시에 응시했으나 두 번이나 낙방했다. 그 뒤 다른 사람들이 이미 늦었다고 포기하는 64세 때 다시 응시하러 장안에 갔다가 한 주점에서 푸른 두건에 흰옷을 입은 도사를 만났다.

그 도사는 벽에 시 세 수(首)를 써서 그의 뜻을 피력했다.

제1수
앉으나 누우나 술병 끼고 살며,

---

104) 당 무종(武宗, 840~846 재위. 연호는 회창(會昌)] : 재위 중에 이덕유(李德裕)를 재상으로 중용하면서 환관의 세력을 억눌렀다. 그러면서 대대적인 불교 탄압을 강행했는데, 이를 무종의 연호에 따라 회창법난(會昌法難)이라 한다. 무종은 신선술에 깊이 빠졌다. 그래서 도사나 술사들의 권유로 여러 가지 약물을 즐겨 복용했다. 그러다 보니 성격이 괴팍하고 조급해졌으며, 수은(水銀) 중독 증상이 심해져서 치유할 수가 없었고 33세에 타계했다.

눈으론 장안을 아니 보려 한다.
천지간 오랜 세월의 무명인이나,
사라진 무리 그중에 대장부 하나.

其一曰

坐臥常攜酒一壺,　不敎雙眼識皇都.
乾坤許久無名姓,　疏散人間一丈夫.

제2수

전도할 진선(眞仙)을 쉽게 만나지 못하나
언젠가 돌아갈 때 따라가고 싶도다.
그분이 사는 곳이 바닷가라 말하니,
아마도 봉래산 제일봉이 그곳이리.

其二曰

傳道眞仙不易逢,　幾時歸去願相從.
自言住處連東海,　別是蓬萊第一峰.

제3수

자주 즐거운 이야기 싫지 않으나,
깊은 생각에 때로는 마음 상한다.
조용히 처음 손꼽아 헤어 본다면,
몇이나 굳은 마음 깨끗이 지키나?

其三曰

寬厭追歡笑話頻,　尋思離亂可傷神.
閒來屈指從頭數,　得到清平有幾人.

여동빈은 그의 풍모가 아주 예스러우면서도 기이하고 시의 뜻이 속세를 벗어난 깊은 멋이 있다 생각하면서 도사에게 다가가 성함을 물었다. 도사는 여동빈에게 자리를 권하면서 말했다.

"나의 시에 화답해 시 한 수로 그대의 뜻을 말해 주겠는가?"

여동빈은 서슴지 않고 붓을 받아 시를 써 내려갔다.

유가 출생에, 태평성대에 살지만,
갓끈 풀었고, 헐렁한 옷이 가볍다.
누가 세상의 명리를 두고 다투랴?
상제 섬기며 천궁을 찾아가리라.
生在儒家遇太平,　懸纓垂帶布衣衿.
誰能世上爭名利?　欲事天宮上帝神.

도사는 여동빈의 시를 읽고 나서 말했다.

"나는 운방 선생(雲房先生 : 종리권)이네. 나는 종남산(終南山)105) 학정봉에 주로 머무는데 나를 따라 유람해 보겠나?"

여동빈이 금방 대답을 못하고 머뭇거리자 운방 선생은 그 뜻을 헤아리고 더 묻지 않았다. 그날 종리권과 여동빈은 한 객점에 묵었다. 종리권이 불을 피워 누런 기장[黃粱]을 삶아 밥을 짓는 동안 여동빈은 앉은 채로 잠깐 졸았다.

깜박 잠이 든 여동빈은 꿈속에서 과거에 응시하려고 장안에 가서 장원 급제했고 한림원(翰林院)과 대각(臺閣)과 비각(祕閣) 및 지휘사(指揮使) 등 가장 중요한 요직들을 차례로 역임하고 부잣집 처녀를 맞아 두 번 결혼하면서 아들딸을 많이 낳아 모두 결혼시켰다.

손자와 증손들이 구름처럼 많았고 아들과 사위들이 모두 벼슬길에서 성공을 거두었다. 여동빈의 영화는 40여 년간 계속되었고 그중 10여 년간을 재상(宰相)으로서 국정을 총괄했다. 여동빈의 권세와 영광은 하늘에 닿는 듯했다.

그러나 어느 날, 갑자기 죄에 연루되어 가산을 몰수당

---

105) 종남산(終南山) : 지금의 중국 산시성(陝西省) 시안시(西安市) 남쪽에 있는 도교의 제일 성지. 종남산 누관대(樓觀臺)는 노자가 《도덕경》을 저술한 곳이고, 수경대, 연단로, 화녀천, 노자의 묘 등 노자와 관련한 유적이 많다. 종리권, 여동빈, 유해섬(劉海蟾) 등 저명한 신선들이 이곳에서 연단에 성공했다고 한다.

하고 처자식은 노비가 되어 각지에 흩어졌으며 자신은 혈혈단신 초췌하고 지친 몸으로 고갯마루에서 눈보라를 맞고 서 있었다. 여동빈은 자신도 모르게 큰 한숨을 쉬다가 꿈에서 깨어났다.

그때 종리권이 짓던 기장밥은 아직도 다 익지 않았다. 종리권이 웃으면서 한 구절을 읊었다.

아직 기장밥이 익지 않았는데,
잠깐 꿈에 화서국을 다녀왔네.
黃粱猶未熟, 一夢到華胥.

종리권이 말한 화서국(華胥國)106)은 전설 속의 이상향이다. 여동빈의 꿈을 황량몽(黃粱夢)이라고 한다. 황량은 누런 기장이다.

인생은 어차피 하나의 커다란 꿈이다. 도를 깨쳤다면 꿈에서 깨어나는 하나의 커다란 깨달음, 곧 대각(大覺)을 얻었다는 뜻이다. 도를 깨치지 못하는 사람은 꿈속에서도 꿈을 꾸며 그것이 꿈이라 말하지만 꿈을 깬 뒤에야 꿈인

---

106) 화서국(華胥國) : 《열자(列子)》〈황제(黃帝)〉 편에는 황제(黃帝)가 낮잠을 자면서 화서씨의 나라에서 노니는 꿈을 꾸었다고 한다.

줄 안다.

　장자가 나비가 되어 나는 꿈, 그리고 순우분(淳于棼)이 남가태수로 영화를 누렸던 남가일몽(南柯一夢)107)이 모두 허황한 한 자리 꿈이 아니었던가?

　그리고 인생은 얼마나 짧은가? 마치 하얀 망아지가 문틈을 달려 지나가듯108) 홀연히 스쳐 가는 것! 해도 한낮이 지나면 기울듯, 인생의 부귀영화도 사라지는 것! 그리고 인생의 화와 복은 모두 스스로가 자초하는 것! 여동빈은 한숨을 길게 내쉬면서 종리권에게 물었다.

　"제가 꿈을 꾼 것을 어떻게 아셨습니까?"

　"그대의 꿈은 천태만상이었고 영광과 몰락의 순간순간

---

107) 남가일몽(南柯一夢) : 당(唐) 이공좌(李公佐)의 《남가태수전(南柯太守傳)》에서 주인공 순우분이 술에 취해 잠든 꿈속에서 누린 영화를 말한다. 순우분은 대괴안국의 공주와 결혼하고 20년간 영화를 누렸지만 그것은 한순간의 꿈이었다. 이와 유사한 고사성어로 노생(盧生)이 한단(邯鄲)의 객점에서 여옹(呂翁)이라는 도사를 만났는데 여옹이 기장(黃粱)으로 밥을 짓는 동안 노생은 꿈속에서 온갖 영화를 누리다가 꿈을 깬다는 한단지몽(邯鄲之夢)도 있다.

108) 하얀 망아지가 문틈을 달려 지나가듯 : 백구과극(白駒過隙). 《장자》〈지북유(知北遊)〉에 "인생이 천지지간에 산다는 것이 마치 흰 망아지가 문틈을 지나가는 것처럼 순식간이다(人生天地之間,若白駒之過郤,忽然而已)"라 했다.

이 얼굴에 스쳐 갔으니 50년이 그야말로 일순간이네! 꿈 속의 영광이란 즐거워할 것도 못 되거니 잃었다 해서 근심할 게 무엇이겠는가? 속세의 큰 기쁨 뒤엔 그만큼 큰 슬픔이 있는 법이지!"

종리권의 설명을 들은 여동빈은 마음이 밝아지는 것 같았다. 자신의 실패와 좌절이 아무렇지도 않았다. 여동빈의 마음은 종리권에게서 구도의 방법을 배우는 것뿐이었다. 그리고 여동빈의 그런 마음을 종리권은 다 알고 있었다.

"자네의 골육은 아직 완전치 못해. 모름지기 몇 년을 더 기다려야 가히 도에 입문할 수 있을 것이네."

다음 날 종리권은 그냥 떠나갔다. 여동빈은 종리권의 말을 몇 번이고 다시 생각해 보았다. 여동빈은 과거 시험이나 급제, 벼슬과 가문의 영광 등을 이제는 모두 버릴 때가 되었다고 생각했다. 이후 여동빈은 종리권이 시험하는 열 가지 시험을 거친다.

제24회. 운방이 여동빈을 열 번 시험하다
운방십시동빈(雲房十試洞賓)

첫 번째 시험.

어느 날, 여동빈이 외출에서 돌아와 보니 온 집안 식구들이 모두 병사한 채 널려 있었다. 동빈은 이것을 이미 정해진 운명이려니 아니면 하늘 뜻이라 생각하고 마음속에 아무 원한이나 슬픔도 없이 관을 사다가 장례를 준비했다. 그러나 잠시 후 모두 다시 살아났다. 동빈은 아무렇지도 않은 듯 평상시대로 행동했다. 이는 여동빈이 속세의 인정(人情)을 단절할 수 있는가를 시험한 것이었다.

두 번째 시험.

여동빈은 어느 날 시장에서 물건을 팔고 있었다. 그 값을 다 흥정했는데 사려는 사람이 그렇지 않다면서 흥정한 값의 절반에 달라고 했다. 여동빈은 아무 말 없이 물건을 넘겨주었다. 이것은 작은 이익에 초연할 수 있는가를 시험한 것이었다.

세 번째 시험.

정월 초하루 날, 여동빈이 외출하려는데 거지가 대문

에 와 구걸을 했다. 여동빈은 적당히 베풀어 주었다. 그러나 거지는 더 많이 달라며 여동빈을 나무라기도 했다. 여동빈은 오히려 웃으면서 두세 번씩 사과했다. 이는 여동빈의 인내심을 시험한 것이었다.

네 번째 시험.
여동빈은 산중에서 양을 치고 있었다. 그때 갑자기 굶주린 호랑이가 나타나 양 떼를 덮쳐 왔다. 여동빈은 양 떼를 산 아래로 몰아 놓고 혼자 호랑이와 맞섰다. 결국 호랑이는 더 이상 해치지 못하고 산속으로 돌아갔다. 이는 여동빈이 자신만의 안전을 꾀하지 않는가, 또 그의 용기가 어느 정도인가를 시험한 것이라 생각한다.

다섯 번째 시험.
여동빈은 산속 정갈한 집에서 독서에 전념하고 있었다. 어디선가 열여섯 살쯤 된 어여쁜 처녀가 나타났다. 처녀는 몸매가 빼어났고 얼굴도 아주 예뻤으며, 눈같이 희고 고운 피부를 갖고 있었다. 처녀는 고향의 모친을 찾아가는 길인데 이미 날이 저물어 갈 곳이 없다며 재워 달라고 했다. 처녀는 교태와 미색으로 여동빈을 유혹했다. 나중에는 여동빈의 잠자리에 들어와 동침을 간청하며 애교와 어리광을 부렸다. 그러나 여동빈은 결코 흔들리지 않았다. 처녀는 사흘이나 여동빈을 유혹하다가 어디론가 떠나갔다. 이는 여동빈이 욕정의 미혹을 얼마나 견딜 수 있는가를 시험한 것이었다.

여섯 번째 시험.
여동빈이 며칠간의 여행에서 돌아와 보니 도적이 들어온 집안의 재물과 가재도구를 모두 털어 가 버렸다. 당장 조석 끼니를 때울 것도 없었다. 그러나 여동빈은 조금도 화내는 기색 없이 직접 농사를 지었다.
그러던 어느 날, 김을 매다가 금덩어리 수십 개가 들어 있는 항아리를 캐냈다. 여동빈은 다른 사람이 보기 전에 얼른 흙으로 덮어 버리고 끝내 하나도 취하지 않았다. 이는 재물에 연연하지 말 것을 가르친 시험이었다.

일곱 번째 시험.
여동빈은 어느 날, 시장에서 놋쇠 그릇을 하나 사 왔다. 그러나 집에 와 자세히 살펴보니 그것은 순금이었다. 여동빈은 즉시 그 상인을 찾아 돌려주었다. 이는 여동빈이 타인의 손실이나 아픔을 얼마나 생각하는가를 시험한 것이었다.

여덟 번째 시험.

어느 날, 거리에 미친 사람 같은 도사가 나타나 약을 팔고 있었다. 그 도사는 자기 약을 사 먹으면 즉사하지만 다음 세상에서 득도할 수 있다고 말했다. 마시는 즉시 죽는다는 약을 살 사람은 없었다. 한 열흘이 지나도록 아무도 약을 사지 않았다.

여동빈이 도사에게 다가가 그 약을 사겠다고 말하자 도사는 속히 뒷일을 마무리 짓고 오라고 말했다. 그러나 여동빈은 속세의 온갖 인연을 다 버렸다며 아무 일 없는 듯 약을 사서 마셨다. 그러나 여동빈은 죽지 않았다.

이는 여동빈의 진실에 대한 신념과 용기를 시험해 본 것이다.

아홉 번째 시험.

봄비에 강물이 크게 불었을 때, 여동빈은 다른 여러 사람과 같이 배를 타고 강을 건너가고 있었다. 배가 강 가운데 왔을 때, 바람이 크게 일며 배가 요동을 쳤다. 모두 놀라 소리를 지르며 야단이었으나 여동빈은 단정히 앉아 있었다. 이는 여동빈이 생사에 초연할 수 있는가를 시험한 것이었다.

이제 열 번째 마지막 시험이 남았다.

여동빈은 방에 혼자 앉아 명상하고 있었다. 그때 괴이

한 모습의 잡귀들이 수도 없이 나타나 여동빈을 죽이려 했다. 어떤 마귀는 여동빈의 목을 자르겠다고 칼을 들이대며 위협했다.

그러나 여동빈은 자세를 흩트리지 않고 앉아 있었으며 얼굴에는 전혀 두려운 기색이 없었다.

잡귀들이 물러가자 이번에는 무시무시하고 추악한 야차(夜叉)109) 수십 명이 나타났다. 그들은 피를 뚝뚝 흘리며 "너는 전생에서 나를 죽였으니 이번에는 내가 너를 죽이겠다"고 여동빈을 위협했다.

그러자 여동빈은 조금도 두려워하지 않고 말했다.

"전생에 내가 살인했다면 목숨을 내놓는 것이 당연하다."

여동빈은 일어나 칼을 찾아 자결하려고 했다. 여동빈이 자결하려는 순간 뇌성벽력 같은 큰 소리와 함께 모든 야차들이 사라졌다. 이는 수도해야 할 여동빈이 모든 박해와 위협에 항거할 수 있는 의지를 시험한 것이었다.

---

109) 야차(夜叉) : 불가 용어 'Yaksa'의 음역. 본래 불교의 호법신인 천룡팔부(天龍八部)의 한 종류다. 중국인에게는 '추악한 모습의 괴물'을 의미한다. 야차는 하늘은 날 수 있는 천야차, 땅속을 마음대로 헤집고 다니는 지야차와 물속 생활에 능한 수야차가 있다.

이어 방 안이 환하게 밝아지면서 어디선가 종리권이 나타나 손뼉을 치며 웃고 있었다.

"내가 열 가지를 시험했네. 자네 마음이 이처럼 단단하고 흔들림이 없으니 반드시 득도할 수 있을 걸세. 다만 아직 공덕을 쌓은 것이 많지 않아 오늘 자네에게 황백지술(黃白之術)110)을 전수해 주겠네. 이 황백지술로 세상 사람들을 제도하고 널리 이롭게 하며 3000가지 공덕을 쌓고, 800개 일을 원만히 이루어 내면 그때 다시 와서 자네를 인도하겠네."

황백지술은 하얀 수은을 어미[母]로, 주사(朱砂)를 아비[父]로 하고 흑연을 자식[子]으로 삼아 일월로(日月爐)에 함께 넣고 문무화(文武火)로 달구어 일곱 번 돌리고 아홉 번 뒤집어 선단을 제조한다는 비법이다. 그 비법을 여동빈은 종리권한테 전수받았다. 여동빈이 종리권에게 물었다.

"쇠가 황금이 되면 변한 것이라고 할 수 있습니까?"

"3000년 후 다시 본모습으로 돌아갈 것이네."

그러자 여동빈은 숙연해지며 다시 말했다.

---

110) 황백지술(黃白之術) : 선단(仙丹)을 조제하는 법. 즉, 연단술(煉丹術).

"3000년 뒤 사람이 잘못 판단할 것이라면 처음부터 하지 않겠습니다."

그러자 종리권이 웃으며 대답했다.

"자네의 결심이 이와 같이 굳세니 3800가지 비법이 모두 여기에 있네."

종리권은 여동빈을 학령(鶴嶺)이란 산으로 데려가면서 도에 관한 가르침을 베풀었다.

제25회. 종리권은 학령에서 전도하다
종리학령전도(鍾離鶴嶺傳道)

　　종리권과 여동빈 두 사람은 학령에 올랐다. 여동빈이 종리권에게 물었다.

　"사람은 누구나 신선이 될 수 있습니까?"

　"도를 잘 수련하면 신선이 되고, 수련하지 않으면 죽어 잡귀가 된다. 신선에 다섯 등급이 있고, 도법의 성취에 세 등급이 있으니, 모름지기 그 사람의 수양이 어느 정도냐에 달렸다."

　"성취 정도의 세 등급과 신선의 다섯 등급은 무엇입니까?"

　"도법의 성취에 세 등급이 있다는 것은 소성(小成), 중성(中成), 대성(大成)으로 그 성취 정도가 같지 않다는 뜻이다. 그리고 신선을 다섯 등급으로 구분할 수 있으니 귀선, 인선, 지선, 신선, 천선을 말한다."

　"귀선(鬼仙)이란 어떤 것입니까?"

　"귀선이란 오선(五仙)의 최하로 지하 염라대왕한테까지 불려 가지는 않았으나 그 모습이 확실치 않아 지하 저승 세계나 신선 세계의 어느 쪽에도 그 성명을 올릴 수 없는 존재다. 보통 사람들은 죽어 윤회(輪回)하지만 귀선은 윤회에 빠지지는 않는다. 그러나 그 자질과 노력이 부족해 대도를 성취하기 어려우며, 끝내 귀의할 곳이 없기에 인간의 태 속에 의탁해 인간으로 태어나면 그뿐이다."

"귀선은 어떻게 해서 또는 무슨 공덕을 쌓았기에 귀선의 단계에 이를 수 있습니까?"

"수양하는 사람이 비록 처음엔 대도를 크게 깨닫지는 못한다지만 빨리 성취하기를 강렬히 바라기에, 그 모습이 마치 마른나무 가지 같고, 얼굴색이 마치 까만 잿빛 같으나 그의 정신만은 내수(內修)를 쌓아 한 가지 뜻을 바꾸지 않았기에 지하 음부(陰府)의 귀신 단계에서는 벗어날 수 있다. 그리하여 그 형체와 혼령이 그저 잡귀의 단계에 머물렀으며 아직 순양(純陽) 세계의 신선이라 할 수는 없다. 즉, 음령(陰靈)이 완전히 다 흩어진 것은 아니기에 귀선이라 부르는 것이다."

"그렇다면 인선(人仙)은 무엇입니까?"

"인선에 대한 이야기에 앞서 우선 수련의 단계에 대한 이야기가 있어야 한다. 주역의 64괘에도 점괘(漸卦)[111]가 있고 노자의 가르침에도 점문(漸門)이 있다. 인간이 진리

---

111) 점괘(漸卦) : 64괘의 하나. "풍산점(風山漸, ䷴)"은 점차로 나아간다는 뜻(漸者, 進也. 爲'漸進'之意)이다.

를 익히고 품성을 함양하는 데에는 갑자기 깨닫는 돈오(頓悟)112)의 비법은 없다. 오직 점점 나아가는 점이진지(漸而進之)와 자연스럽게 행하는 안이행지(安而行之)113)가 중요하다."

"좀 자세히 열거해 주십시오."

"수도에는 점진적인 다섯 단계가 있다. 그 첫째가 음식을 절제하는 재계(齋戒)이고, 다음으로는 조용한 거처에서 몸과 마음을 편안하게 하는 안처(安處), 셋째가 마음을 잡고 본성을 회복해 외부의 사물을 좇지 않는 존상(存想), 그리고 넷째로 자신의 육신과 육신의 욕망, 즉 욕망의 자아를 모두 잊어버리는 단계인 좌망(坐忘)이 있다. 이어 마지막으로 모든 도법에 자연스럽게 두루 통달하는, 앞의 네 단계의 자연스러운 결과인 신해(神解)가 있다. 이를 다른 말로 표현하면 재계를 법해(法解), 안처를 한해(閒解), 존상을 혜해(彗解), 좌망을 정해(定解)라고 한다. 이 다섯 가지 점문을 차례로 수양해 모든 단계를 거치는 성취가 있어

---

112) 돈오(頓悟) : 불교 수행 방법을 도교에서 차용한 말. 갑자기 진리를 깨닫는 것을 말한다.
113) 안이행지(安而行之) : 도를 자연스럽게 실행함. "…或生而知之, 或學而知之, 或困而知之, 及其知之一也. 或安而行之, 或利而行之, 或勉强而行之, 及其成功一也."《중용》13장 참고.

야 신선이 된다."

"그 점문의 단계에 따라 자연스레 따를 수 있는 안이행지가 중요하다는 것을 이제 알겠습니다."

"수진하되 대도를 깨닫지 못하고 여러 도법 가운데 겨우 한두 개를 터득하거나 한두 가지 도술을 얻은 사람이 있다. 다만 그 의지만은 죽을 때까지 변함이 없고, 그 신령스러움은 날마다 조금씩 나아져서 나중에는 인간 세계의 온갖 질병으로부터 해방된, 다시 말해 보통 인간과 같이 인간 세계의 병에 걸리지 않을 정도로 수양한 단계를 인선(人仙)이라고 한다."

"그다음의 지선(地仙)은 어느 단계에 이른 것입니까?"

"처음엔, 천지만물의 변화와 성쇠의 이치를 본받고 해와 달과 하늘의 별인 성수(星宿)의 생성 소멸의 원리를 터득한다. 그리고 그 육신이 일월과 시간의 흐름에 잘 적응해 수련을 계속한다. 도가의 비결에 '용은 불 속에서 나오고 호랑이는 물속에서 생겨난다'[114)고 했다. 이는 물과 불

---

114) 용은 불 속에서 나오고 호랑이는 물속에서 생겨난다 : 내단(內丹)은 음양오행(陰陽五行)을 이용해 설명하는데, 용(龍)은 양(陽)으로 이괘(離卦)에 해당하고 이(離)는 불(火)을 뜻하기에 '용은 불에서 나온다(龍從火裏出)'고 한다. 또 호(虎)는 음(陰)으로 감괘(坎卦)에 해당하고 감(坎)은 물(水)이기에 '호랑이는 물에서 나온다(虎向水邊生)'라고 한

이 서로 상극이면서 상생한다는 뜻이다. 이를 알면 만물의 변화와 생성의 이치를 터득할 것이다. 만물의 청탁을 구분하고 기를 운용하되 그때를 잘 맞춰야 한다. 그리고 천지를 살피고 사상(四象)115)을 구분하고 오행(五行)116)을 열거하고, 육기(六氣)117)의 감정을 안정시키며, 칠보(七寶)118)를 취하고 팔괘(八卦)119)의 효능을 터득하며 주

다. 이 용과 호랑이가 합일하면 '도본(道本)'이 되고 이것이 곧 원신(元神)이다.

115) 사상(四象) : 《주역(周易)》〈계사(繫辭)〉상(上)에 '太極生兩儀 兩儀生四象 四象生八卦[태극(太極)은 양의(兩儀 : 음양)를 낳고, 양의(兩儀)는 사상(四象)은 낳고, 사상(四象)에서 팔괘(八卦)가 나온다'를 해석하는 데 따라, 사상을 '사시지상(四時之象 : 봄, 여름, 가을, 겨울)'으로 해석한다. 또 '금(金), 목(木), 수(水), 화(火)'라 하며, '태양(太陽) 태음(太陰) 소양(小陽) 소음(小陰)'이라 지칭하기도 한다.

116) 오행(五行) : 수(水), 화(火), 목(木), 금(金), 토(土)의 5종 물질, 오행이 상생(相生)하며 상극(相剋)하는 이론으로 만물의 변화 생성을 논한다.

117) 육기(六氣) : 호(好), 오(惡), 희(喜), 노(怒), 애(哀), 낙(樂)의 여섯 가지 감정.

118) 칠보(七寶) : 금은 등 온갖 보물.

119) 팔괘(八卦) : 《주역》의 8괘. 서로 결합해 64괘가 된다. 건(乾, ☰ : 하늘)괘, 태(兌, ☱ : 연못)괘, 이(離, ☲ : 불)괘, 진(震, ☳ : 우레)괘, 손(巽, ☴ : 바람)괘, 감(坎, ☵ : 물)괘, 간(艮, ☶ : 산)괘, 곤(坤, ☷ : 땅)괘.

역의 이치에 통달한다. 그러면서 동시에 신체를 단련해 인간 세상에 머물더라도 장생할 수 있기에 이를 지선이라 부른다. 이 지선은 땅 위에만 거주하는데, 오선 가운데 중간에 해당한다고 말할 수 있다."

"그렇다면 신선(神仙)이란 어떤 경지를 뜻합니까?"

"지선이 인간 세계에 살기를 싫어해 더욱더 정성으로 수련해 금정(金精)이나 목액(木液)[120] 같은 선약을 얻어 복용하며 심신 수련을 계속한 결과 천지 오행의 기, 즉 음양의 변화에 따라 생기는 금, 목, 수, 화, 토의 기(氣)와 의학(醫學)에서 말하는 태양(太陽), 소양(少陽), 양명(陽明)의 세 경락(經絡)을 삼양(三陽)이라 하는데 이 삼양을 정수리에 모아 그 육신의 형체를 마음대로 바꿀 수 있게 된 경우에 이를 신선(神仙)이라 부른다. 그리하여 신선이 되어 자유자재로 몸을 움직이며 음기가 없이 순수한 양의 경지에 도달하고 몸 밖에 또 다른 자신의 몸이 있어 인간의 체질을 벗어날 수 있다. 그러니 인간 세계를 초월해 성(聖)의 경지에 들어가 속세의 모든 인습이나 욕망으로부터 완전히 벗어난 경지에 이르고 삼신산을 자유로이 왕래할 수 있는 선인을 신선이라고 한다."

---

120) 금정, 목액 : 선약(仙藥)의 이름.

"그렇다면 그보다 더 상위의 경지라 할 수 있는 것이 천선(天仙)입니까?"

"신선이 봉래, 방장, 영주의 삼신산에 사는 것을 싫어하며 인간에 널리 전도해 도덕을 높이는 데 큰 공덕을 쌓았으며 그 공적이 아주 만족스러워 원시천존(元始天尊)의 명을 받아 신선이 거주하는 36동천(洞天)에 머물다가 다시 동남방에 있는 선계인 81양천(陽天)으로 옮아갔다가 다시 허무 자연의 최고 이상 세계인 옥청, 상청, 대청의 삼청(三淸)에 거주하는 진선(眞仙)을 천선(天仙)이라고 한다."

종리권의 길고도 자세한 설명을 들은 여동빈이 말했다.

"귀선이 되고 싶지는 않습니다. 그렇다고 천선은 감히 바라볼 수도 없습니다. 지선이나 인선 그리고 신선이 되는 법을 배우고 싶습니다."

"모든 인선은 소성법(小成法)을 벗어나지 않으며, 지선은 중성법(中成法), 신선은 대성법(大成法)에서 벗어나지 않는다. 이 세 가지 삼성법은 사실상 모두 하나다. 네가 도를 수련하고 꼭 득도하고자 한다면, 모든 인간에게도 마찬가지지만 불가능한 것은 아니다. 신선의 경지에 들 날이 꼭 있을 것이니 오로지 얼마나 성심껏 수도하느냐에 달려 있을 뿐이다."

"삼성법의 효능에 대해서도 설명해 주십시오."

"본래 지성과 성심으로 수련해 소성하면 부국강병을 이룩하고 나라를 잘 다스리고 싸울 경우에 백전백승할 수 있다. 그리고 중성하면 장생불사하고 대성하면 범계를 초탈해 성(聖)의 경지에 들어간다. 그리하여 인선이나 지선, 신선이 되는바, 소성법은 유위(有爲)의 도를 수양한 것이며 중성법은 유위에서 무위(無爲)의 단계로 들어간 것이고 대성법은 순일무위(純一無爲)의 단계라 할 수 있다. 이 삼성법은 어디까지나 순차적으로 점진적인 수련에 따라 성취할 수 있다."

두 사람의 이야기는 끝이 없었다. 몇 날 며칠이건 계속하면서 여동빈은 하나하나 터득해 나갔다. 나태하지 않았고 성심으로 배우니 종리권은 상진(上眞)의 여러 가지 비결을 모두 전수해 주었다.

여동빈이 수련에 한참 열중할 때, 단양 진인(丹陽眞人) 정사원(鄭思遠)121)이란 선인이 있었다. 이 정사원은 젊은 시절부터 천문에 조예가 깊었다. 정사원은 갈홍의 종조부

---

121) 정사원(鄭思遠) : 서진(西晉) 시대의 도사. 갈홍(葛弘)의 사부로, 천문 역법에도 밝았다.

인 갈효위로부터 여러 경전과 연단법을 배웠으며 여강이란 곳에 있는 마적산에서 은거하고 있었다.

그 마적산에 호랑이 한 쌍이 살고 있었는데 새끼 두 마리를 낳았다. 뒷날 어미 호랑이가 사냥꾼에게 잡혀 죽었다. 수놈 호랑이는 놀라 도망갔고 새끼들만 애처롭게 울어 댔다. 정사원은 새끼 호랑이를 데려다가 키웠다. 어느 날, 호랑이 수놈이 정사원을 찾아와 엎드렸다. 이후로 호랑이는 정사원의 집을 자기 굴처럼 생각하고 다른 짐승을 사냥하며 살았다. 정사원은 멀리 외출할 때면 호랑이를 타고 다녔고 호랑이 새끼들은 정사원의 의학 서적을 등에 지고 따라다녔다.

정사원의 친구 중에 허억(許億)이란 사람이 있어 마침 치통을 크게 앓고 있었다. 허억이 정사원을 불러 호랑이 수염 몇 개를 아픈 치아 사이에 넣어 치료해 달라고 부탁했다. 정사원도 친구를 위해 치료해 주고자 했다. 이에 그 호랑이가 엎드려 움직이지 않았다. 정사원은 호랑이 수염을 뽑았다. 뒷날 정사원은 신선이 되었고 단양 진인이라고 불렸다.

단양 진인 정사원과 같은 시기에 시 진인(柴眞人)이란 인물이 있었다. 그 단양 진인과 시 진인이 어느 날 종리권에게 여동빈을 가리키며 물었다.

"시중드는 저 사람은 누구입니까?"

이에 종리권이 웃으며 말했다
"해주 사람 여의의 아들입니다."
그러고는 동빈을 불러 두 진인에게 인사를 올리게 했다. 여동빈은 두 진인에게 절을 올렸다. 그러자 정사원이 말했다.
"이목구비가 수려하고 정기가 온전하니 진심으로 도를 배워 성취하겠소."
두 진인은 여동빈을 크게 격려하고 각자 떠나갔다.

그 얼마 뒤 종리권이 여동빈을 불러 말했다.
"내가 삼청에 올라가 천존을 뵈어야 할 때가 되었다. 이번에 너의 공덕을 말씀드리고 선적에 올리도록 하겠다. 그러면 너도 이곳에 머물지 않아도 괜찮다. 아마 10년 뒤에 동정호에서 나를 만나게 될 것이다. 내가 갖고 있는 금단을 몇 알을 줄 터이니 복용하도록 해라."
잠시 후, 한 선인이 금간옥부(金簡玉符)를 받들고 하늘에서 내려왔다. 그리고 종리권에게 말했다.
"상제께서 당신을 구천금궐상선(九天金闕上仙)에 봉한다는 조서를 내리셨으니 빨리 갑시다."
종리권은 금간옥부를 받고서 여동빈에게 말했다.
"나는 상제의 명에 따라 승천하니, 너는 인간 세계에 머물면서 수련을 쌓고 공덕을 베풀도록 해라."

여동빈은 재배하며 말했다.

"저의 뜻은 사부님과 약간 다릅니다. 저는 천하의 모든 중생을 모두 다 구제해 인도한 뒤에 승천하고자 합니다."

종리권은 구름을 타고 훌훌 떠나갔고, 여동빈은 학령을 떠나 각처를 유랑했다.

제26회. 여동빈이 술집에 학을 그리다
동빈주루화학(洞賓酒樓畵鶴)

여동빈은 종리권으로부터 여러 도법을 전수받았다. 그후 어느 날, 여동빈은 여산(廬山)[122]에 가서 화룡진인(火龍眞人)을 만나 둔검거마법(遁劍祛魔法)[123]을 전수받은 뒤, 강소성(江蘇省)과 안휘성(安徽省) 일대를 유람했다.

그 무렵 회수(淮水) 지역에 요사한 교룡이 한 마리 출현해 때로 마을의 민가를 쓰러트리거나 바람 따라 큰 풍랑을 일으켜 왕래하는 배들을 전복시켰다. 뿐만 아니라 사

---

[122] 여산(廬山) : 지금의 장시성(江西省) 주장시(九江市)에 포양호(鄱陽湖)와 창장(長江)강을 끼고 있는 명산으로 도교의 제8 소동천이다. 여산의 동북에는 불교 사원이 많고 동남쪽에는 도교의 도관이 많다. 이곳 선인동(仙人洞)은 여동빈이 수련했다는 전설로 유명하다.

[123] 둔검거마법(遁劍祛魔法) : 도사들의 검술의 일종. 도사들의 검술 연마는 송대 이후 크게 성행했다. 검술로 잡귀들이 재앙을 일으키지 못하도록 예방한다는 뜻으로 해석할 수 있다. 특히 검술로 백성에게 재앙을 주는 요괴를 무찌르고, 병마를 내쫓고 잡귀를 진압할 수 있다고 믿었다. 여동빈은 등에 칼을 메고 있는 모습으로 그려지고, 검선(劍仙)이라 부른다.

람의 모습으로 변해 양가의 처녀들에게 음란한 짓을 벌여 병으로 죽게 하는 등 폐해가 많아 그 지역 사람들 모두가 크게 고통받고 있었다.

물론 관가에서도 백방으로 노력하며 교룡의 요괴를 내쫓으려 했지만 어찌할 방도가 없었다. 결국 관가에서는 공고문을 내붙여 교룡의 요괴를 퇴치할 사람을 찾고 있었다. 마침 여동빈은 그 공고문을 보고 관가에 찾아가 그 요괴를 퇴치할 터이니 아무 걱정 하지 말라며 관원과 백성을 위로했다.

그곳의 지방관은 크게 기뻐하며 한시라도 빨리 요괴를 퇴치해 달라고 간청했다. 여동빈은 회수의 강가로 나아가 칼을 빼 들고 검무를 추다가 요괴를 꾸짖으며 큰 소리와 함께 칼을 강물에 집어 던졌다.

잠시 후, 회수의 강물이 온통 붉어지면서 큰 교룡의 사체가 수면 위로 떠올랐다. 여동빈의 칼은 교룡의 심장에 꽂혀 있다가 여동빈의 손짓에 따라 다시 도약해 제 칼집에 꽂혔다. 비록 그 순간이 아주 짧았으나 강가의 백성 모두가 똑똑히 보았고 함께 탄성을 질렀다. 지방관은 여동빈 앞에 나와 정중히 예를 갖추며 성함을 물었다.

여동빈은 "나는 회(回) 도인입니다"라고 간단히 자신을 밝혔다. 그러나 회가 곧 여(呂)임을 아는 사람은 아무도 없었다. 지방관은 여동빈에게 비단 수십 필로 사례했지만 여동빈은 하나도 받지 않았다. 이후로 강회 지역 백성은 안정된 생활을 할 수 있었다.

여동빈은 회수의 교룡을 벤 뒤에 악양 일대를 돌면서 거리에서 아이들에게 과자를 나누어 주거나 향촌 마을의 촌부들과 담소를 즐기는 등 유유자적 한가한 세월을 보냈다.

여동빈은 마음씨 바르고 착한 일을 좋아하는 사람을 골라 선계로 인도하고 싶었다. 그러나 온 현을 돌아봐도 그런 사람은 쉽게 눈에 띄지 않았다.

그때 악양(岳陽)[124]에 신(辛)씨 성을 가진 사람이 술집을 내고 있었는데 여동빈은 가끔 그 집에 가서 취하도록 실컷 마시고 늘 외상을 달아 놓곤 했다. 신씨 또한 술값을 요구하지도 않았다. 여동빈은 거의 반년 동안 매일 또는 이삼일에 한 번씩 신씨의 술집에서 외상으로 술을 마셨다. 어느 날, 여동빈은 술집에서 술과 안주를 실컷 먹고 마신 뒤 주인을 불러 놓고 말했다.

"내가 그동안 수없이 많은 외상을 졌지만, 단 한 푼도

---

[124] 악양(岳陽) : 지금의 후난성(湖南省) 동북단, 창장(長江)강 남안 웨양시(岳陽市).

갚을 수 없으니 어떻게 하시겠소?"

그러나 주인 신씨는 아무렇지도 않은 듯 괜찮다고 말했다. 이에 여동빈은 귤껍질로 술집 벽에 학 한 마리를 크게 그려 놓고 주인에게 말했다.

"손님들이 이 집에 들어와 술을 마시면서 손뼉을 치면 이 학이 살아 나와 손님의 노랫가락에 맞춰 춤을 출 것이오. 이것으로 그동안 나의 모든 외상값을 갚을 수 있을 거요."

주인 신씨는 의아해하면서도 여동빈을 만류하며 언제든지 와서 얼마든지 즐겁게 마셔 달라고 말했다. 여동빈은 신씨의 호의에 감사하며 떠났다.

그 이후 신씨의 술집에는 많은 사람들이 모여들었다. 술을 마시며 손뼉을 쳐 학을 부르면 벽에 그린 학이 살아 나왔고 사람들의 노랫소리에 맞춰 춤을 추었다.

그 소문은 순식간에 널리 퍼졌다. 각지에서 사람들이 신씨의 술집을 찾아왔다. 신씨는 모든 이에게 친절하고 저렴하게 술을 팔았어도 수년 내에 큰 부자가 되었다.

몇 년의 세월이 지난 어느 날, 여동빈이 신씨의 술집에 다시 나타났다. 신씨는 크게 반기면서 여동빈을 상석으로 모셔 환대했다. 여동빈도 기뻐하며 신씨에게 물었다.

"그래 요즈음은 손님이 어떻소?"

"손님은 언제든지 많습니다. 저도 아주 넉넉한 살림에

부족한 것이 없습니다."

이에 여동빈은 벽 앞에 나가 학을 향해 세 번 고개를 숙였다. 마치 그동안의 노고에 감사한다는 뜻 같았다. 그러자 학이 벽에서 튀어나와 여동빈 앞에 내려앉았다. 여동빈이 학 등에 올라타자 학은 그대로 공중으로 날아갔다.

주인 신씨는 신기한 기적에 그저 감탄할 뿐이었다. 거기에 신씨는 큰 누각을 짓고 황학루(黃鶴樓)125)라 이름 지었다. 아울러 그간의 사연과 여동빈의 행적을 상세히 기록했다. 뒷날, 그곳을 지나던 한 시인126)이 시 한 수를 남겨 여동빈과 황학을 그리는 마음을 노래했다.

---

125) 황학루(黃鶴樓) : 이 시는 당나라 최호(崔顥, 704?~754)라는 시인의 작품으로 당시(唐詩) 중 인구에 널리 회자하는 천고(千古)의 절창(絶唱)이다. 황학루에 올라 멀리 바라보며 고향을 그리는 심정과 옛 신선에 대한 사모의 정을 읊었다.

126) 한 시인 : 최호(崔顥, 704?~754)의 자(字)나 호(號)는 전해 오지 않는다. 최호는 당(唐) 현종(玄宗) 개원(開元) 11년(723) 진사(進士)가 되었고 천보(天寶) 연간에 사훈원외랑(司勳員外郞)을 지냈다. 현존하는 시(詩)는 겨우 40여 수이고 가장 유명한 시는 물론 〈황학루(黃鶴樓)〉다. 최호의 재주는 비상했으나 음주와 도박을 즐겨 품행은 그에 걸맞지 못했다고 한다. 소년 시절에는 규정(閨情)을 소재로 한 시가 많아 부염(浮艶)하고 경박한 느낌이었으나, 나중에 변새(邊塞)를 여행한 뒤로는 시풍이 웅혼분방(雄渾奔放)해졌으며 각지를 유랑하면서 시에 몰두해 사람이 수척해질 정도였다고 한다.

옛사람 황학을 타고 떠나 버렸고,
여기엔 휑하니 황학루만 남았다.
가 버린 황학은 돌아오지 않는데,
긴 세월 흰 구름 유유히 떠 있도다.
맑은 물에 한양 나무가 또렷하고,
풀은 자라 앵무주를 덮어 버렸다.
날은 저무는데 고향은 어디인가?
안개 낀 강가에 나그네 서글프다.

昔人已乘黃鶴去, 此地空餘黃鶴樓.
黃鶴一去不復返, 白雲千載空悠悠.
淸川歷歷漢陽樹, 芳艸萋萋鸚鵡洲.
日暮鄕關何處是, 煙波江上使人愁127)

---

127) 최호가 무창(武昌)을 여행하고 황학루에 올라 이 〈황학루(黃鶴樓)〉를 지었는데, 뒷날 이백(李白)이 와서 최호의 시를 읽고서는 "눈앞의 경치를 보고 말로 할 수 없는데(眼前有景道不得), 최호의 시는 머리 위에 있도다(崔顥題詩在上頭)"라 감탄하고서 시를 짓지 못했다는 유명한 이야기가 전해 온다. 이백은 황학루에서 시를 못 짓고 금릉(金陵) 봉황대에 가서 〈등금릉봉황대(登金陵鳳凰臺)〉를 지었는데 두 시의 장구가 매우 흡사하다. 남송(南宋)의 문학 비평가인 엄우(嚴羽)는 《창랑시화(滄浪詩話)》에서 이 시를 '당인(唐人) 7언 율시(七律) 중 제일'이라고 칭찬했는데, 전반 4구는 황학루에 대한 전설을, 후반 4구는 황학루

에 올라온 나그네의 수심(愁心)을 묘사했다. 전반 4구는 일필휘지로 써 내려간 듯 기세가 당당하다. 1, 3구는 보이지 않는 것을 2, 4구는 눈에 보이는 실물을 말했다. 후반 4구는 황학루에서 보는 장엄한 경치와 오히려 그 때문에 생기는 나그네의 향수를 그렸다. 한양수(漢陽樹)와 앵무주(鸚鵡洲)의 모습이 눈에 생생한데 아득한 장강(長江)의 물안개와 잔물결이 시인의 향수를 자극했다. 이 시에서는 첩자(疊字)를 많이 사용했다. 유유(悠悠), 역력(歷歷), 처처(萋萋)가 그러하다. 또 황학(黃鶴)은 세 번, 백운(白雲)은 두 번, 인(人)과 거(去)와 공(空)은 두 번씩 쓰였다.

제27회. 여동빈이 백모란을 희롱하다
동빈조희백모란(洞賓調戲白牡丹)

여동빈은 신씨의 주루에서 술을 즐긴 뒤, 다시 낙양(洛陽)에 나타나 미인과 아름다운 사연을 만들어 냈다. 어느 날, 유람 중 낙양에 들른 여동빈은 길을 걷다가 눈에 확 들어오는 미인을 보았다.

나이는 열여섯쯤, 날렵하고 빼어난 몸매에 요조숙녀의 귀티와 요염, 눈에는 수심이 어린 듯 추파를 머금었고 초승달처럼 가늘고 긴 눈썹, 환한 얼굴에 희고 고운 손이 눈부신, 정말 보기 드문 미인이었다. 낙양의 많은 한량들이 그녀의 아름다움을 이야기했고, 그녀를 한번 만나 본 사람은 미모와 재능에 넋을 잃었다. 그녀의 미모는 이백의 〈청평조(淸平調) 3수(三首)〉[128] 시 구절 그대로였다.

---

[128] 이백의 〈청평조(淸平調) 3수(三首)〉:《전당시(全唐詩)》 164권에는 이 시에 관련해 약간의 설명이 실려 있다. 당 현종 천보 2년(743)에 이백은 나이 43세로 한림공봉(翰林供奉)의 직을 받고 현종 곁에서 궁중 시인으로 있었다. 그때 현종이 양귀비와 함께 모란꽃이 만발한 흥경궁(興慶宮) 침향정(沈香亭)에서, 이백으로 하여금 시를 짓게 했다. 술이 거나한 이백이 즉석에서 〈청평조〉(악부의 곡명) 세 수를 지었다. 이

옷은 구름이요, 얼굴은 꽃인데,
춘풍 스친 난간에 향기 진하다.
만약 군옥산 선녀가 아니라면,
아마 요대의 달 아래 만났으리.

雲想衣裳花想容,　春風拂檻露華濃.
若非群玉山頭見,　會向瑤臺月下逢.

　당나라 제일의 풍류 시인 이백은 미인을 선녀라 인식했던 것이다. 여동빈도 마음속으로 중얼거리듯 말했다.
　"광한선자(廣漢仙子)라 불리는 월궁(月宮)의 선녀 항아(嫦娥)나 물속에 비친 달을 바라보는 수월관음(水月觀

는 양귀비의 미모와 자태를 충분히 칭찬해 준 악부시다. '구름을 연상케 하는 옷'과 '꽃과 같은 얼굴' 그리고 춘풍처럼 온화하고 이슬만큼 농염하다는 구절이 보통의 칭찬이라면 '선녀' 같다는 표현은 더 이상의 칭찬이 없으리라. 세 수의 시에는 귀비가 그만한 은총을 받으면서 정사로 고생하는 현종의 근심을 풀어 주는 소임을 다했다는 칭송의 뜻이 있다. 당대에는 모든 사람들이 부귀를 상징하는 모란꽃을 애호했다. 한편 현종의 총애를 독차지한 양귀비는 풍만한 미인이었다. 현종은 모란(牡丹)과 짝을 이룬 양귀비를 함께 보며 미소를 지었을 것이다. 현종의 사랑을 독차지하며 낮에는 가무와 연락(宴樂)으로 분주했고 밤에는 운우의 정을 나누었을 것이니 미인은 피곤했을 것이다.

音)의 그림을 보았지만, 이처럼 사람의 마음을 뒤흔드는 미인은 처음이로다. 나라를 기울게 한다는 경국지색(傾國之色)이니 물고기도 부끄러워 숨고, 하늘을 날아가던 기러기도 내려앉는다는 침어낙안(沈魚落雁)의 미녀가 있다고 했는데 과연 문자 그대로구나."

여동빈은 자신도 모르게 마음이 크게 흔들렸다. 여동빈은 지나는 사람에게 미인의 이름을 물었다.

"가무를 잘하기로 이름난 백모란(白牡丹)입니다."

이에 여동빈이 생각했다.

"양갓집 규수라면 더 말할 필요도 없지만 화류(花柳)의 여인이라면 내가 한번 찾아가서 풍류를 즐기는 것도 괜찮을 것이다. 그리고 백모란의 자태가 저렇듯 표표히 속세의 티끌을 떠나온 듯하고 얼마간 신선의 바탕이 갖추어져 있고 또 곱고도 고운 그 얼굴에 천지의 빼어난 기운이 가득하니 그를 좀 취하는 것이 나의 수도에 도움이 될 거야."

이에 여동빈은 귀공자의 티가 나는 젊은 수재(秀才)로 모습을 바꾸었다. 그리고 그의 칼을 동자(童子)로, 돌을 한 덩어리 은으로 모양을 바꾸었다. 젊은 수재로 모습을 바꾼 여동빈은 모란에게 많은 은자를 내주고 찾아온 뜻을 전했다.

백모란은 붉은 입술에 낭랑한 목소리로 반갑게 인사하

며 여동빈을 맞이했다. 백모란은 고운 자태로 예의범절에 맞게 행동하며 수재의 준수한 용모를 칭찬했다.

여동빈의 마음은 이미 크게 기울었고, 백모란 또한 수재의 용모와 의젓한 풍채에 마음이 크게 흔들려 자연스럽게 천성적인 교태가 나타났다. 정을 가득 머금고 웃음을 지으며, 눈을 살짝 내리뜨고, 수줍어하면서도 적극적으로 여동빈을 환대했다.

여동빈은 어제 처음 본 모습보다도 열 배는 더 곱고 사랑스럽다고 생각했다. 백모란이 여동빈의 성함을 물었을 때 여동빈은 다만 회 도인(回道人)이라고만 대답했다. 점차 자리가 부드러워지면서 여동빈은 백모란의 교태에 흠뻑 취했고 백모란의 마음도 같이 달아올랐다. 좋은 술과 정갈한 안주가 나왔고, 서로 정이 가득한 술잔을 주고받았다.

술이 반쯤 취하자 백모란은 정에 겨워 술을 권하며 멋진 사랑 노래를 불렀다. 그리고 가락에 맞춰 춤을 추니 그 자태는 과연 천상의 선녀였다. 여동빈은 백모란의 춤이 손바닥 위에서 춤을 추었다는 옛날 한나라의 조비연(趙飛燕)보다 더 경쾌하고, 모든 동작 하나하나가 출중하며 사람의 마음을 움직인다고 감탄했다.

여동빈은 그 자리가 신선과 속인의 만남이라는 것을 까맣게 잊고 있었다. 술의 신선 곧 주선(酒仙)이라는 별호

답게 여동빈은 술을 계속 마셨다. 그러나 그는 신선이었다. 때문에 결코 취하진 않았다.

두 연인은 잠자리에 들었다. 모란은 온갖 교태로 동빈에게 정을 주었고 동빈도 세상 모든 즐거움을 하룻저녁에 즐기듯 즐겁게 놀았다. 물속을 헤엄치는 물고기보다 더 유연하게, 그리고 꽃에 앉은 벌과 나비보다 더 사뿐사뿐 즐겁게 놀았다.

구름이 지나면서 비가 내리듯, 운우의 정에 흠뻑 취했을 때, 마치 광풍노도가 몰려와 태산을 뒤흔들고, 다음 순간 구름이 걷히면서 보름달이 천지를 밝히며 다시 빛나는 듯 상쾌하면서도, 하늘에 떠오르는 절정의 환희가 있었다. 그리고 한없이 가라앉는 듯, 푸근하면서도 끝을 모르는 쾌락이 몰려왔다.

두 사람의 즐거움은 끝이 없었다. 모란이 그만두고자 하면 동빈이 원했고 동빈이 쉬고자 하면 모란이 허락하지 않다. 그것은 최고의 인간이 생각할 수 있는 순수한 즐거움의 연속이었다.

본래 동빈은 그의 자(字) 그대로 순수한 양기 곧 순양(純陽)이었다. 동빈이 어찌 선계(仙界)의 순양을 쏟아 낼 수 있겠는가? 그러나 모란 역시 한창 음기가 왕성할 때였으니 모란으로서 어찌 아쉬움을 남긴 채 그냥 끝낼 수 있겠는가?

두 사람은 동녘이 밝아 올 때까지 사랑 놀이를 계속했지만 모란은 동빈을 고개 숙이게 할 수 없었다. 두 사람은 정을 흠뻑 들인 채로 서로 피곤해 쉴 수밖에 없었다.

그 이후 모란과 동빈은 몇 날 밤을 만나 즐겼지만 끝내 순양을 주고받을 수 없었다. 모란은 참으로 이상하다고 생각했다. 도대체 이런 사람이 있을 수 있는가? 이인(異人) 중의 이인이라 여기며 마지막으로 최고의 기량과 최선의 노력으로 여동빈을 맞이하기로 작정했다.

그 밤에, 항복을 받기 전에는 결코 돌려보내지 않기로 작심한 모란은 마치 나는 제비인 듯, 춤추는 봉황인 듯, 온갖 교태로 춘정(春情)을 다 쏟았으나, 정말로 끝내 동빈의 항복을 받을 수 없었다. 백모란은 이제 지쳤다.

우선 고개를 숙이게 만들 수 없는 특이한 남자란 생각이 들자 더욱 지치면서 그간의 공격이 부끄럽다고 생각했다.

"정말로 대단한 분입니다. 제 온몸의 뼈마디가 부서졌고 마음마저 지쳤습니다."

여동빈은 백모란의 사랑을 몸으로 느끼면서도 그간 인간 속세의 정에 굶주렸다가 모든 것을 한꺼번에 다 채웠다고 생각했다. 그러나 이런 사실을 혹시 다른 동료 신선이 알게 될까 걱정했다.

   이날 여동빈은 그동안 마음에 익혀 둔 방중술로 백모란의 왕성한 음기를 마음껏 받아들여 양기를 보양하면서 자신의 순양을 내주지는 않았다. 또한 여동빈은 화합의 즐거움을 마음껏 누리고 가쁘하고 즐거운 마음으로 백모란을 떠날 수 있었다. 동빈은 돌아갈 길이 바쁘다며 모란과 헤어졌다. 여동빈도 울며 잡고, 흐느끼며 늘어지는 모란을 두고 떠나기가 쉽지 않았다. 그러나 뒷날을 약속하고 길을 떠나지 않을 수 없었다.

제28회. 여러 신선이 동빈을 놀려 주다
선려희롱동빈(仙侶戱弄洞賓)

이야기를 바꾸어, 이철괴는 어느 날 인간 세계에 내려와 장강(長江)과 회수(淮水) 사이의 명승지와 동해 바닷가 여러 곳을 두루 유람하다가 우연히 하선고를 만났다. 표표히 옷자락을 날리며 오는 하선고를 반갑게 맞이한 이철괴는 동행하면서 물었다.

"지금 어디서 오시는 길인가?"

하선고가 말했다.

"당광정(唐廣貞)이란 여인이 있는데 이질로 남편을 여의고 혼자 수도하고 있었는데, 제가 가서 그를 인도하고 오는 길입니다."

그 말에 이철괴는 하선고에게 농담을 걸었다.

"그대나 남편이 없으면 되었지 다른 사람도 모두 혼자 살기를 바라시는가?"

그러자 하선고도 지지 않겠다는 듯이 말을 받았다.

"세상 모든 사람들이 다 아내를 거느리는데 선장(仙長)께선 어이 아내도 없이 혼자 떠도십니까?"

그러자 철괴가 졌다는 듯이 웃으며 말했다.

"내가 잘못했소. 그리고 보니 우리 서로 짝을 지으면 어떻겠는고?"

두 신선이 기분 좋아 서로 농담을 주고받을 때, 마침 남채화가 장과로의 나귀를 타고 나타나면서 소리 질렀다.

"이 모두가 어인 일인가? 도우(道友)들이 한쪽에선 기방에서 잠을 자고 다른 한편에서는 서로 진한 농담을 주고받으며 얼굴을 붉히니, 이 모두가 우리 선계(仙界)의 청규(淸規)를 크게 어지럽히는 것입니다. 내 즉시 승천해 상제(上帝)에게 실상을 아뢰고 단단히 징계토록 해야겠습니다."

그러자 이철괴는 남채화를 반기며 물었다.

"그래 우리 젊은 도우(道友)께서는 어디서 오시는 길인가?"

"내가 지나다 보니 주인이 꾸벅꾸벅 졸고 있어, 장과로 신선의 나귀를 잠깐 빌려 타고 우주 팔방의 끝을 두루 구경하고 오는 길입니다. 아마 장과로께선 지금쯤 나귀를 찾고 계실 것입니다."

남채화는 매우 기분이 좋은 듯 유쾌하게 웃었다. 그러자 이철괴가 정색을 하며 말했다.

"좋소! 좋아! 우리 걱정을 도우께서 해결해 주시는군! 다른 도우의 나귀를 훔쳐 타고 왔으니, 그 장물이 이처럼 확실한데 상제에게 우리의 허물을 아뢰겠다고? 우리가 먼저 도우의 행실을 아뢰어야 하겠소!"

그러면서 이철괴는 남채화에게 다가가 나귀를 끌어당기는 시늉을 했다. 셋이 모두 한바탕 웃고 나자 이철괴가 생각이 났다는 듯이 남채화에게 물었다.

"그런데 기녀 집에서 누가 자고 있소?"

그러자 남채화가 이상하다는 표정으로 말했다.

"아직 모르고 계셨습니까? 여동빈이 낙양에서 백모란과 정분을 나누었지요. 둘이 모두 정이 흠뻑 들었는데 지금은 잠시 헤어졌고 날을 잡아 다시 만나기로 했답니다."

그러자 이철괴가 말했다.

"종리권은 그 친구의 바탕이 아주 질박하고 성실하다며 매번 칭찬을 했는데, 잠깐 틈을 내어 그런 좋은 인연을 만들었다니 우리 모두 그를 찾아가 한번 놀려 줘야겠군!"

하선고도 좋다며 동의했다. 그러자 남채화가 말했다.

"두 분 먼저 가 보십시오. 저는 이 나귀를 주인에게 돌려주어야 합니다."

이에 이철괴와 하선고가 동행하게 되었다. 이철괴는 남편으로 하선고는 그 아내로 모습을 바꿔, 낙양에 있는 백모란의 집에 나타났다.

한편 백모란은 회 도인(回道人, 여동빈)을 보낸 후 계속 곰곰이 생각해 보았지만 도저히 이해할 수 없었다.

'아무리 기인이라 하지만 어찌 그리 견딜 수 있겠는가?'

혼자 이리저리 깊은 생각에 잠겨 있는데, 가난한 부부가 찾아와 구걸하며 모란을 만나고자 한다는 전갈이 들어왔다. 백모란은 이상하다고 생각하며 그들을 불러 보았다. 백모란이 먼저 물었다.

"무슨 일로 나를 보자 하셨습니까?"

그러자 가난한 아낙네로 모습을 바꾼 하선고가 말했다.

"당신의 심화병을 고쳐 드리겠습니다."

모란이 비록 어린 나이지만 본래 영특한 데가 있고 세상 사람들 틈에 부대끼며 살다 보니 자연히 사람을 보는 안목이 있었다. 모란은 그들 부부가 결코 구걸이나 하는 보통 사람이 아니라는 것을 알았다. 그들의 언사가 침착 조용하고 특별한 신기(神氣)가 느껴지며 당당한 모습을 본 백모란은 즉시 안으로 그들을 맞이하면서 음식을 대접했다. 부부가 더 많은 것을 달라면 더 주었고 노리개를 부러워하면 패물을 내주었다. 그들 부부는 모란의 진심을 알았는지 모란에게 물었다.

"아가씨는 회 도인을 만난 적이 있지요?"

모란은 예상했던 물음이기에 그렇다고 대답하고 약간 고개를 숙이며 물었다.

"두 분께서 제 마음의 병을 고쳐 주신다 하셨으니, 제 걱정이 무엇인지 아시고 오셨습니까?"

"아가씨는 그분이 끝까지 참고 견딘 비결을 알고 있습니까?"

"바로 그것을 모르기에 걱정하고 있습니다."

그러자 이철괴가 담담히 말했다.

"그분은 선인입니다. 내가 그 해결 방법을 일러 드리겠습니다. 다음에 그분이 찾아와, 서로 감정이 아주 무르익었을 때를 기다렸다가 두 손으로 그의 양쪽 갈비뼈 사이를 힘껏 누르십시오. 그러면 깜짝 놀라면서 사정할 것입니다. 이는 천둥소리에 놀라는 틈을 타서 소를 뺏는 비방입니다. 절대로 그 기회를 놓치지 마십시오. 그러면 아가씨는 그분의 정기를 받아 죽지 않을 것입니다."

모란이 고개를 끄덕이며 다른 말을 물어보려 하자 어느새 두 사람은 그 모습을 감추었다. 모란은 기뻐하며 말했다.

"저들 두 분도 틀림없는 신선일 거야. 그 말이 이치에 맞으니 믿지 않을 수 없지!"

그다음 어느 날, 여동빈은 약속대로 모란을 다시 찾아왔다. 모란은 크게 기뻐하면서 술과 안주를 준비해 같이 마시며 즐겼다. 거기에는 시와 노래가 있었다. 준수한 수재와 경국지색인 미녀의 놀이는 아주 흥겨웠다.

밤이 들어 훈훈한 봄바람 속에 운우의 정을 나눌 때, 백모란은 온 정성을 다해 동빈을 맞이했다. 그러다가 동빈이 한참 고조되어 방심한 사이, 모란은 두 손가락으로 여동빈의 양쪽 갈비뼈 사이를 힘껏 눌렀다. 여동빈은 미처 손쓸 겨를도 없이, 깜짝 놀라 순양의 정액을 모란에게 쏟을 수밖에 없었다. 여동빈이 크게 놀라 당황하며 어쩔 줄 모를 때, 모란은 순양의 정기를 마음껏 받아들였다. 여동빈은 서둘러 일어나 옷을 입은 뒤, 모란에게 물었다.

"누가 그대에게 비법을 알려 주었는가?"

모란은 며칠 전 가난한 부부가 찾아왔다는 이야기를 했다.

"나는 순양이오. 그 두 선인이 어찌 이런 쓸데없는 말을 했을까?"

모란은 여동빈에게 예를 갖추며 자세히 말씀해 달라고 간청했다. 여동빈은 할 수 없다는 듯이 말했다.

"그 두 사람은 바로 이철괴와 하선고요."

백모란은 여동빈에게 더 머물면서 가르침을 달라고 간절히 부탁했다.

"그대는 아직 속세의 인연이 남아 있어 내가 인도할 수 없소."

그러면서 여동빈은 모란에게 영단을 한 알 건네주며 말했다.

"이것을 복용하면 뒷날 속세를 벗어날 수 있을 것이

오."

 말을 마친 여동빈은 밖에 있는 동자를 불렀다. 방에 들어온 동자는 그대로 칼이 되어 칼집에 들어갔다. 그리고 뜰에 내려서면서 하늘에서 하강하는 구름 위에 올라섰다. 여동빈은 캄캄한 하늘로 유유히 사라졌다.

 뒷날 백모란도 선거(仙去), 즉 신선이 되어 속세를 벗어났다.

제29회. 악양에 세 번 날아오다
삼지악양비도(三至岳陽飛到)

여동빈은 백모란에게 순양의 정(精)을 뺏기고 낙양을 떠나 다시는 모란을 찾지 않았다. 일찍이 자신은 이 세상 모든 사람을 다 제도하겠다는 큰 소원을 세웠는데 지금껏 무엇을 했는가? 여동빈은 자문자답하면서 악양(岳陽)으로 날아갔다.

여동빈은 식용 기름을 파는 행상으로 모습을 바꿔 여러 마을을 돌며 선계로 제도할 만한 사람을 찾아다녔다. 많은 사람들이 기름을 사면서 돈보다 더 많이 달라고 말했다. 거의 1년쯤 되었을 때, 어느 노파에게 기름을 팔았는데 그 노파만은 더 많이 달라는 말을 하지 않았다. 여동빈은 이상하다 생각하며 노파에게 물었다.

"모두가 기름을 받으면서 더 달라고 하는데 할머니는 왜 더 달라고 하지 않습니까?"

"나는 기름 한 병을 사려 했고, 병이 찰 만큼 찼으며 당신도 고생하는데 내가 왜 더 달라고 하겠습니까?"

그러면서 노파는 여동빈에게 술과 음식을 내주었다. 여동빈은 호의에 감사하며 이 노파를 신선이 되게끔 인도해야겠다는 생각을 했다. 여동빈은 노파의 집 우물에 쌀을 한 알 떨어트렸다. 그 순간 우물물은 모두 술로 변했다. 여동빈은 노파에게 큰 소리로 말했다.

"잘 쉬었다 갑니다. 댁의 우물물이 매우 좋으니 팔아서 돈을 벌 수 있을 것입니다."

노파는 처음에 무슨 영문인지 몰랐다. 다만 여동빈에게 좀 더 쉬라고 만류했으나 여동빈은 대답도 없이 그냥 떠났다. 여동빈이 떠난 뒤 노파는 우물에서 술을 퍼 올려 큰돈을 벌었다. 1년 뒤 어느 날, 여동빈이 다시 노파의 집에 나타났다. 마침 노파는 집에 없고 그 아들이 여동빈을 맞이했다. 여동빈이 요즈음 장사가 어떠냐고 묻자 젊은 아들이 대답했다.

"아주 좋습니다. 돈도 꽤 많이 벌었습니다만, 돼지에게 먹일 술지게미가 나오지 않아 서운합니다."

그 말에 여동빈은 하늘을 보며 탄식했다.

"아! 인간의 탐욕이 이처럼 끝이 없는가?"

그러고선 우물의 쌀알을 건져 갖고 떠나갔다. 이제는 우물물이 술이 아니었다. 노파가 돌아와 크게 후회했으나 어쩔 수 없었다.

여동빈은 악양에서 동정호(洞庭湖)129)를 지나갔다. 그리고 종리권과 함께 한상자(韓湘子)를 신선으로 인도했다. 동정호를 지나면서 여동빈은 시 한 수를 남겼다.

조석으로 봉래 창오산에 노니는데,
소매 속 청사(靑蛇)의 담력이 크다.
세 번 낙양을 지나나 아는 이 없고,
시를 읊으며 동정을 날아 건너다.
朝遊蓬島暮蒼梧, 袖裡靑蛇膽氣粗.
三至岳陽人不識, 吟詩飛過洞庭湖.

다시 오랜 세월이 흘러, 송나라 신종(神宗, 1067~1085 재위) 때, 궁내에 아주 고약하고 사특한 잡귀가 있어 후궁이나 비빈 등을 자주 괴롭혔다. 궁중에서는 여러 가지 방법으로 잡귀를 제거하려 했으나 없애지 못했다. 특히 2월에서 3월 사이에 자주 소란을 피웠다.

어느 날 밤, 황제의 꿈에 금빛 갑옷의 대장부와 도사 차

---

129) 동정호(洞庭湖) : 지금의 창장(長江)강 중류에 있는 호수 둥팅호. 동정호 안에 솟아 있는 산이 군산(君山)인데, 상산(湘山)이라고도 하며, 순(舜)임금의 왕비 아황(娥皇)과 여영(女英)의 무덤도 있고, 팔선과 얽힌 전설이 남아 있다. 옛날에는 '800리 동정(八百里洞庭)'이라 했으나 지금은 토사 축적과 개간으로 인해 면적이 크게 줄고 호수도 세 개로 분리되었다. 1600년대의 면적을 100으로 보았을 때 지금은 약 45퍼센트 정도라고 한다.

림에 허리엔 벽환도라는 칼을 차고 손에 수정 여의주를 든 선인(仙人)이 나타나 황제에게 말했다.

"신은 옥황상제의 명을 받아 궁중 잡귀를 잡으러 왔습니다."

선인은 인사를 올린 뒤 다시 말했다.

"지금 곧 금빛 갑옷을 입은 장군에게 잡귀를 몰아내라고 명령만 내리시면 곧 잡귀를 잡아 참수할 것입니다."

그러자 황제가 선인에게 물었다.

"옆에 선 금빛 갑옷의 장부는 누구입니까?"

"얼마 전에 새로 봉(封)함을 받은 의용 진군(義勇眞君) 관우(關羽)130)입니다."

---

130) 관우(關羽) : 북방 이민족의 침입에 시달리며 문약했던 송나라 때부터 관우의 사당이 곳곳에 세워졌으며, 송 철종(1085~1100 재위) 때 '현열왕(顯烈王)', 휘종(徽宗) 때에 '의용무안왕(義勇武安王)'에 봉해졌다. 원나라 말기에 장편 역사 소설 《삼국연의(三國演義)》가 유포되면서 관우의 명성은 온 중국을 뒤흔들기 시작했다. 관우는 용기와 지략, 충성과 의리의 화신(化身)이었으며 무예뿐만 아니라 학식도 풍부한 인물이었다. 관우는 '의기천추(義氣千秋), 충정불이(忠貞不二), 견의용위(見義勇爲)'의 영웅호걸이며, 사나이가 갖추어야 할 모든 것을 완비한 사람이고 역대 모든 명장보다 한 수 위의 고금 제일장(古今第一將)이었다. 중국에서 관우는 유교, 불교, 도교에서 다 같이 숭배하는 '초특급의 신'이 되었으니 그런 점에선 중국에서 가히 유일무이하다고 말할 수 있다. 명 · 청 시대에 관우는 무왕(武王) 또는 무성인(武聖人)으로

황제는 놀랍고 반가웠다. 황제는 관우에게 여러 번 사례하며 다시 물었다.

"아우님인 장비(張飛) 장군은 어디에 있습니까?"

이에 관우가 말했다.

"그간 장비 아우는 나를 위해 너무 고생했고 그 뒤에도 여러 가지 일을 많이 했습니다. 이번에 폐하를 위해 상주(湘州)란 곳에 새로 탄생할 것입니다."

황제가 도사에게 성명을 묻자 도사가 말했다.

"저는 여순양(呂純陽) 동빈(洞賓)입니다. 4월 14일에 출생했습니다."

그런 꿈이 있은 뒤, 송나라 왕궁은 무사했다.

송나라 신종(神宗) 황제는 여동빈을 모시는 나라 안의 모든 사당에 칙명을 내려 여동빈에게 묘통 진인(妙通眞人)이란 칭호를 첨가하도록 했다.

여동빈의 신통함과 기이한 행적은 이루 다 말할 수 없을 정도로 많았다. 또 많은 시가 속에 그의 신통한 사적이 남아 있다.

존칭되면서 문성인(文聖人)인 공자(孔子)와 나란한 지위를 누리게 되었다. 도교에서는 관성제군(關聖帝君)으로 숭배하고 있다.

뒷날 남송 악비의 부친은 장비가 나타나 악씨 가문에 출생하려 한다는 꿈을 꾸었고, 아들이 태어나자 장비의 이름을 따 이름을 악비(岳飛)[131]라 지었다.

악비는 부모에게 효도했고 힘써 공부했으며 북송을 멸망시키고 남송을 괴롭히는 여진족의 금(金)나라를 크게 무찔러 남송의 건국자 고종이 글을 직접 써서 만든 "정충악비(精忠岳飛)"라는 깃발을 하사받았다. 충신 악비는 장강을 건너 북진해 금나라를 정벌하고자 했으나 당시 권력을 쥔 간신 진회(秦檜)[132]의 화친책에 의거해 소환당한 뒤, 파직당하고 옥사하니 그의 나이 서른아홉이었다.

---

[131] 악비(岳飛, 1103~1142) : 북송을 멸망시킨 여진족의 금나라에 대항해 싸웠던 남송의 장군. 시호는 충무(忠武)다. 악비는 제갈량과 함께 충절의 상징으로 여겨졌다. 명나라에 의해 중원이 수복된 이후 남송의 충신 문천상(文天祥), 악비(岳飛), 그리고 촉한의 제갈량(諸葛亮)에 대한 숭배를 국가적 차원에서 장려해 왔다. 20세기에 들어와서도 악비는 외세의 침략에 대항해 투쟁한 구국의 영웅으로 칭송되어 왔으며, 지금까지 악비는 관우와 함께 민간에서 무신(武神)으로 대우받을 만큼 구국(救國)의 영웅으로 지지받고 있다.

[132] 진회(秦檜) : 남송의 재상. 금나라와의 화평과 강화(講和)를 주창하면서 주전파(主戰派)인 악비를 탄압하고 스스로의 권력 유지를 위해 공포 정치를 동반했기 때문에, 후세에 매국노[賣國奴, 한간(漢奸)]로 지탄받아, 모든 매국노의 대명사로 통한다. 때문에 지금도 중국인은 자식의 이름에 회(檜) 자를 쓰지 않는다고 한다.

제30회. 한상자, 술을 만들고 꽃을 피우다
상자조주개화(湘子造酒開花)

    한상자(韓湘子)의 자는 청부(淸夫)다. 당나라 한문공(韓文公), 즉 한유(韓愈)133)의 조카다. 한상자는 선골을

---

133) 한유(韓愈, 768~824) : 자(字)는 퇴지(退之). 조적(祖籍)은 창려군(昌黎郡, 지금의 랴오닝성(遼寧省) 이현(義縣)이기에 사람들은 한창려라고 불렀다. 만년에 이부시랑(吏部侍郞)을 지냈기에 한 이부라 하며, 시호가 문공(文公)이기에 한문공이라고도 지칭한다. 또 유종원(柳宗元)과 함께 당시의 고문 운동(古文運動)을 주도했기에 두 사람을 한유(韓柳)라 병칭한다. 한유는 산문과 시에서 골고루 유명하며 문집으로《창려선생집(昌黎先生集)》이 있다. 한유는 문학을 '도를 밝히는 도구[文以載道]'로 보았고 유교의 도덕을 담고 있지 않은 문장은 가치가 없으며, 세상의 교화에 도움이 되지 않는 문학은 쓸모가 없다고 주장했다. 한유는 자신이 고문을 배우고 쓰는 것은 유가(儒家)의 도(道)를 배우고 실천하는 데 목적이 있다고 했다. 한유의 문장으로는 불교와 노장사상을 비판하며 유가의 도를 밝히는 것이 많은데, 〈사설(師說)〉, 〈원성(原性)〉, 〈원도(原道)〉, 〈간영불골표(諫迎佛骨表)〉, 〈진학해(進學解)〉, 〈송궁문(送窮文)〉, 〈유자후묘지명(柳子厚墓誌銘)〉 등은 우리에게도 잘 알려진 명문장이다. 한유는 유종원과 함께 당송 팔대가로 손꼽히고 있다. 한유는 중당(中唐) 시기 백거이(白居易)와 함께 시단의 영수로 독특한 시풍을 확립했다. 한유의 시는 문장에서처럼 복고적 기풍이 강하게 나타난다. 그의 시는 종래와 다른 새로운 표현을 중시했고 남들이 잘 사용하지 않는 문자를 사용해 기이한 시어를 많이 사용했다.

타고났으며 그 품성이 세속 사람과 크게 달랐다. 번화하고 농염한 것을 싫어하고 담백하고 청아 한적한 것을 좋아했으며 심지가 곧았다. 세상 제일가는 미인이라도 그의 마음을 움직일 수 없었고 아무리 좋은 술과 음식이라도 그의 뜻을 약하게 할 수 없었다.

한상자는 평소에 숙부 한유로부터 학문에 전념하라는 가르침을 자주 들었다. 그러나 한상자는 그 생각이 달랐다.

"제가 배우고자 하는 것은 숙부님과 다릅니다."

한유의 영향을 받은 시인으로 맹교(孟郊), 가도(賈島)가 유명하고 노동(盧仝)과 이하(李賀)도 그의 영향을 받았다. 한유는 출생하면서 곧 어머니가 죽었고 세 살에 부친도 돌아가셨다. 그래서 형의 손에 의해 양육되고 형의 관직에 따라 각지를 전전하다가 형이 죽자 조카 한노성(韓老成)과 함께 형수 정씨(鄭氏)의 손에 양육된다. 한유는 덕종 정원(貞元) 8년(792)에야 진사에 급제했으며, 이부시(吏部試)에는 연속 낙방했다. 정원 17년(801)에 국자감(國子監) 사문박사(四門博士)가 되었고, 다음 해 유명한 〈사설〉을 지었다. 조카 한노성이 먼저 죽자 〈제십이랑문(祭十二郞文)〉을 지었다. 당 헌종(憲宗) 원화(元和) 6년(811) 국자박사(國子博士)가 되어 〈진학해〉를 지었다. 헌종 원화 14년(819) 〈간영불골표〉를 지어 불교 숭상과 폐단을 극간하다가 지금의 광동성(廣東省)인 조주(潮州)의 자사(刺史)로 폄직당했다. 조주에 부임해서는 치민흥학(治民興學)에 힘썼다. 당 목종(穆宗)이 즉위하자(820) 장안에 돌아온 뒤 국자감의 총장이라 할 수 있는 제주(祭酒)를 지내고 병부시랑(兵部侍郎) 등을 역임하다가 57세에 병사했다.

그때마다 한유는 한상자를 크게 꾸짖곤 했다. 한상자는 수련의 비법을 마음에 깊이 새겨 두었고, 외단(外丹)인 황백지술(黃白之術), 즉 연단술(鍊丹術)에 전념했다.

어느 날, 한상자는 스승을 찾아 도를 배우겠다고 출가해 마침내 순양 여동빈과 운방 선생 종리권을 만났다. 이에 한상자는 오랫동안 본가와 소식을 단절한 채 각지를 돌며 도술을 연마했다.

어느 날, 한상자는 깊은 산속을 돌다가 붉은 복숭아 선도가 무르익은 것을 보았다. 한상자는 복숭아나무에 올라가 선도를 따려다가 가지가 부러지면서 땅으로 떨어졌다. 그 순간, 한상자는 마치 매미가 껍질을 벗고 창공으로 날아가듯 육신을 벗어 두고 승천했다.

도교에서는 이를 시해(尸解)[134]라고 한다. 그러나 같은 시해라도 한밤중의 시해보다 한낮에 승천하는 백일(白日) 시해를 상대적으로 더 높게 평가한다.

---

134) 시해(尸解) : 해화(解化), 시화(示化), 시졸(示卒)이라고도 하는데, 도사의 죽음을 미화한 말이다. 《운급칠첨(雲笈七籤)》이란 책에 따르면 시해의 종류는 매우 다양하다. 몸이 칼로 변하는 검해(劍解), 지팡이로 변하는 장해(杖解) 외에 불로 변하는 화해(火解), 물로 변화해 모습을 감추는 수해(水解) 등 다양한 예가 있다.

한상자(韓湘子)

한상자는 숙부 한문공(韓文公) 한유를 선계로 인도하려고 했다. 그러나 한유가 당대의 명사이며 문장가로 이름을 날리고 있어 특별한 도술로 그의 마음을 바꾸려고 했다. 마침 그해는 온 나라에 가뭄이 들었다.

황제는 한유에게 장안 남쪽 천단(天壇)에 나가 비를 내려 달라는 기도를 올리게 했다. 한유가 비를 비는 간절한 기원문을 지어 성심으로 제사하고 기도했으나 하늘은 오랫동안 전혀 응답이 없었다. 그리하여 농사를 지을 수 없게 되자 황제는 한유를 파면하려고 했다. 바로 그때 한상자가 나타났다.

한상자는 보통 도사로 모습을 바꾸고 '비나 눈을 팝니다'라는 글을 써 놓고 앉아 있었다. 누군가가 그 사실을 한유에게 알렸고 한유는 도사를 시켜 기도를 올리게 했다. 도사는 단 위에 올라가 기도하며 도법을 시행했다.

그러자 잠시 후 큰비가 내리기 시작했다. 한유는 그 신통력을 도저히 믿을 수 없었다. 그래서 도사에게 물었다.

"지금 내리는 비는 내가 올린 기도 때문인가? 아니면 도사의 기도 덕분인가?"

그러자 도사가 단호히 말했다.

"나의 기도와 도술에 의한 비입니다."

"어떻게 증거를 댈 수 있는가?"

"이번 비는 평지에 꼭 한 자 깊이로 내릴 것입니다."

얼마 후 비가 그치자 한유는 사람들을 시켜 재어 보았더니 정말 그러했다. 한상자는 그때까지도 자신을 드러내지 않았다.

어느 날, 한유의 생일이었다. 한유는 고관대작과 문우들을 불러 잔치를 벌였다. 많은 사람들이 한유가 초대한 잔치에 참석했다. 그때 한상자도 도사의 모습으로 집 안에 들어섰다. 한상자는 조카로서 숙부에게 건강을 축원하는 잔을 올렸다. 한유는 마음속으로 크게 기뻐하면서도 진노했다. 이어 한유는 한상자를 가까이 불러 놓고 물었다.

"너는 어찌하여 아무 소식도 없었느냐? 그간 어디서 무엇을 배웠는지 시를 지어 너의 공부와 뜻을 말해 보아라."

그러자 한상자는 즉석에서 시를 읊었다.

구름 저편 청산 속,
그곳이 나의 집이라.
구름을 당겨 물을 짜내고,
새벽엔 안개를 들이마신다.
금(琴)으로 벽옥조를 타고,
온갖 주사를 제련한다.

보정엔 금호가 있고,

영지밭엔 흰 거위를 기른다.

표주박엔 조화를 감췄고,

삼 척 검으로 요괴를 베리라.

물로 순예주를 빚고,

경각화를 피우리라.

누구든 나를 따라 배운다면,

함께 선화(仙花)를 보리라.

青山雲水隔,　此地是吾家.

手扳雲霞液,　賓晨唱落霞.

琴彈碧玉洞,　爐煉白硃砂.

寶鼎存金虎135),　芝田養白鴉.

一瓢藏造化,　三尺斬妖邪.

解造醇醴酒136),　能開頃刻花137).

有人能學我,　同共看仙葩.

---

135) 금호(金虎) : 호랑이 모양의 장식.

136) 순예주(醇醴酒) : 진한 술, 좋은 술.

137) 경각화(頃刻花) : 경각(頃刻)은 '매우 짧은 시간'이다. 순식간에 피는 꽃을 말한다.

한유는 한상자의 시를 보고 놀라며 물었다.

"네가 정말 꽃을 피울 권능을 갖고 있느냐?"

한유는 즉석에서 맹물을 술을 만들고 꽃을 피워 보라고 명령했다. 한상자는 커다란 나무통을 내다가 물을 반쯤 채우게 한 뒤 놋쇠 양푼을 덮고 주문을 외웠다. 잠시 후 놋쇠 양푼을 들춰 보니 나무통 안에는 아주 잘 익은 순예주가 담겨 있었다.

그리고 화분에 흙을 담은 뒤 병풍으로 잠시 가려 놓았다가 병풍을 걷으니 그곳엔 모란과 비슷하나 더 크고 진한 보라색의 아름다운 꽃이 피어 있었다. 이것이 바로 한순간에 피어나는 경각화였다. 한상자는 하인을 시켜 화분을 한유에게 올렸다. 한유가 자세히 보니 꽃잎에 시 두 구절이 새겨져 있었다.

구름 비낀 진령에서 내 집은 어디인가?
눈 막힌 남관(藍關)에 말도 가지 못하네.
雲橫秦嶺家何在,　雪擁藍關馬不前.

한유는 시구를 읽고도 무슨 사연인지 알 수가 없었다.

"뒷날, 숙부께서 직접 경험하실 것입니다. 다만 천기를 미리 누설할 수 없습니다."

한유의 잔치에 모인 모든 사람들이 한상자의 도술에

놀라며 감탄했다. 모두 즐기는 사이에 한상자는 조용히 일어나 숙부에게 하직 인사를 올리고 어디론가 떠나갔다.

제31회. 남관의 눈을 치워 숙부를 구하다
구숙남관소설(救叔藍關掃雪)

 이야기를 바꾸면, 당나라 헌종(憲宗, 805~820 재위)은 불교를 좋아해 독실하게 숭배했다. 그 재위 중 서역에서 승려 편에 석가모니의 몸에서 나온 진신사리(眞身舍利)[138]를 보내왔다. 그것은 크고 하얀빛이 나며 투명하고 정결한 사리였다.

 헌종은 크게 기뻐하며 봉상[鳳翔, 지금의 산시성(陝西省) 남서부 바오지시(寶鷄市) 관할 펑샹시(鳳翔市)]이라는 곳까지 나아가 성대한 의식을 거행하고 부처의 사리를 친히 모셔 환궁했다. 당시 여러 신하 중 그 누구도 불교가 나라를 다스리는 바른 가르침과 시책이 아니라고 반대하

---

138) 사리(舍利) : 견고자(堅固子), 사리자(舍利子)로도 표기한다. 시신 또는 사체의 뼈에서 나온 고형물로, 그 형체와 색채가 제각각이다. 석가모니의 시신을 화장[火葬, 다비(茶毘)]한 뒤에, 1석 6두(一石六斗), 곧 약 8만 4000개의 사리를 수습했고, 고인도의 8개 왕국에 나누어 주었으며, 그 사리를 사리 병에 넣어 탑(塔)에 보관했다. 이후 고승(高僧)이나 비구니(比丘尼) 사후에 다비 의식을 치루고 사리를 수습, 보관하는 전통이 이어졌다.

지 못했다.

    그러나 당시 형부시랑(刑部侍郞)의 직책을 맡은 한유는 불교가 이단(異端)의 가르침이며 불골(佛骨 : 사리)을 맞이하는 것은 상서롭지 못한 조짐이라고 표문을 올려 헌종의 잘못을 깨우치려 했다. 한유가 올린 표문은 다음과 같다.

    불법은 본래 중국 주변 미개한 족속 한 사람의 가르침입니다. 옛날 우리의 황제(黃帝) 이래 우왕(禹王), 탕왕(湯王)이나 주(周)나라의 문왕(文王), 무왕(武王)이 모두 천수를 누리셨고 백성은 모두 평안하고 태평했는데 그 시절에 불법(佛法)이 어디 있었습니까?
한(漢, 후한)나라 명제(明帝, 57~75 재위) 때 불교가 처음 들어온 뒤로 혼란과 멸망이 계속되었고 나라의 운명도 길지 못했습니다. 당 이전의 송, 제, 양, 진 여러 나라와 북위(北魏)의 여러 왕들이 부처를 열심히 섬겼으나 나라의 연대는 더욱 짧았습니다. 특히 양 무제(武帝, 502~549 재위)는 재위 48년 동안 자신의 몸을 세 번이나 불가에 바쳤으나 결국 반란을 일으킨 후경(侯景)의 핍박을 받아 대성(臺城)이란 곳에서 굶어 죽었습니다.
이를 볼 때 부처란 믿을 만한 것이 아닙니다. 만약 부처가 살아 있어 우리 중국을 찾아 조공을 해 온다면 폐하께서 그냥 용납하시며 폐하의 정치를 배우게 하고, 손님에게 베푸는 잔치나 열어 주며 옷이나 한 벌 내려 주어 국경 밖까지 호위해서 백성을 현혹하지 못하게 하면 되는 것입니다.

그러나 부처란 사람은 이미 죽었는데 말라빠진 뼈 한 조각을 어찌 폐하께서 직접 나서서 왕궁 안으로 모셔 들이려 하십니까? 모든 신하들이 감히 그르다고 아뢰지 못하고 어사들이 승려의 죄를 문책하지 않는 것을 저는 이해할 수 없습니다.

바라옵건대 폐하께서는 모든 승려를 관리에게 보내 다스리게 하시고 중국 내의 불서(佛書)들을 없애 천하 모든 백성의 그릇된 판단을 막고 후손들의 의혹을 없애 주셔야 합니다. 만약 부처의 혼령이 있어 사람들에게 재앙과 복을 내려 준다면 의당 저의 몸에 그런 재앙이 내려야 할 것입니다.

한유가 상주한 표문을 읽은 헌종은 크게 노했다. 헌종은 한유를 강등해 멀리 남쪽의 외직인 조주(潮州)의 자사로 내보냈다. 한유는 즉시 임지로 출발해야 했다.

한유는 가족과 이별한 뒤 조주를 향해 길을 나섰다. 길을 떠난 지 며칠 안 되어 붉은 구름이 사방에서 일어나며 차가운 바람이 몰아치더니 곧 엄청난 눈이 쏟아지기 시작했다.

한유는 험한 눈보라 속에 앞으로 계속 나아갔으나 높은 산등성이 어느 곳인가에 이르러서는 더 갈 수가 없었다. 이미 눈은 서너 자나 쌓여 말도 갈 수 없고 길을 찾을 수도 없었으며 잠시 쉴 만한 인가도 없었다. 이제는 돌아갈 귀로도 없었다.

바람은 점차 사나워지고 눈이 휘날려 옷마저 모두 젖어 추위와 굶주림 그리고 절망 속에 낙담한 한유에게 누군가 눈을 치우며 다가오는 사람이 있었다. 한유가 자세히 바라보니 그는 다름 아닌 조카 한상자였다.

한상자는 한유 앞에 다가와 말했다.

"숙부님께선 그전 날 꽃잎에 쓰여 있던 시 구절을 기억하십니까?"

그 말에 한유는 한참 동안 크게 탄식하더니 한상자에게 말했다.

"세상만사가 이미 다 정해진 운수가 있는 법! 내가 너를 위해 그때의 시 구절을 마저 다 지어 보겠다."

그리고선 눈보라 속에서 시를 읊었다.

벼슬에 들어서 아침에 정사를 아뢰다가,

저녁에 내쫓겨 조주의 팔천 리 길을 간다.
본디 폐하의 폐정을 막으려 했는데,
감히 쇠약한 몸이 남은 생을 걱정하랴?
구름 비낀 진령에 내 집은 어디인가?
눈 막힌 남관에서 말도 나가지 못하네.
네가 먼 길 걸어온 뜻을 알겠나니,
내 죽은 장강 가에 시신이나 거둬 다오.
一封朝奏九重天,　夕貶潮州路八千.
欲爲聖明除弊事,　肯將衰朽惜殘年!
雲橫秦嶺家何在?　雪擁藍關馬不前.
知汝遠來應有意,　好收吾骨瘴江邊.

한유는 한상자의 도움을 받아 남관의 객사에 도착해 같이 유숙했다. 한유는 조카 한상자의 말이 허황한 것이 아니며 그 도술이 진실임을 알았다. 그날 밤, 한유와 한상자는 지나간 일과 수도와 연단에 대해 서로 많은 이야기를 주고받았다. 한상자는 숙부의 건강을 위해 선가(仙家)의 섭생(攝生)에 대한 비결을 설명해 주었다.

한유는 한상자의 한마디 한마디에 크게 즐거워했다. 다음 날, 한상자는 한유와 헤어지며 약 호리병을 하나 주었다.

"이 호리병의 약을 복용하시면 추위와 더위를 막을 수

있습니다."

한유는 무엇인가 크게 깨달을 수 있을 것 같았다. 한상자는 한유를 위로하며 말했다.

"숙부께서는 곧 장안으로 복귀하실 것입니다. 조급하게 걱정하지 마시고 마음 넉넉하게 기다리십시오. 조정에 다시 들어가실 것입니다"

한유는 조카와의 이별이 너무 섭섭했다.

"차후 언제 다시 만날 날이 있겠느냐?"

"앞일을 어찌 알 수 있겠습니까?"

그러면서 한상자는 표표히 떠나갔다. 뒷날 한유는 조주자사로 백성에게 선정을 베풀었다. 다음에 원주자사를 거쳐 조정에 복귀했고 국자제주(國子祭酒)를 거쳐 이부시랑을 끝으로 목종(穆宗, 820~824) 때 선거(仙去)했다.

제32회. 종리권과 여동빈, 바둑 두며 운수를 예언하다
종여혁기추기(鍾呂奕碁推氣)

다시 이야기를 바꾸어, 종리권과 여동빈은 한상자를 인도해 등선(登仙)하게 한 뒤 봉래섬에서 한가로이 지내고 있었다. 사제지간인 그들은 가끔 바둑을 두면서 여러 가지 정담을 나누기도 했다. 어느 날, 바둑을 두다가 종리권이 말했다

"자네는 아직도 백모란에 대한 연정이 남았나?"

여동빈은 잠시 머뭇거리다가 대답했다.

"무엇을 좋아하고 갖고자 하는 마음은 모든 인간에게 마찬가지라고 생각합니다. 사실 대단한 미인을 보았을 때, 욕망을 억제하기가 쉬운 일은 아닐 것입니다. 그때 제가 겨우 환골탈태했다지만 그녀의 꽃 같고 옥 같은 자태와 세상에 둘도 없는 그런 미색에 마음이 끌리고 쏠리는 정을 어쩔 수 없었습니다. 비록 제가 모란의 음기를 좀 취해 저의 양기를 보완했지만 한때나마 연정에 깊이 미혹되었다는 비난을 면할 수 없습니다. 이것을 보면 보통 사람들이 애정에 깊이 빠지는 것이 전혀 이상하지 않다고 생각합니다."

종리권은 약간 고개를 끄덕이더니 다시 물었다.

"그건 그렇다 치고, 악양의 술집에서 반년간이나 술을 실컷 마셨던 것은 무슨 연유인가?"

"제가 내내 외상술을 취하도록 마셨다지만 실은 선계로 인도할 사람을 찾기 위한 방법이었습니다. 모든 이를 인도하겠다는 것이 저의 본래 뜻이었습니다. 제가 오랫동안 속세에 머물면서 세상의 혼탁한 모습을 보고 들은 것이 한편으론 저의 기(氣)를 연마하고 보존하는 데 도움이 되었습니다."

그 말에 종리권은 너털웃음을 터트리며 말했다.

"술을 실컷 마시고 미인도 더듬는다! 그 두 가지를 다 해 봤으니 철괴 선생 같은 여러 선우들이 자네를 주색가(酒色家)라고 부르는 것도 헛말은 아니야."

그 말에는 여동빈도 매우 부끄러웠다. 그러면서 마음속으로 은근히 화가 치미는 것을 느낄 수 있었다. 그러나 사제지간에 지켜야 할 분명한 선이 있는 것이니 여동빈은 그 자리에서 더 이상 변명할 수도 없었다.

그때 갑자기 남북의 땅에서 살기가 충천해 운한(雲漢 : 은하수)까지 뻗쳐올랐다. 여동빈은 선동(仙童)을 시켜 구름을 헤치고 살펴보라고 했다. 선동의 말에 따르면 중국 남쪽의 용조(龍祖)와 북쪽에 웅거한 용모(龍母)가 싸움을 벌여 살기가 오른 것이었다. 보고를 들은 종리권은 대수롭지 않다는 듯이 말했다.

"내가 기수(氣數)를 추측해 보니 앞으로 2년간은 이 싸움이 끝나지 않을 거야. 다만 무고한 백성이 이 전쟁 때문에 쓰라린 고생을 하는 것이 안쓰러울 뿐이지!"

이에 곧바로 여동빈이 물었다.

"사부께서 기의 움직임을 살펴 그 변화를 아신다 하시니, 거란족인 용모가 이기겠습니까? 아니면 송(宋)나라 용조가 승리하겠습니까?"

"용모는 본래 요괴의 한 종류로 북방으로 옮겨 가 그 땅을 차지하고 있지만 그것도 그 분수에 넘칠 정도야. 용조는 하늘을 받들고 천운에 응해 탄생했고 선한 만백성의 군주이니 요괴가 감히 대항할 수 없는 거지. 그런데도 용모는 천수(天數)를 모르고 힘자랑하듯 분에 넘치는 욕심을 내고 있으니 오래지 않아 용조한테 패해서 멸망할 거야."

"성문에 불이 나면 그 재앙이 성문 밖 연못 물고기에 미친다고 합니다. 두 마리의 용이 싸우는데 무고한 백성만이 해를 입습니다. 우리 선가(仙家)는 인간을 널리 구원하는 것을 근본으로 삼고 있습니다. 그렇다면 사부께서 범계에 내려가시어 용모가 전쟁을 못하게 막고, 송나라 황실이 교체되지 않도록 지켜 주시며, 인간 세계의 분란을 예방해 백성을 편안히 살 수 있게 보살펴 주시는 것이 좋지 않겠습니까?"

"인간 세상에 분란이 일어나고 가라앉는 것이 다 분수가 있는 것이니 우리 선계에서는 그저 청정한 마음으로 무위를 지키며 보고만 있어야 하네. 그런 분란 속에 세월이 가고 인간이 웃고 울고 살다 죽는 것이지. 우리 선계에서는 우리 나름대로 경치나 감상하며 풍월을 읊으며 지내야지, 우리가 어찌 인간 세계의 모든 일을 걱정하고 간섭하고 돌보아야 하는가?"

말을 마친 종리권은 일어나 어디론가 표연히 날아가 버렸다.

제33회. 동빈이 춘정을 몰래 보내다
동빈사견춘정(洞賓私遣椿精)

종리권이 떠나간 뒤, 혼자 남은 여동빈은 사부의 말을 곰곰이 되새겨 보았다. 여동빈은 사부의 오늘 말씀은 확실히 좀 지나친 데가 있다고 생각했다.

자신을 색주가라 했고, 인간 세계의 싸움에 대해 선가에서는 그것이 다 인간에게 주어진 운수라 생각하고 관여하지 않는다고 했다. 여러 신선들이 자신을 술 잘 먹고 여색을 좋아한다고 지목했다니 나는 도행(道行)이 없단 말인가? 사부는 용조가 이긴다고 단언했는데 이는 사부의 선견지명(先見之明)을 자랑한 것이 아닌가?

만약 내가 인간 세계에 내려가 거란족 요(遼)나라의 소(蕭) 태후를 도와 송의 군사를 패퇴하게 한다면 첫째 기수(氣數)란 믿을 수 없으며, 둘째 내가 비록 주색을 좋아해도 결코 나약하지 않고, 셋째 사부의 나에 대한 힐책과 운수에 대한 장담이 잘못임을 증명할 수 있으며, 넷째 여러 선우(仙友)들의 비웃음을 막을 수 있지 않을까?

그러나 한참 뒤에 여동빈은 다른 생각을 했다.

'내가 그렇게 나선다면 여러 신선들이 화를 낼 것이 확실하지. 그리고 사제간의 정을 단절할 수 없고, 서로 지켜야 할 체면이 분명히 있지! 요즈음 벽라산(碧羅山) 아래 1만 년이나 묵은 참죽나무[椿]의 정령이 다 성장한 것을 보았는데 본래 참죽나무는 8000년을 봄으로, 또 8000년을 가을로 삼는다고 하지 않았는가? 그 참죽나무 정령을 인간으로 태어나게 만들자. 그리고 그를 요나라 소 태후한테 보내 돕게 하면서 내가 비밀리에 훈련과 진법을 도와주면 될 거야. 그 뒤 요의 군사로 송의 군대를 크게 격파하면 사부의 예언이 틀렸다는 것을 알 거야. 만약 성공하지 못하면 춘정(椿精)을 감추어 다른 신선들의 이목을 피하면 아무 일도 없을 거야. 이렇게 되면 나는 내 뜻을 실행하면서 사부와의 정리에도 아무 영향이 없지. 이것이 바로 일거양득이야.'

이렇게 계책을 마련한 여동빈은 선동을 보내 벽라산 아래 참죽나무의 정령인 춘정을 불러 놓고 말했다.

"내가 보아하니 너는 1만 년 가까이 살아 이제 변화할 수도 있고 화복을 베풀 수도 있다. 나한테 지금 한 가지 일거리가 있어 너에게 부탁하고자 하니 나를 위해 힘써 줄 수 있겠는가?"

그러자 춘정은 기다렸다는 듯이 말했다.

"대선(大仙)께서 시켜만 주신다면 물불을 가리지 않고 크고 작은 도끼도 피하지 않으면서, 분부하는 대로 실행하겠습니다."

"요즈음 요(遼)나라의 소 태후와 송나라 황제가 서로 싸우는데 나로서는 요를 도와주고 송을 약하게 하며 승패를 뒤집는 신통력을 보이고자 한다."

"다른 일에 화복을 만들어 주라면 제가 서슴지 않겠습니다만 전쟁의 승패야 본디 그 권한이 하늘에 있으며 그 운수는 기의 변화에 따르는 것인데 저같이 미천하고 요사한 술수로 천지조화의 권능을 어찌 이길 수 있겠습니까? 나중에 일을 잘못해 대선의 뜻을 그르칠까 심히 걱정이 됩니다. 그런 일만큼은 제가 사양하겠습니다."

"그 점은 네가 걱정하지 않아도 된다. 나도 그만한 것은 다 헤아리고 있다. 나에게 육갑(六甲) 병서 세 권이 있는데, 상권은 천문을 살피는 내용이고, 중권은 각종 도술에 의한 변화를 다루었으며, 하권에 음양과 귀신, 둔갑법 등을 수록했다. 이런 일들은 인간이 전혀 예측할 수도 없는 것이다. 상권과 중권은 너에게 필요가 없고 하권을 너에게 줄 터이니 유념해 숙독해라. 머지않아 요나라의 소 태후가 용맹한 장수를 구한다는 방문을 내걸 것이다. 너는 하권을 갖고 인간 세상에 내려가 모습과 성명을 바꾸고 중국을 치는 데 힘을 쓰도록 해라. 물론 나도 비밀리에 너를 도와줄 것이다. 일이 다 잘되면 내가 너를 선계로 인도할 것이니 내 기대를 저버리지 마라."

이렇게 설득해도 춘정은 선뜻 내키지 않는 듯 다시 물

었다.

"제 천성이 우둔해 병서의 현묘하고도 다양한 의미와 적용을 잘 몰라 다른 사람이 간파한다면 어찌하겠습니까? 저로서는 정말 걱정이 많습니다."

"걱정하지 마라. 너는 우선 방문이 게시되면 그걸 읽고 떼어 가지고 궁궐에 들어가 소 태후를 만나라. 나도 곧 네 뒤를 따라 내려가 그때그때 너를 도울 것이다. 마음속에 좋은 일만 생긴다는 자신감을 갖도록 해라. 그리고 자기 할 일을 남에게 미루지만 않으면 된다."

춘정은 여동빈이 시키는 대로 명을 받아 즉시 떠났다. 춘정은 큰 고함 소리와 함께 한 줄기 금빛으로 변해 단숨에 중국의 북쪽 유주[幽州, 지금의 베이징시(北京市) 일대]에 나타났다.

제34회. 소 태후와 여동빈이 군사를 논하다
소후여객담병(蕭后呂客談兵)

다시 이야기를 바꾸어, 소 태후는 북쪽 요나라의 황후로 송나라의 북쪽 국경선을 여러 번 침략했다. 그전 송나라 태종(太宗, 976~997 재위)이 산서성(山西省) 오대산(五臺山)에 있는 사찰을 유람할 때, 요에서는 이를 미리 알고 복병으로 공격해 송 태종을 위기에 처하게 했다.

송 태종은 양업(楊業)과 그 아들 양연소(楊延昭)의 호위와 계책으로 겨우 빠져나왔는데, 이후로 송과 요는 서로 원수가 되었다.

그리고 송의 진종(眞宗, 997~1022 재위)이 등극할 무렵에 요는 새로 즉위한 황제의 기반이 약하다고 믿고서 대군을 동원해 송을 공격했다. 진종은 왕전절(王全節) 등 용장을 시켜 적을 막게 했으나 송의 군세는 크게 떨치지 못했다.

이후 요나라 소 태후는 남쪽 송을 제압할 만한 장군을 영입하겠다며 영웅을 초빙한다는 큰 방문(榜文)을 내걸었다. 그때 어디선가 한 사나이가 나타나더니 큰 소리로 외쳤다.

"여러 사람들은 방문을 볼 필요가 없소. 이 방문은 바로 나를 찾기 위한 것이오."

 많은 사람들이 놀라 바라보니 얼굴은 철판을 깐 듯 시커멓고 눈은 놋쇠 대접마냥 붉고 크며 키가 9척 장신이었다. 양쪽 어깨가 떡 벌어졌고 팔뚝 근육이 용처럼 꿈틀대니 그 무시무시한 용모와 힘은 사람들을 제압하고도 남음이 있었다. 이는 바로 참죽나무의 정령인 춘정(椿精)이 변한 모습이었다. 춘정은 방문을 지키는 병사와 함께 궁궐로 들어가 소 태후를 만났다.

 "이처럼 대단한 장수가 찾아왔으니 어찌 군사의 세력이 떨치지 않는다고 걱정하겠는가?"

 그러면서 소 태후는 장수의 이름을 물었다. 춘정은 조금도 당황하지 않고 자연스레 거짓말을 했다.

 "소인의 이름은 춘암(椿岩)으로 저희 조부 때부터 남쪽 나라에서 살아왔습니다."

 "잘 왔소. 그런데 장군은 어떤 무예를 자랑할 수 있는가?"

 그러자 춘암이 말했다.

 "전투와 진법, 책략과 지모 모든 것에 다 통했고 십팔반무예(十八般武藝)139)에 모두 능숙합니다."

---

139) 십팔반무예(十八般武藝) : 18가지 무예. ① 궁(弓), ② 노(弩 : 쇠

소 태후는 크게 기뻐하면서 문무 대신을 불러 춘암에게 적당한 벼슬을 알리라고 말했다. 그때 소천자라는 대신이 앞으로 나서며 말했다.

　"춘 장군은 이제 막 벼슬에 들어와 아직 그 능력을 겪어 보지 못했으니 중간 무반 직분에 임명한 뒤 공을 세우는 것을 보아 가며 승진시켜도 늦지 않을 것입니다."

　소 태후는 그 말을 옳다고 생각해 춘암을 유주단도통사(幽州團都統使)라는 벼슬에 봉했고 춘암은 황제의 은총에 감사한다는 인사를 올리고 물러 나왔다.

　그 이후 어느 날, 송나라 군사가 유주 근처를 공격해 온다는 보고가 갑자기 들어오자, 소 태후는 여러 대신들을 불러 놓고 말했다.

　"우리에게 춘암 장군이 있어 무예가 아주 뛰어나니 송의 군사들에 대해 아무 걱정도 없소. 그러나 춘암 장군에 걸맞은 지모가 풍부한 병법의 대가를 찾아 같이 협력케 한

뇌), ③ 창(槍), ④ 도(刀 : 칼), ⑤ 검(劍 : 양날의 칼), ⑥ 모(矛 : 자루가 긴 창), ⑦ 순(盾 : 방패), ⑧ 부(斧 : 도끼), ⑨ 월(鉞 : 날이 넓은 도끼), ⑩ 극(戟 : 날이 갈라진 창), ⑪ 편(鞭 : 채찍), ⑫ 간(鐧 : 마디가 있는 쇠채찍), ⑬ 과(撾 : 때려 칠 과), ⑭ 수(殳 : 날이 없는 창), ⑮ 차(叉 : 깍지 낄 차), ⑯ 파(耙 : 쇠스랑), ⑰ 면승투삭(綿繩套索 : 밧줄), ⑱ 백타(白打 : 맨주먹).

다면 그야말로 지와 용을 다 갖추는 것이니 모든 전쟁에 틀림없이 승리할 수 있을 것이오. 어찌 우리 요나라에 그런 인재가 없겠소? 다만 우리가 모르고 있을 뿐이오. 인재가 있으면 누구든 추천하기 바라오."

그 말이 떨어지자마자 춘암이 앞으로 나서며 말했다.

"태후마마께서는 조금도 걱정하지 마십시오. 제가 한 사람을 추천코자 합니다. 이분은 장막 안에서 계책을 세워 1000리 밖의 승리를 쟁취할 인물입니다."

소 태후는 기뻐하며 그런 인물이 누구냐고 물었다.

"그분은 다름 아닌 저의 스승인 여객(呂客)이라는 분입니다."

"그가 특히 무엇에 능한가?"

"천문지리와 《시경》《서경》 같은 유가 경전은 물론 육도삼략(六韜三略)[140] 같은 병법에 두루 능통하고 비와 바

---

140) 육도삼략 : 《육도(六韜)》와 《삼략(三略)》, 《육도》는 중국 고대의 병서(兵書)로, 《강태공 육도(姜太公六韜)》 혹은 《태공 병법(太公兵法)》이라고도 부른다. 6도는 치국(治國)과 치군(治軍)의 전쟁 이론이나 원칙이다. 6도의 문도(文韜)는 치국과 용인(用人)의 도략(韜略)이고, 무도(武韜)는 용병(用兵)의 도략이다. 용도(龍韜)는 군사 조직, 호도(虎韜)는 전쟁 환경 및 무기, 부대 배치의 도략이다. 표도(豹韜)는 전술을 논한 것이고, 견도(犬韜)는 군사, 부대의 지휘와 훈련에 관한 전술 방책이다. 《삼략》은 《황석공 삼략(黃石公三略)》이라고도 하며 고대의

람을 부를 수 있으며 크고 작은 귀신과 요괴를 부릴 수 있습니다. 따라서 주나라의 강태공인 여망(呂望)이나 한나라의 장자방[張子房 : 장양(張良)] 그리고 촉한의 제갈공명(諸葛孔明)141)보다 뛰어나다고 할 수 있습니다."

"그렇다면 그런 대가(大家)가 지금 어디에 있는가?"

"지금 궁문 밖에서 태후마마의 부르심을 기다리고 있습니다."

소 태후는 즉시 사람을 보내 여객 선생을 맞이하라고 분부했다. 잠시 후 여객이 계단 아래 나타났다. 바로 여동빈이 모습을 바꿔 나타난 것이다.

여객은 길게 읍할 뿐 절을 하지 않았다. 그 용모가 매우

저명한 병서인데, 후대 인물의 탁명 위작(託名僞作)이라 알려졌다. 전한 말기에 이뤄진 책으로 추정한다. 이는 주로 전략을 논한 병서로 북송 신종 원풍(元豊) 연간에 이뤄진《무경 칠서(武經七書)》의 하나다.

141) 제갈공명(諸葛孔明) : 제갈량(諸葛亮, 181~234). 자(字)가 공명이다. 중국 역사상 걸출한 정치가이며 전략가, 문장가다, 서주(徐州) 낭야군(琅琊郡) 출신으로, 남양군(南陽郡)에 이주해 독서했다. 와룡(臥龍) 선생으로 통칭하기도 한다. 유비(劉備)의 삼고모려(三顧茅廬) 후 출사했다. 제갈량의 작위는 무향후(武鄕侯)로, 후주 유선(劉禪)을 보좌해 전후 5차에 걸쳐 북벌했으며, 오장원(五丈原)에서 사망했다. 시호는 충무(忠武)다. 보통 제갈무후(諸葛武后)로 통칭한다. 중국의 전통 개념상 충신과 지장의 대표가 되었다. 제갈량은 227년과 228년에 두 차례 〈출사표(出師表)〉를 올리고 북벌에 나섰다.

단아하고 행동거지가 아주 의젓하고 당당해 첫눈에 비범한 인재임을 알 수 있었다. 이에 소 태후가 조용히 물었다.

"경이 나를 찾아온 것은 부귀를 얻기 위함인가? 아니면 우리 나라를 이롭게 하려고 오셨는가?"

그러자 여객이 말했다.

"부귀는 처음부터 바라지 않습니다. 다만 태후마마께서 남쪽과 전쟁을 하고 계시다기에 미력하나마 힘을 보태 마마께서 중원 천하를 차지하는 데 도움이 되고자 찾아왔을 뿐입니다."

"중국은 병력과 마필이 충분하고 장수들이 매우 용감하며 사나우니 어찌해야 저들을 격파할 수 있겠소?"

"남쪽의 장병들이 제아무리 용감하고 전투에 능하다지만, 저는 진법으로 그들을 제압할 수 있습니다. 그러나 유주의 병마가 진법을 펴 보이기에는 부족합니다. 제 생각으로는 북방의 선비(鮮卑), 삼라(森羅 : 태국 버마 산악 지대 부족. 섬라(暹羅)], 흑수(黑水 : 말갈족의 일부) 서하(西夏 : 티베트족)와 장사(長沙 : 남만족의 일부) 등 다섯 나라의 병력을 각각 5만 명 정도만 차용해 올 수 있다면 제가 평생 동안 터득하고 연마한 남천 72진법(南天七十二陣法)을 실천해 보이겠습니다. 이 진법은 남쪽 송나라 황제나 장수 그 누구도 알 수 없을 것입니다. 제가 새 진법을 펴 보이면 그들은 낙담해 전의를 크게 상실하게 되며 우리

진을 절대로 격파할 수 없을 것입니다."

이 말에 소 태후는 크게 기뻐하며 여객을 칭찬했다.

"정말로 훌륭하오. 마치 강태공을 다시 본 듯하며 제갈공명이 다시 살아난 것 같소이다. 이제 내가 중국에 대해 무슨 걱정이 있겠소! 정말 뛰어난 병법의 대가이며 우리 백만 대군의 스승이로다!"

소 태후는 즉시 여객을 전군의 스승이라는 군사(軍師)에 임명해 내외 군마를 통솔하게 했다. 동시에 국서를 준비해 선비 등 다섯 나라에 사신을 보내 원병 파견을 요청했다.

제35회. 여동빈은 남천진을 크게 치다
동빈대배남천진(洞賓大排南天陣)

한편, 요나라에서 요청한 이웃 다섯 나라의 원병들은 며칠 내에 모두 모여들었다. 여동빈이 본모습을 감춘 군사(軍師) 여객(呂客)은 춘암, 한연수(韓延壽) 등 거란의 장수들을 거느리고 유주를 떠나 구룡곡(九龍谷)이란 곳을 향해 진군했다.

여객은 구룡곡을 지나 일망무제(一望無際) 광활한 지역에 72개소의 장대(將臺)를 설치하고 장대마다 5000명의 군사들을 나누어 주둔하게 했다. 그리고 다섯 개의 단을 쌓고 청, 흑, 백, 적, 황색 바탕에 용을 그린 깃발을 세웠다. 또 각각의 진 내부에 연락과 병력 이동을 위한 72개의 길을 개통했다.

모든 병력 배치가 끝나자 여객은 선비국 흑단영공(黑袒令公) 마관(馬管)에게 관할 군사들을 이끌고 구룡산(九龍山) 정면에 철문금쇄진(鐵門金鎖陣)을 만들게 했다. 그 중 1만 명의 군사들은 모두 긴 창으로 무장하고 철문을 만들어 7개소의 장대를 지키도록 했다. 또 다른 1만의 군사들은 모두 쇠 화살촉이 달린 화살로 무장해 쇠사슬처럼 일곱 곳의 장대를 호위하게 하고 또 다른 1만 명의 군사들은 모두 칼로 무장한 뒤, 쇠몽둥이처럼 장대 7개소를 지키도록 했다. 마관은 군사들을 거느리고 분부대로 진을 쳤다.

다음으로 여객은 흑수국(黑水國 : 말갈족) 철두태세(鐵頭太歲)에게 군령을 내려 거느리고 온 군사들을 이끌고 구룡산 좌측에 청룡진(青龍陣)을 치고, 1만 명의 군사들을 검은 깃발을 들고 용의 수염이 되어 7개소의 장대를 지키게 했다.

또 다른 1만 명의 군사들은 2500명씩 넷으로 나누어 각각 칼로 무장한 뒤 네 개의 용 발톱 모양 장대 일곱 군데를 철통처럼 방위하라고 분부했다. 흑수국의 철두태세는 즉시 명령대로 포진을 완성했다.

그리고 여 군사는 장사국(長沙國) 소하경(蘇何慶)에게 부하 군사들을 인솔하고 나가 구룡곡에 백호진(白虎陣)을 치게 했다. 동시에 1만 명의 병사들은 모두 칼로 무장한 뒤 호랑이 몸처럼 7개소의 장대를 호위하며, 다시 1만 명의 군사들은 모두 짧은 창으로 무장하고 호랑이 발톱처럼 7개소의 장대를 방위케 했다.

또 거란의 야율휴가(耶律休哥)라는 장군은 1만 둔병(屯兵)으로 전방의 장대 6개소를 수비하는 주작진(朱雀陣)을 치게 했다. 다음으로 야율해저(耶律奚底)에게는 1만 병을 거느리고 후방의 장대 6개소를 수비하는 현무진(玄武陣)을 치게 했다. 그리하여 좌우로 쇠뿔과 같이 병력을 배치하도록 했다. 소하경, 야율휴가 등은 모두 부하 장병들을 거느리고 출발했다.

여 군사는 삼라국(森羅國)의 금룡 태자(金龍太子)에게 명해서 한가운데 있는 중대만을 잘 지키게 했으니 이는 마치 옥황대제가 통명전(通明殿)에 앉아 있는 것과 같았다.

군사 여객은 번 부인(藩夫人)을 이산노모(梨山老母)[142]로 분장시켜서 군사를 거느리고 매복하게 했다. 그리고 삼라국 장병 1만여 명을 모두 청, 황, 백, 청, 흑색의 옷을 입고 사두성군(四斗星君)에 해당하도록 배치했다. 그리고 28명의 군사를 시켜 머리를 풀어 헤치고 중대 앞에 늘어서게 해 하늘의 28수(宿)에 해당하는 배치를 했고 이어 토금우(土金牛)란 장수를 현천상제(玄天上帝)로 분장케 하고, 토금수(土金秀)는 손에 검은 깃발을 들고 거북과 뱀(龜蛇)로 분장하고 천문의 북쪽을 지키게 했다.

그리고 여객은 서하국(西夏國)의 여장수 황경녀(黃瓊女)에게 부족의 여군들을 인솔해 보검을 들고 태음성(太陰星)에 응하도록 했다. 아울러 소달뢰라는 장수는 부하

---

[142] 이산노모(梨山老母) : 혹은 여산노모(驪山老母)라고도 한다. 여산(驪山)의 산신이다. 중국 전설 속 고대 도교의 여신선으로, 지고무상(至高無上)의 여선(女仙)이다.

장령들을 인솔하고 모두 붉은 전포를 입고 태양성(太陽星)에 응하도록 했다.

그리고 황경녀에게 명령해 옷을 벗고 나체로 깃발 아래 서 있다가 손에 해골을 잡고서 전투가 벌어지면 큰 소리로 통곡하게 했다. 이는 꼬리 달린 혜성인 월패성(月悖星)에 해당하는 셈이라 할 수 있다.

또 야율사(耶律沙)란 장수를 시켜 부하들을 인솔하고 사방을 순시하되 동서남북으로 연결 지어 큰 뱀의 형세를 만들도록 했다. 여객은 소 태후와 단양 공주(單陽公主)에게 각각 오색의 가사를 입힌 5000명 병사를 거느리고 사람의 넋을 뺄 수 있도록 미혼진(迷魂陣)을 설치하게 했다.

그리고 안으로는 거란족의 승려 500명을 미혼장로에 해당하게 줄을 세워 놓았다. 그리고 임신부 일곱 명을 비밀리에 잡아다가 깃발 아래에 거꾸로 파묻어 교전할 때 적들의 혼을 빼도록 준비했다.

또 야율단에게 500명의 건강한 중들에게 미타주(彌陀珠)를 들고 서역 뇌음사(雷音寺)의 부처 역할을 하게 했다. 그리고 500명 화상들을 좌우에 배치했다. 이들 500명 화상에게 72천문의 맨 앞에서 적병들의 기세를 꺾게 했다.

여객은 진의 배치를 모두 마친 뒤, 춘암과 한연수로 하여금 독전하게 하며 붉은 깃발로 신호를 삼기로 약정했다.

그렇다면 송의 군사가 적을 어떻게 맞이하겠는가?

제36회. 종보는 적진을 간파했으나 기밀이 새어 나가다

종보논진설기(宗保論陣洩機)

한편, 송의 군사(軍師)인 왕전절(王全節)은 대군을 인솔하고 나와 거란에 맞섰다. 왕전절은 구룡곡 일대에 펼쳐진 거란의 진지가 마치 이중 삼중의 성곽처럼 튼튼하게 배치된 것을 보고 놀라지 않을 수 없었다.

"내 그동안 여러 번 전쟁을 겪으면서 수많은 진지를 보아 왔지만 이처럼 견고하면서도 변화가 많은 진지는 처음 본다. 도대체 어디서부터 어떻게 공격해야 좋을지 모르겠다. 소 태후의 장군 중에 틀림없이 유능한 인재가 있는 모양이다. 쉽게 전투를 벌였다가는 대패할 것이 틀림없다. 그러니 우선 조정에 이런 사실을 보고한 뒤, 유능한 인재의 도움을 얻어 공격해도 늦지 않을 것이다."

그러자 이명(李明)이란 참모도 왕전절의 뜻에 찬동하며 말했다.

"군사님의 말씀이 맞습니다. 빨리 서두르지 않을 수 없습니다."

이명은 그 자리에서 즉시 도움을 청하는 표문을 짓고 소 태후의 진영을 상세한 그림으로 그려 송의 황제에게 보고했다. 황제는 왕전절의 상주문을 읽고 크게 놀라, 문무대신을 불러 대책을 논의했다. 이에 조정에서는 양육랑(楊六郞)에게 특별한 임무를 부여하고 북으로 급파해 대적하게 했다.

전선에 도착한 양육랑은 전진을 아무리 살펴보아도 무슨 진을 펼쳤는지 그 이름조차 알 수 없었다. 이에 양육랑은 황제께서 친히 원정하는 것이 좋겠다는 상주문을 조정에 다시 올렸다. 그러면서 양 태부인에게 물어보았으나 모친도 도저히 알 수 없다고 했다. 양육랑이 한참 걱정하고 있을 때, 그의 열네 살 난 어린 아들인 종보(宗保)가 군중에 들어와 말했다.

"아버님, 저는 적진을 격파할 방법을 알고 있습니다."

육랑은 아들의 말을 전혀 믿으려 하지 않았다. 종보의 조모인 양 태부인은 그래도 혹시나 하는 마음으로 말을 들어 보자고 했다.

"저 구룡곡의 동북에서부터 곧바로 서남에 이르기까지 방어를 주 임무로 하는 72개 장대가 있고 그 사이사이에 길을 내어 서로 연락하고 통하게 되어 있습니다. 이는 72좌의 천문진(天門陣)입니다. 저 우측 검은 깃발 아래 아무 빛도 없이 컴컴한 곳은 요부들을 숨겨 공격해 오는 적들을 유인 몰살하려는 곳입니다. 그곳은 우리가 격파하기 어렵지만 그 나머지 다른 진은 모두 불안전해 우리가 공격해 들어갈 틈이 있고 들어가 살 수 있는 공간이 있습니다. 예를 들어 중대의 옥황전 앞에는 49개의 천등(天燈)이 없습니다. 청룡진에는 황하 구곡수(九曲水)가 빠졌고, 백호진에는 호랑이 눈에 해당하는 3개소의 금라(金鑼)와 호랑이 귀에 해당하는 2개소의 누런 깃발을 설치하지 않았습니다. 그리고 현무진에는 진주 일월 조라기(珍珠日月皂羅旗) 1개소가 없습니다. 제가 그 약점을 알고 병법대로 공격해서 마치 바람이 낙엽을 쓸어 가듯 적진을 유린해 적의 대장 목을 베어 오겠습니다."

어린 종보의 설명에 조모 양 태부인은 물론 부친 육랑이 모두 크게 놀라고 기뻐하며 언제 어떻게 그 모든 것을 알았느냐고 물었다. 그러자 어린 종보의 대답은 의외로 간단했다.

"어제 할머님을 따라 여기에 온 뒤 어떤 한 곳에 가서 경천성모(擎天聖母)로부터 병서 한 권을 받았습니다. 그 병서를 읽어 보니 모두 다 알 수 있었습니다."

이에 양육랑은 명일 적을 공격하기로 결심하고 즉시 황제에게 출전한다는 보고를 올렸다.

그러나 송의 진영에 적의 첩자가 있었다.

왕추밀(王樞密)이라는 간신 첩자는 종보가 간파한 요나라 천문진의 약점을 소 태후에게 소상히 알렸다. 소 태후는 즉시 여객을 불러 천문진의 불완전한 여러 사실들을 말하며 그 까닭을 물었다. 여객도 그 결점을 인정하며 말했다.

"부족한 점은 소신도 알고 있었습니다. 병법대로 약점을 보완하면 비록 황제(黃帝) 헌원씨(軒轅氏)143)가 다시 살아난다 해도 격파할 수 없을 것입니다."

여 군사는 장대(將臺)로 돌아와 즉시 옥황진 내에 49개소의 잔명등을 첨가하고 청룡진에 구불구불 아홉 구비 황하처럼 군데군데 군사들을 배치하고 백호진과 현무진에도 각각 약점을 보완하니 그야말로 완벽한 진지가 구축되었다.

다음 날, 종보가 군사를 인솔하고 출전하려다가 적의 천문진이 그야말로 완벽하게 정비된 것을 보고 크게 놀라 부친 양육랑에게 말했다.

"누군가가 우리의 군사 기밀을 적진에 알려 주었습니

---

143) 황제(黃帝) 헌원(軒轅)씨 : 중국 역사 전설 속 인물로 중국인의 실질적 시조로 숭배되는 인물이며 도교의 시조로 추앙된다. 괴물 치우를 물리친 공으로 제후들의 추대를 받아 신농씨의 뒤를 이어 중원을 다스렸다고 한다. 《사기》〈봉선서(封禪書)〉에는 황제가 연단에 성공해 신선이 되어 승천했다고 기록했는데 이 모든 것이 도교에 수용되었고 황제와 관련한 각종 경전이 만들어졌다.

다. 이제 적의 진지가 저처럼 완벽해졌으니 도저히 격파할 방법이 없습니다. 아마 신선이 우리를 돕는다 해도 적진을 격파할 수 없을 것입니다."

양육랑은 그 말에 그만 놀라 말에서 굴러떨어졌다. 절망의 신음 소리와 함께 피를 토하며 기절했다. 부관들이 놀라 부축하며, 다른 한편으로는 황제에게 모든 전말을 보고했다.

제37회. 철괴가 동빈에게 대노하다
철괴대노동빈(鐵拐大怒洞賓)

    한편, 천상의 이철괴와 종리권은 한가롭게 바둑을 두고 있었다. 오묘한 수를 쓰고 대응하며 승부를 예측하지 못하는 대접전 속에 두 신선이 한참 몰입해 있는데 장과로가 들어오며 큰 소리로 말했다.

  "지난번 바둑을 둘 때 사제간에 틈이 벌어져, 화가 난 한쪽에서 큰일을 저지르고 있는데도 지금 또 바둑 싸움을 시작하셨소?"

    그러자 이철괴가 이상한 듯 물었다.

  "누가 무슨 큰일을 저질렀소?"

  "지난번에 바둑을 두면서 여동빈이 사부(師傅)의 운수론에 불복하고 잠시 성질을 참았지만 기어이 범계에 내려가 춘정을 불러 장수로 둔갑시키고 자신은 거란군의 군사(軍師)가 되어 요나라의 소 태후를 돕고 있습니다. 지금 구룡곡 주변에 72좌의 천문진을 치고 송나라와 대치하고 있는데 송에서는 격파할 방법이 없습니다. 거기다가 송의 사령관 양육랑의 목숨이 경각에 달려 있고 송 황실의 안위가 마치 계란을 쌓아 놓은 듯 위태로우니 이 얼마나 큰일입니까? 인간 세계의 대 살육이 우리의 기분에 따라 일어나니 이래도 되겠습니까?"

종리권은 장과로의 말을 듣고선 묵묵히 말이 없었다.

이에 철괴가 크게 화가 나 말했다.

"천하에 모든 것이 다 정해진 수가 있거늘 그것을 어찌 함부로 바꾸려 하는가? 본래 중화(中華)와 주변 미개 종족 간에 엄연한 구분이 있거늘, 어찌하여 이적(夷狄)144)이 중화를 넘보게 할 수 있는가? 여동빈은 지금 천리(天理)를 거역하고 정해진 분수를 뜯어고치려 하니, 이것은 곧 천계의 금쪽같은 규약을 크게 어긴 것이라, 지금 징계하지 않는다면 뒷날 다른 이가 전례를 밟아 계속 문제를 일으킬 것이오. 지금 여동빈의 행위는 우리 선가의 깨끗한 규칙을 스스로 더럽히고 어기는 것인데, 그가 하필 이런 짓을

---

144) 이적(夷狄) : 이적은 동방과 북방의 오랑캐를 이른다. 중국 주변 이민족을 통칭하는 말이다. 이 소설에는 화이관(華夷觀)에 바탕을 둔 중화(中華) 사상이 진하게 깔려 있다. 이 소설 35회에서부터 43회까지 지루하게 전개되는 전쟁 이야기는 사실 아무 재미도 없고 특별한 의미도 없다. 《수호전》에도 송의 거란족 원정 이야기가 상당한 부분을 차지한다. 이는 중국인들이 이민족에게 그만큼 시달림을 많이 받았다는 반증이다. 실제로 중국인들은 많은 이민족의 지배를 받았으며, 중국 역사의 절반은 이민족에 의한 중국 지배다. 이를 뒷받침하는 것이 '정복왕조[征服王朝 : 오호(五胡), 북위(北魏), 금(金), 원(元), 청(淸)]' 이론이다. 중국사에서 이민족의 침략과 지배를 물리치는 과정에서 화이(華夷) 사상은 점점 더 확산되었다고 볼 수 있다.

할 이유가 무엇인지 모르겠소. 여러분들이 여동빈을 제재하는 데 동참하지 않는다면 나 혼자라도 옥황상제께 상주해 이 말썽 많은 새내기를 혼내 주겠소."

말을 마친 이철괴는 바둑판을 밀쳐놓고 분연히 일어섰다.

그 무렵 남채화와 하선고도 사건의 전후 사정을 알고 여동빈에 대해 불만을 토로했다. 그러나 한상자는 여동빈이 선계로 이끌어 준 정이 있어 불평보다는 좋은 말로 권고하는 정도였다. 그러자 종리권이 모두에게 말했다.

"여러 선우께서는 잠시 진정하시오. 이번 일은 내가 먼저 나서서 해결하도록 해 보겠소. 만약 여동빈이 아직도 뭘 모르고 항거하며 엉뚱한 짓을 한다면 그때 가서 우리 모두가 여동빈을 혼내 줘도 늦지 않을 것이오."

종리권의 이러한 해법에 여러 신선들이 수긍했으나 철괴는 분노가 가라앉지 않은 듯 얼굴이 벌겋게 상기해 있었다. 그러자 장과로가 나서며 말했다.

"그렇다면 급히 떠나시오. 까딱하면 두 나라의 무고한 백성만 크게 다칠 거요."

종리권은 철괴를 비롯한 여러 선우들을 안심시키면서 급히 구름을 불러 타고 순식간에 구룡곡에 하강했다. 종리권은 뒤따라온 하선고를 시켜 양쪽의 사정을 알아본 뒤 일을 처리하기로 결심했다.

제38회. 종리권이 장수를 치료하고 군사를 조련하다

종리의질조병(鍾離醫疾調兵)

한편 양육랑이 기절한 사유와 상태를 보고받은 황제는 즉시 방문을 크게 내붙여 훌륭한 의원을 찾았다. 한편 선계에서 인간 세계로 하강한 종리권은 즉시 모습을 바꾸어 자칭 의원이라며 황제 앞에 나타났다. 이에 황제가 의원을 불러 물었다.

"그대는 어디 사는 누구인가?"

"저의 조상은 대대로 봉래산에서 살아왔습니다. 소생의 성씨는 종(鍾)이고 이름은 차(次)입니다만 사람들은 보통 종 도사라고 부릅니다. 마침 양 장군이 적진을 보고 놀라 병석에 누웠다는 소문을 듣고 제가 한번 치료해 보고자 찾아왔습니다."

황제는 종 도사의 태도가 의젓하고 그 모습에 속세에 찌든 티가 없으며 언사가 극히 간명하면서도 당당한 것을 보고 보통 의원은 아닐 것이라 생각했다. 황제는 종 도사에게 즉시 양육랑을 치료케 했다. 종 도사는 양육랑을 한번 살펴본 뒤 다시 황제에게 아뢰었다.

"양 장군의 병을 쉽게 고칠 수 있으나, 다만 수컷 용(龍)

의 턱에 난 수염, 곧 용수(龍鬚)와 암용의 머리카락, 곧 용발(龍髮) 이 두 가지가 꼭 있어야 하겠습니다. 소생이 구할 수 없기에 폐하께 아뢰옵니다."

"그 두 가지는 어디서 구할 수 있는가?"

"용의 수염이란 폐하의 수염입니다. 용의 머리카락은 적국 소 태후의 머리카락을 뜻합니다."

황제는 한참 동안 말없이 생각했다. 자신의 수염 몇 가닥이야 국가 대장을 위해 내줄 수 있지만 적국 태후의 머리카락은 쉽게 구할 수 없었다. 황제는 세작(細作 : 첩자)을 보내기로 결심하고, 맹양(孟良)이란 사람을 불러 필요한 것을 구해 오라고 분부했다. 이에 종 도사가 떠나려는 맹양에게 말했다.

"적지에 들어가 그것을 얻은 뒤, 소 태후 궁정의 뜰 한편에 있는 백마를 훔쳐 타고 오게. 또 그곳에 아홉 개의 유리정(琉璃井)이란 샘이 있는데 그 한가운데에 해당하는 샘물을 막아 버리고 돌아오게. 이 일까지 다 끝낼 수 있어야 하기에 내 특별히 당부하는 것일세."

맹양은 유능한 첩자였다. 적국의 궁중에 들어가 세 가지 일을 거뜬히 처리하고 사흘 만에 돌아왔다. 종 도사는 용수와 용발을 섞어 특효약을 조제했다. 육랑은 단 한 번 복용으로 모든 병을 씻고 일어났다. 이에 황제는 종 도사에게 벼슬을 주겠다고 말했다. 그러나 종 도사는 점잖게 사양했다.

"소생은 이미 세상의 부귀영화에 초연한 몸입니다. 벼슬은 처음부터 바라지 않았습니다. 소생이 생각할 때, 이번 전쟁은 폐하와 백성을 위해 아주 중요한 것 같사옵니다. 소생도 젊어 한때 병서를 좀 읽었는데 이번에 양 장군을 도와 적진을 격파하는 데 미력이나마 보태고 싶습니다."

진종은 종 도사의 말에 크게 기뻐하며 말했다.

"만약 선생께서 그리해 준다면 그야말로 청사에 이름을 길이길이 보존할 것이오."

이에 종 도사는 황제에게 적진의 상황에 대해 간략하게 설명했다.

"적의 천문진은 변화가 극히 많고 조금도 빈틈이 없는 완전한 형세입니다. 결코 얕잡아 보거나 쉽게 공격할 수 없습니다. 소생이 양종보에게 명령해 병법대로 시행하면 충분히 가능성이 있사옵니다."

이에 황제는 종 도사의 주청을 승낙해 종 도사를 송나라의 군사(軍師)로 삼았다. 양육랑은 아들 종보를 불러 종 도사를 스승으로 모시며 가르침을 받도록 했다. 이어 종 도사는 호정현을 보내 태행산(太行山)에 가서 금두마씨(金頭馬氏)를 데려오게 했다.

그리고 초찬(焦贊)에게는 양팔랑(楊八郎)과 양구매(楊九妹)를 데려오라 했다. 그리고 악승(岳勝)은 분주(汾州)에 가서 회 대장(回大將)을 데려올 것이며, 또 맹양에게는 오대산에 가서 양오랑(楊五郎)을 데려오라고 분부했다.

이에 모두가 종 도사의 분부대로 떠나갔다. 며칠 뒤 모두가 임무를 무사히 마치고 각각 군사들을 거느리고 돌아왔다.

그간 종보는 목계영(木桂英)이란 무예가 출중하면서도 예쁜 처녀를 아내로 맞이한 뒤, 같이 적진을 격파할 방책을 마련하고 있었다. 먼저 종 도사가 여러 장수들을 둘러보며 말했다.

"저쪽 천문진의 기세가 아주 당당하며 막강하니 누군가 큰 담력을 가진 장수가 먼저 전진(前陣)에 들어가 한번 휘둘러본 뒤, 적의 약점을 알아야 본 공격을 펼 수 있는데 누가 먼저 나서겠는가?"

이에 초찬이 자원하고 나섰다. 초찬은 소 태후의 칙명을 받은 특사로 위장한 뒤 적진을 한 바퀴 둘러보고 돌아와 즉시 보고했다.

"적 진지의 기이한 정도를 이루 다 말할 수 없습니다. 특히 태음진에는 요사한 기운이 꽉 차 있어 감히 접근할 수 없을 정도입니다. 그곳을 공격하기가 가장 어려울 것 같습니다."

그러자 종보가 종 도사에게 물었다.

"아마 태음진 속에 벌거벗은 여자 요괴가 있는 것 같습니다. 무슨 좋은 방법이 없겠습니까?"

그러자 종 도사는 이미 예상하고 있었다는 듯이 말했다.

"그곳은 월패성에 해당하는 곳이다. 본래 월패성은 해와 달, 금, 목, 수, 화, 토성과 함께 점성가들이 말하는 십일요(十一曜)145) 중 하나인데 보통 태양은 하루에 1도를 가고 1년에 하늘을 한 바퀴 돌지만 월패성은 9일에 1도를 움직이니, 9년이 지나야 하늘의 제자리에 오는 별이다. 좀 요사해 잘 알려지지 않았는데 그곳에는 틀림없이 해골이나 짐승 뼈를 들고 잠복해 있다가 전투가 시작되면 해괴한 울음소리로 병사들을 놀래어 낙마하게 할 것이니 우선 그곳을 먼저 잡아내어야 우리가 적진을 격파할 수 있을 것이다. 누가 선봉에 서서 그곳을 돌파하겠는가?"

모두 걱정을 하고 서로 얼굴을 보고 있을 때, 종 도사가

---

145) 십일요(十一曜) : 십일대요성군(十一大曜星君). 일월(日月)에 오성(五星) 그리고 월패성(月孛星) 등 다른 네 개의 별을 더해 십일요라 한다.

금두마씨를 보며 말했다.

"금두마씨가 공격하면 틀림없이 대승을 거둘 것이야."

이에 금두마씨는 2만 병력을 거느리고 9좌 천문으로 공격해 들어갔다. 종 도사는 또 양팔랑에게 1만 병력을 거느리고 들어가 금두마씨를 돕게 했다. 금두마씨와 양팔랑의 부대가 적진을 공격하는 동안 종 도사와 종보는 높은 장대에 올라가 전투를 살펴보았다. 한편 종 도사의 명령을 받고 출동한 금두마씨는 아홉 번째 천문으로 공격해 들어갔다.

마침 적장 황경녀가 나와 맞이했다. 놀랍게도 황경녀는 알몸에 긴 머리를 풀어 헤치고 말을 타고 뛰어나왔다. 이에 금두마씨가 큰 소리로 꾸짖었다.

"너는 서하국 명문 귀족의 딸로 먼 이국까지 와서 이적을 돕는 것도 사리에 맞지 않는데, 하찮은 직함을 갖고 더군다나 알몸으로 뛰어다니니 그 모습이 참으로 해괴망측하구나. 도대체 부끄럽지도 않은가? 설령 너희가 싸움에 이기고 돌아간다 해서 무슨 영광이 있으며 알몸을 적장에게 다 보여 주었으니 무슨 면목으로 부모 형제와 백성을 대하려 하는가?"

황경녀는 그 말을 듣자 갑자기 얼굴이 붉어지며 팔에 힘이 빠지는 것 같았다. 황경녀는 병졸을 거두어 급히 자신의 군진 안으로 도망쳐 들어갔다.

그리고 비밀리에 사람을 보내 내응하겠다는 뜻을 알려 왔다. 다음 날, 송나라 대군이 공격해 들어가자 황경녀는 아무런 저항도 없이 송나라에 귀순했다.

제39회. 금쇄, 청룡진을 대파하다
대파금쇄청룡진(大破金鎖靑龍陣)

다시 이야기를 바꾸면, 그날 거란과의 1차 회전에서 승리했고 서하국의 여장군 황경녀가 송에 귀순했다는 보고를 받은 송의 황제는 내심으로 매우 기뻤다.

다음 날, 총사령관 격인 종 도사는 종보(宗保)의 신부 목계영에게 적의 철문금쇄진을, 그리고 양육랑의 아내이자 종보의 모친인 시 군주(柴郡主)에게는 적의 청룡진을 격파하라고 명령했다. 그러자 종보가 나서며 말했다.

"제 아내 계영이야 출전할 수 있지만 모친은 지금 임신 중이기에 출전이 어려울 것입니다."

그러자 종 도사도 약간 걱정스러운 듯 말했다.

"1만 병력을 거느리고 적을 공격하되 다른 장수를 보내 응원하게 할 것이다. 아무 일도 없을 것이니 너무 걱정하지 마라."

그리고 나서 종 도사는 시 군주에게 1만 명의 병력을 화포와 불화살로 즉시 무장시켜 교전이 시작되면 일제히 적에게 발사하라고 지시했다. 이어 또 다른 장수에게 1만 병력을 내주며 구룡곡 북쪽에서 적진을 공격해 들어가 청룡진 뒤쪽을 돌아 나오며 시 군주의 군사를 도와주도록 분부했다. 모든 장수들이 종 도사의 지시와 명령에 따라 임무를 수행했다.

한편, 마치 소년 장군 같은 목계영은 말 위에 높이 앉아 큰 소리로 독전하며 부대를 양편으로 나누어 적의 철문금쇄진을 공격하게 했다. 마침 적의 장수 마영(馬榮)이 나와 목계영과 20여 합을 싸웠으나 승부를 가리지 못했다.

이에 목계영의 부하들은 양옆으로 나누어 일제히 공격해 들어갔다. 적병도 지지 않고 맞서 출동하자 송의 진영에서 대포와 화전을 일제히 쏘아 대니 죽는 자가 첩첩이 싸여 그 수를 셀 수 없었다.

그렇지만 적병도 결코 만만치 않았다. 거란군의 쇠사슬과 쇠몽둥이에 해당하는 24문의 최정예 병졸들이 일제히 대응해 왔다. 그러나 목계영의 용맹에 고무된 송나라 병졸들이 온 힘으로 공격해 들어가니 전진은 큰 혼란에 빠지며 주춤주춤 물러나기 시작했다. 목계영은 앞장서서 장졸들을 격려하며, 대갈일성 기합 소리와 함께, 무섭게 적진으로 돌파하며 마영을 단칼에 베어 버렸다. 이에 송나라 군사들은 환호와 함성을 지르며 돌격해 적진을 완전히 격파해 버렸다.

한편 시 군주는 3만 대군을 지휘해 청룡진에 가까이 접근했다. 시 군주는 부장 맹양에게 경무장한 1만 병력을 데리고 적의 황하 구곡수의 진지를 공격해서 탈취하고 용의 발톱에 해당하는 진지를 격파하면서, 곧 용의 머리에 해당하는 진지를 공격한 뒤, 다시 목계영의 부대와 합류하라고 분부했다. 맹양은 시 군주의 지시대로 공격해 들어갔다. 시 군주는 주력 부대를 인솔하고 청룡진의 좌측 진지를 공격했다.

이에 적장인 흑수국의 철두태세는 청룡진의 본부 병력을 직접 인솔하고 나와 시 군주의 주력 부대와 정면으로 맞대결을 벌였다. 두 부대가 한참 혼전을 계속하고 있는데, 적의 배후에서 큰 고함 소리가 일어나면서 시 군주의 지시를 받은 맹양의 경무장 부대가 용의 배에 해당하는 지역에서 분출해 왔다. 이에 철두태세는 크게 당황하며 자기 군사를 양편으로 나누어 시 군주, 맹양과 대전하게 했다. 맹양과 시 군주는 충천하는 사기로 적진을 격파하면서 당황하는 적들의 용의 수염 부분과 발톱 부분을 공격했다. 흑수국의 병졸들도 죽음을 각오한 듯 열네 개 군문에서 일제히 징과 꽹과리를 울리면서 쏟아져 나와 맞섰다.

시 군주와 맹양은 앞뒤의 적을 맞아 힘써 싸웠다. 싸움은 종일 계속되었다. 해 질 무렵, 시 군주는 힘이 부치는 것 같았다. 시 군주는 배 속에서 태아가 요동치는 것을 느꼈다. 이어 마상에서 통증에 겨워 소리 질렀다. 그리고 낙마하며 잠시 혼절했다. 시 군주는 아득히 멀어지는 것 같은 함성 소리를 들으며 이를 악물고 힘을 썼다. 어느새 하혈이 터지면서 아이가 나왔다. 시 군주는 다시 기절했다.

그때 적장 철투태세는 말을 달려 창을 날렸다. 창은 시 군주의 오른쪽 팔을 스치면서 땅에 꽂혔다. 이어 철두태세가 칼을 뽑아 달려드는 위기의 찰나에 측면에서 고함 소리와 함께 누군가가 마치 번개처럼 뛰어들었다. 그리고 돌풍에 마른 잎이 쓸려 가듯 철두태세는 몸의 중심을 잃었다.

바로 목계영이었다. 목계영은 급히 몸을 날려 철두태세와 맞붙었다. 두 장수는 쓰러져 있는 시 군주를 가운데 놓고 죽기 살기로 싸웠다. 그러나 또 다른 두 생명을 지켜야 할 책임감이 있는 목계영이기에 그만큼 더 용기가 백배했다.

결국 철두태세는 한 줄기 불빛이 어둠 속을 빠져나가듯 급히 몸을 돌려 달아났다. 그러나 목계영은 그 순간을 그냥 놓칠 수 없었다. 목계영이 단도를 날리자 철두태세는 비명 소리와 함께 말에서 나뒹굴었다. 철두태세의 목과 몸뚱이가 서로 떨어졌다.

대장을 잃은 흑수병이 대혼란에 빠지자 맹양과 여러 장졸들은 적군을 모조리 엄살해 나갔다. 적군의 청룡진은 이렇게 해서 완전히 격파되었다. 목계영은 시 군주를 부축하게 하고 자신은 갓난아기를 품에 안았다. 종 도사와 종보는 모든 군사들을 이끌고 회군했다.

제40회. 종리권이 백호진을 격파하다
종리합파백호진(鍾離合破白虎陣)

    한편 월패성(月孛星)에 해당하는 역할을 했던 서하국의 황경녀가 이미 투항했고 흑수국 병력을 주력으로 구축했던 청룡진이 연이어 격파당하자, 소 태후는 급히 여 군사를 불러 대책을 상의했다.

    그런데도 거란국의 다른 진지들은 조금도 흔들림이 없이 건재했고 병사들의 사기도 드높았다. 송나라 진영의 종 도사는 양육랑에게 친히 대군을 인솔하고 적국의 백호진을 격파하라고 명했다.

    다음 날, 육랑은 친히 기병 2만 명을 인솔하고 백호 진영을 직접 공격했다. 거란의 장수가 된 춘암은 장대에 올라서서 붉은 기를 상하좌우로 흔들어 장수들을 지휘했다.

    장사국에서 동원한 소하경이 드디어 백호진의 정문을 열고 나와 육랑과 마주 싸웠다. 양육랑과 소하경은 서로 한 치의 틈도 허락하지 않으며 30여 합을 싸웠다. 그러다가 소하경은 짐짓 못 당하겠다는 듯이 말을 돌려 달아났다. 송나라 병사들은 고함치며 추격해 들어갔다.

    그때 갑자기 거란의 장대 주변에서 징 소리가 요란하게 울리면서 누런 깃발이 좌우로 크게 흔들리자, 거란의 군부대 진은 갑자기 팔괘진으로 바뀌었다.

동시에 거란의 단양 공주(丹陽公主)가 직접 정예 병력을 이끌고 여러 장수들의 호위를 받으며 출전했다. 그리고 소하경도 군사들을 돌려 엄살하니 양육랑은 한가운데서 포위되었다.

양육랑과 부하 장졸들은 좌충우돌 분전하며 포위를 뚫으려 했지만 역부족이었다. 이에 병졸 몇 명이 급히 되돌아가 종보에게 육랑이 포위되었음을 알렸다. 종보는 크게 놀라며 당황해 어쩔 줄 몰랐다. 그러나 군사(軍師) 종리권은 더욱 침착하게 말했다.

"초찬(焦贊)에게 전령을 보내 측면에서 징 소리 나는 두 곳을 공격케 해라. 그곳은 백호진의 눈에 해당하는데 눈을 잃은 백호는 보지 못해 우왕좌왕할 것이다. 그리고 황경녀에게 양쪽 황색 깃발이 나부끼는 곳을 공격케 해라. 그곳은 백호의 귀에 해당하니 듣지 못하는 백호는 틀림없이 혼란에 빠질 것이다."

이어 종보는 아내 목계영을 불러 경무장한 기병 1만 명을 급히 인솔하고 정면을 돌파해 부친을 구원하라고 소리질렀다. 초찬은 육랑이 위급하다는 소식을 듣고 즉시 병마를 챙겨 출발해 고함 소리와 함께 길을 따라 징 소리가 요란한 두 곳을 공격해 들어갔다. 이에 적장도 기다렸다는 듯이 나와 대적했다.

그러나 초찬의 용맹에는 적수가 없었다. 두 장수가 얽혀 서너 합을 싸우자 우열이 분명해졌다. 당황한 적장이 주춤댈 때 초찬은 큰 칼을 힘껏 휘둘렀다. 장수의 목이 떨어지자 적군은 모두 놀라 퇴각하기 시작했다. 마치 성난 파도에 나뭇조각이 휩쓸려 가듯 서둘러 도망치기 시작했다. 곧이어 북소리가 잠잠해지면서 적군의 아우성과 신음 소리만이 높아졌다.

한편 황경녀도 초찬의 군사들과 힘을 합쳐 백호진 뒤쪽의 장대를 목표로 돌격해 들어갔다. 적군의 소하경은 자신의 기세와 세력이 완전히 꺾였다고 생각했다. 그러나 마지막 힘을 다해 장수들을 독려하며 충돌하다가 나오다가 마침 목계영과 부딪혔다. 소하경은 목계영이 여인이라는 사실을 알고 쉽게 이길 수 있다고 생각했으나 서너 번 교전에 당할 수 없음을 알고 자신의 부대를 버리고 도주하기 시작했다.

목계영은 도주하는 적장을 향해 급히 화살을 메겨 큰 활을 힘껏 당겼다. 시위 소리가 바람을 가르면서 소하경은 말에서 떨어졌다. 소하경은 더 이상 미동도 하지 않았다.

한편, 거란의 단양 공주는 자기편 장수가 쫓기는 것을 보고 급히 구원하겠다고 나섰지만 황경녀가 나타나자 어쩔 줄을 몰랐다. 황경녀는 손에 든 쇠 채찍으로 단양 공주의 등짝을 후려쳤다. 악! 하는 소리와 함께 단양 공주는 낙마했다. 추격한 황경녀가 말을 멈추고 적을 베러는 순간 적군들은 공주를 구원해 달아나기 시작했다. 단양 공주는 피를 토하며 실신했다. 뒷날 겨우 목숨을 건진 단양 공주는 전장(戰場)을 버리고 멀리 본국으로 돌아갔다.

    육랑은 좌충우돌 분전하며 원군을 초조히 기다렸다. 적군의 시끄러운 소리가 적어지면서 귀에 익은 송나라 군사들의 고함 소리가 가까워졌다. 송나라 군사는 더욱 용기가 솟아 적군을 추격하기 시작했다. 드디어 적군의 백호진이 완전히 격파되자 추격을 멈춘 육랑과 초찬이 서로 만났다. 이어 목계영과 황경녀도 병졸을 거느리고 함께 모였다. 송나라 군사는 만세를 부르며 환호 속에 회군했다.

제41회. 종리권이 옥황진을 격파하다
종리합파옥황진(鍾離合破玉皇陣)

거란의 백호진을 완전히 격파한 뒤, 종 군사는 육랑의 모친 양 태부인에게 딸들인 팔낭(八娘)과 구매(九妹)를 거느리고 함께 적의 옥황진(玉皇陣)을 격파하라고 분부했다.

"저 옥황진에는 아마도 이산노모(梨山老母)가 있을 것이다. 그 이산노모로 분장한 번족(藩族)의 부인을 잡아내면 그 옥황진은 쉽게 격파될 것이다."

그리고 종보는 다시 왕귀(王貴)란 장수를 불러 부대를 이끌고 옥황 정전을 곧바로 치되 세 갈래로 나누어 서로 보조를 맞추라고 지시했다. 양 태부인은 부하를 이끌고 큰북을 울리며 곧장 옥황진을 공격해 들어갔다. 거란 진영의 춘암은 그에 맞춰 붉은 깃발을 흔들어 댔다.

그러자 옥황진 중앙의 통명전 중대(中臺)를 지키던 번 부인이 말을 타고 나타나 응전했다. 그러나 번 부인은 태부인의 상대가 되지 못했다. 10여 합도 채 다 싸우지 못하고 번 부인은 말머리를 돌려 도망치기 시작했다. 팔낭과 구매는 양 날개가 되어 추격해 들어갔다. 그러나 적진 내에서 징과 꽹과리 소리가 요란하더니 적병과 장수들이 일제히 쏟아져 나왔다. 양 태부인과 팔낭 구매 등이 거느린 송나라 군사들은 그대로 적진 가운데에서 포위되었다.

왕귀는 이를 보고 급히 구원병을 이끌고 들어가다가 적장 한연수(韓延壽)가 쏜 화살을 정통으로 맞고 그대로 낙마하며 숨을 거두었다. 패잔병이 이를 급히 종보에게 보고했다. 종보는 이번에도 크게 당황했다. 그러나 종 도사가 소리쳤다.

"빨리 계영을 보내 구원하게 해라."

그리고 양육랑의 여동생인 칠저(七姐)에게 병력을 인솔하고 옥황전 앞에 쳐들어가 붉은 등불을 끄라고 말했다. 양칠저는 종 도사의 지시대로 붉은 등불을 껐다. 그리하여 적군으로 하여금 상황이 바뀌는 줄을 모르게 했다.

한편 목계영은 적진을 파고들어 갔다. 팔낭과 구매는 번 부인의 공격을 받아 매우 위태로운 상황이었다. 계영은 급히 활을 당겼다. 화살은 번 부인의 몸에 명중했다. 번 부인은 그대로 낙마했고 송나라 군사는 그 시신을 유린했다.

송나라 병사들은 위기에서 벗어나자 다시 용기가 솟았다. 그대로 적을 엄살해 들어가 양 태부인과 팔낭 등을 구원했다.

적장 한연수는 도저히 송나라 군사를 당할 수 없었다. 결국 옥황진을 버리고 도주하니 옥황진은 여지없이 격파되었다. 거기에 칠저도 가세하니 시 군주와 칠저, 팔낭, 구매, 그리고 며느리 목계영 등 일가족 5인의 여장부는 기세도 당당히 개선했다.

제42회. 미혼진과 태양진을 대파하다
대파미혼태양진(大破迷魂太陽陣)

송나라 군사들이 비록 옥황진 등 여러 진지를 격파했지만, 거란의 기세는 그래도 여전히 막강했다. 종 도사는 종보를 불러 말했다.

"저 미혼진이 아마도 가장 참담한 군진이니 오랑(五郎)을 불러 격파하게 해라."

그러자 종보는 걱정하며 말했다.

"제가 적의 군진을 자세히 살펴보니, 여씨 성을 가진 군사가 있어, 그 진영과 공격 수비의 변화를 예측할 수 없으니 아마 이기기 어려울 것입니다."

그러자 종 도사가 말했다.

"그 점에 대해선 나도 다 대책이 있노라."

종 도사는 오랑을 불러 말했다.

"어린 동자 49명을 데리고 출전해라. 아이들 모두에게 버드나무 가지를 지니게 했다가 적진에서 요사한 기운이 뻗쳐 나오거든 가지를 흔들게 하면 요사한 기운이 없어질 것이다. 그리고 더 전진해 검은 깃발 아래 묻힌 임신한 부녀자의 시신을 파내 버리면 미혼진은 저절로 격파될 것이다."

이어 맹양에게는 태양진을 공격해 격파하고 그 뒤쪽으로 나와 오랑을 돕도록 명령했다. 한편 오랑은 북소리도 요란하게 미혼진을 공격해 들어가다가 적장 소천좌(蕭天佐)를 만나 10여 합을 싸웠다. 결국 소천자는 그대로 패주했다.

오랑은 계속 진격해 들어가다가 거란의 단양 공주[單陽公主 : 40회의 단양(丹陽) 공주와는 다른 인물]와 부딪쳤다. 단양 공주는 칼춤을 추며 오랑과 맞섰지만 오랑의 상대가 되지 못했다. 불과 몇 합을 싸우지 못하고 말머리를 돌려 도주해 버렸다. 오랑은 추격을 계속했다.

오랑은 적진 가운데서 야율휴가를 만났다. 야율휴가는 들고 있던 붉은 깃발을 흔들어 댔다. 그러자 사방에서 요기(妖氣)가 퍼지면서 음산한 바람이 일고 한 무리의 잡귀와 음귀들이 통곡하거나 흐느끼면서 곳곳에서 튀어나왔다. 갑작스러운 요괴의 출현에 송나라 병사들은 모두가 두려워 떨며 당황했다.

이에 오랑은 즉시 49명의 어린아이들을 앞으로 내세웠다. 아이들은 들고 있던 버드나무 가지를 흔들며 전진했다. 요사한 기운이 바람에 흩어지듯 사라지면서 요괴와 잡귀, 음귀들은 모두 사라졌다.

송나라 군사들은 종 도사의 신통한 예언을 칭송하며 약진했다. 그리고 검은 깃발 아래에 거꾸로 묻혀 있는 임신부의 시신을 모두 파내었다. 야율휴가는 그 끔찍한 모습에 자신도 놀라면서 자기 진지를 버린 채 도망치려 했으나 쫓기다가 그대로 오랑의 칼을 맞아 죽었다.

오랑이 승세를 몰아 거란의 승려 수백 명을 죽이니, 거란병 모두가 낙담하며 무수히 투항했다. 거란의 단양 공주는 모두가 도주하는 틈에 어쩔 줄 모르고 우왕좌왕하다가 결국 무수한 창칼을 받고 쓰러졌다. 거란의 소천좌는 그래도 그들을 구원하러 달려왔다가 오랑과 20여 합을 싸웠으나 승부를 가릴 수 없었다.

이에 오랑은 요괴의 본모습을 드러나게 하는 절굿공이인 강룡저(降龍杵)로 소천자의 어깨를 힘껏 때렸다. 소천좌는 한 마리 검은 용이 되어 하늘 어디론가 사라져 버렸다.

한편 맹양 역시 태양진을 공격해 들어갔다. 맹양은 마침 적장 소달뢰와 정면으로 부딪쳤다. 맹양은 소달뢰를 단 세 번 싸움으로 그 목을 베어 버렸다. 맹양은 이어 태양진 뒤쪽까지 추격해 들어가 오랑과 합세했다. 이로써 미혼진과 태양진도 모두 격파되었다.

제43회. 종리권과 여동빈이 대결한 뒤, 하늘로 돌아가다
종려대진회천(鍾呂對陣回天)

종 도사는 종보를 불러 말했다.

"적진의 가장 핵심부인 옥황의 거처에 해당하는 통명전(通明殿)은 삼라국의 금룡 태자(金龍太子)가 지키고 있다 하니 반드시 우리의 천자를 모셔 친히 정복해 진압하게 하는 것이 좋을 것이다. 그 진중에 있는 49개의 잔명등(盞明燈)과 상형주(相形珠) 그리고 자량금(自涼金)이나 일월 진주 조라기(日月珍珠皂羅旗) 등은 모두 그 진을 지켜 주는 도구이며 상징이다. 잔명등은 장수의 수명을 지켜 준다고 하고, 상형주는 상대방의 모습을 구슬에 나타나게 비춰 주고, 자량금은 저절로 차가워지는데 이 구슬은 화재를 막아 준다. 그 외 검은 능라 비단에 해와 달과 하얀 진주를 그려 넣은 일월 진주 조라기는 그곳 장수의 위엄을 보여 주는 것이니 모두 없애 버려라. 그러면 쉽게 격파할 수 있다."

종 도사는 천자가 친히 정벌에 나설 것을 요청하고 한편으로는 맹양과 초찬을 시켜 적진을 격파하도록 지시했다.

다음 날 아침, 요란한 북소리가 세 차례 천지를 진동하면서 맹양과 초찬은 옥황전 양 측면으로 공격해 들어갔다. 맹양은 상형주와 자량금을 탈취했고 초찬은 커다란 일월 조라기를 넘어뜨렸다.

때맞추어 적장 토금우와 토금수가 양편으로 뛰어나오면서 대적했다. 맹양은 용감히 분전하며 큰 도끼를 휘둘러 토금우를 죽였고 초찬은 토금수를 단칼에 참수했다. 이에 거란병은 기세가 죽으면서 진형이 무너지기 시작했다.

한편 후원 부대를 이끌고 양육랑이 무서운 기세로 돌입해 들어오면서 적들은 더욱 혼란에 빠졌다. 그러자 적군 28명의 성관(星官) 대장들이 마지막 저항을 펴듯 몰려나왔으나 모두 맹양 앞에 힘없이 쓰러졌다.

적장 금룡 태자는 모든 전세가 크게 불리해지자 단 한 번을 싸워 보지도 않고 통명진을 버리고 도망치려 했다. 그러나 송나라 황제가 쏜 화살을 맞고 쓰러졌다.

황제는 부장을 시켜 통명전을 태워 버리라고 분부했다. 통명전이 불길에 휩싸이면서 통명전을 호위하던 많은 거란병들이 튀어나왔다. 그들은 모두 송나라 군사들에게 잡혀 황제 앞에 무릎을 꿇고 용서를 빌었다.

송나라 군사는 파죽지세(破竹之勢)로 적진을 격파해 나갔다. 맹양이 주작진을 공격해 들어가자 1만 명의 군사를 거느리던 야율휴가는 여섯 개의 장대를 모두 포기하고 도주했다.

한편 초찬 역시 승승장구(乘勝長驅)하며 막강한 기세로 적진의 현무문(玄武門)을 공격했다. 1만 병력으로 북쪽을 경비하던 야율해저는 송나라 군사들의 기세에 눌려 자기 부하들을 버려둔 채 혼자 도망쳤다. 이에 초찬이 추격해 목을 베어 뒹굴게 했다.

그리고 송의 장수 호연찬은 적의 장사진(長蛇陣)을 공격했다. 병력 1만 명을 거느리고 사방을 지키던 야율사는 모든 진영이 차례로 격파되는 것을 보고 크게 낙담해 싸울 마음이 없어 겨우 칼 한 자루를 쥐고 달아났다. 그러나 사방이 적병이고 곧이어 종보와 맹양 등이 추격해서 포위해 도주로를 차단하자 야율사는 그대로 자결했다.

거란의 한연수는 천문진(天門陣)이 거의 다 완파되자 여 군사에게 달려가 다음 대책을 물었다. 거란군을 배치하고 지휘하는 여동빈은 정말로 부끄러웠다. 그러나 한편으론 분노가 치밀었다. 이에 한연수에게 소리쳤다.

"꺼져! 내가 직접 나가서 적장들을 쓸어버리겠다."

자신의 모습을 숨기면서 거란병을 지휘하는 여동빈은 본부의 남은 병력을 직접 인솔하고 전면을 향해 내달았다. 여동빈의 지시를 받은 춘암은 요사한 비법을 써 음산한 모래바람을 일으켰고 검은 구름을 내려 주변을 덮어 버렸다. 그러자 한낮인데도 달도 없는 밤처럼 캄캄하고 모래나 자갈이 사방에서 날아왔다.

송의 병졸들은 크게 놀라 뒤로 물러섰다. 그러자 종 도사는 진 앞에 나와 양팔의 큰 옷소매를 이리저리 휘둘렀다. 그랬더니 검은 구름이 도로 걷히면서 적진으로 날아가 거란 진영을 덮고 모래바람의 방향도 바뀌었다. 거란 병은 서로 괴성을 지르면서 도망치기 시작했다.

춘정은 검은 구름 속에서 종리권의 모습을 또렷이 보았다. 그러곤 놀라 돌아서며 여동빈에게 달려가 말했다.

"대선 종리권께서 맞은편에 서 계십니다. 빨리 피하십시오."

말을 마친 춘정은 금방 한 줄기 빛으로 몸을 바꾸어 그대로 도망쳤다.

여동빈이 군졸을 불러들이지도 못하고 당황할 때, 어느새 종리권이 나타나 큰 소리를 질렀다.

"어서 그만두지 못하겠느냐? 이 무슨 해괴한 짓인가? 서로 이런저런 말을 했을 뿐인데 나한테 감정을 품고 감히 천수를 바꾸려 하다니! 거기다 무고한 백성을 다치고 죽게 하니 그 죄가 매우 크다. 더 큰 죄를 짓기 전에 빨리 돌아가거라. 아니면 이제 사제(師弟) 관계조차 영영 끊어질 것이다."

여동빈은 너무 부끄러웠다. 겨우 무릎을 꿇고 한마디

용서를 구했다.

"한때의 잘못을 너그럽게 거두어 주시기 바랍니다."

종리권은 여동빈을 용서했다. 두 신선은 구름을 타고 승천했다. 송나라 황제나 여러 장수들은 물론 하급 병졸까지 모두 그 신통력에 감탄하지 않는 이가 없었다.

제44회. 한상자, 연회를 베풀어 화해시키다
상자설연화호(湘子設宴和好)

이철괴를 비롯한 여러 신선들은 모두 종리권의 소식을 기다리고 있었다. 그때 마침 하선고가 들어왔다. 철괴가 먼저 물었다.

"그동안 종리권과 여동빈에 대한 무슨 소식이 있는가?"

"종선(鍾仙 : 종리권)께서 여동빈을 굴복시켜 용서하시고, 두 분이 지금 막 도착하셨습니다."

그러자 이철괴가 여럿을 둘러보며 말했다.

"동빈이 비록 그 사부에게 용서를 빌었다지만 이번 일은 그냥 지나칠 수 없소. 반드시 그 잘못을 일깨워서 진정으로 사죄하게 해야 하오. 그래야만 장유유서(長幼有序)의 본분이 어긋나지 않고 우리 선가(仙家)의 체통도 확실히 설 거요. 그렇지 않으면 앞으로도 인간사의 여러 문제 때문에 자주 소소한 분란이 일어날 거요."

이철괴의 말에 장과로도 동의하며 말했다.

"선장(仙長)의 말씀이 내 뜻과도 같습니다."

장과로의 말이 끝나자마자 마침 종리권과 여동빈이 들어섰다. 이철괴가 여동빈을 보며 정색을 하고 말했다.

"그대가 술을 좋아하고 미색을 탐하는 모든 것은 숨길

수 없는 사실이네. 종선께서 그 점을 말씀하신 것이 왜 나쁘며, 사부의 지적을 왜 받아들이지 않았는가? 그렇다고 옹졸한 마음을 품고 큰일을 저지르며 본분을 어겨 가며 사부에게 맞섰지. 지금 모든 것을 생각해 보니, 천수(天數)를 거역하며 자신의 재능을 뽐내려 한 것이 아니고 무엇인가? 마치 철없는 어린아이처럼 분수를 넘어 천계의 모든 질서를 깨트리려 했네. 만약 종선께서 만류하고 수습하지 않았다면 천제에게 상주해 영원히 인간 속세에 떨어트려 다시는 등선(登仙)하지 못하게 했을 것이네."

그러자 여동빈은 자신을 변명하듯이 대답했다.

"제가 사부의 말씀에 항거한 것은 절대로 아닙니다. 다만 춘정(椿精)이 인간 세계에 내려가 문제를 일으켰기에 제가 데려오려고 했습니다. 그러나 마침 중화 땅에 전쟁이 일어나 서로 진법을 다투기에 그 군중에서 진법을 시험해 보았던 것입니다. 결코 천수를 거역하려 하지는 않았습니다. 그저 어쩌다 보니 일이 이렇게 되었을 뿐입니다."

여동빈의 말이 채 끝나기도 전에 이철괴가 대노하며 소리쳤다.

"춘정은 분명 자네가 불러 인간 세계에 내려보냈고 이미 정해진 운명을 거역하려 했던 것이 처음부터 자네의 본심이었어! 그리고 이처럼 뻔히 속이 들여다보이는 거짓말을 늘어놓아 여러 선우들의 이목을 어지럽히고 간사한 마음으로 변명을 일삼으니 정녕 같이 수도하지 못하겠네! 저런 필부를 이곳에 살게 했다가는 앞으로 비바람만 계속 일어날 것이야!"

이철괴는 부르르 떨며 소매를 뿌리치고 자리에서 일어나 밖으로 나갔다. 다른 여러 신선들이 급히 잡아 만류했으나 철괴의 분노는 식지 않았다. 철괴는 여동빈을 계속 큰 소리로 꾸짖었다. 이에 장과로가 여동빈에게 타이르듯 말했다.

"내 생각에도 이번 일은 아무래도 자네에게 잘못이 있네. 응당 마음을 낮추고 용서를 구했어야 하는데 이리저리 말을 돌리고 이 핑계 저 핑계 둘러대는 것은 옳지 않아! 자네의 구차한 변명에 어찌 철괴 선생이 노하지 않겠는가? 내 말대로 두 분에게 진심으로 사과드리도록 하게!"

장과로는 여동빈을 데리고 이철괴와 종리권에게 가서 절을 올리고 허물을 용서해 달라고 정식으로 빌게 했다. 주변 여러 신선들도 말을 거들어 간청하니 모두가 본래대로 아무 일 없던 것처럼 되돌아갔다.

이에 한상자가 즉시 잔치를 주선해 모두를 한자리에 초청했다. 그럭저럭 철괴의 노기도 완전히 가라앉고 여동빈의 쑥스러운 생각도 지워졌다.

모든 신선들은 마음을 열고 마음껏 마시고 웃으며 즐겼다. 신선의 선배이건 후배이건, 취향이 같건 다르건, 그 옛날의 신분이 무엇이었건 아무런 막힘이 없었다. 마음이 한껏 너그러워진 이철괴가 주변 모두에게 큰 소리로 말했다.

"우리 상계(上界) 팔동(八洞)에 거주하는 선우 여러분! 우리의 명산 거주지 동천(洞天)은 여덟이지만 선우는 일곱이니 한 분을 더 영입해 서로 숫자를 맞추는 것이 좋지 않겠소? 선우께서 한 분을 더 추천하시고 우리 모두 그분을 인도해 같이 즐기며 수양하고 정진하게 한다면 그 또한 우리의 크나큰 보람이 아니겠소?"

모든 선우들이 이철괴의 제의를 환영하면서, 조 황후(曹皇后)의 형제 중 한 사람이 타고난 선골이며 뒷날 틀림없이 정과(正果)146)를 거둘 것이라고 말했다. 따라서 기왕 한 분을 더 채운다면 그를 맞이하자면서 서로 천거했다. 그러자 종리권이 나서며 말했다.

"뒷날 내가 직접 가서 만나 보겠소, 그분한테 그만한 도행이 있다면 우리가 인도하는 것이 어렵지 않을 것이오."

이에 모두가 좋다고 크게 반색했다.

이철괴는 자리에서 일어나 여동빈에게 여러 잔을 권하고 동빈 또한 여러 신선들에게 두루 술을 권하니 모두가 대취한 뒤에 자리가 끝났다.

---

146) 정과(正果) : 수도(修道)에 정진해 성취한다는 불가어(佛家語).

제45회. 조국구는 도를 닦아 등선하다
국구학도등선(國舅學道登仙)

조국구(曹國舅)는 송나라 조 태후의 동생으로 이름은 우(友)다. 국구(國舅)란 황제의 처남이란 뜻으로 하나의 호칭이다. 그는 부귀와 권세를 누렸지만 매우 진실한 군자였다. 타인의 생명과 인격을 존중했고 자신이 하기 싫은 일을 남에게 요구하지도 않았다. 방종과 음란한 쾌락을 추구하지 않았고 축재와 호화 사치를 멀리했으며 타인의 허물을 입에 담지 않았다. 미색과 안일을 탐하지 않았으며 청정 무욕의 생활을 지속했다.

그러나 그의 동생 조이(曹二)는 황제의 처남이라는 특권을 믿고 호탕하고 방자한 성품을 드러냈다. 곧 조이는 일반 백성의 전답을 뺏어 자기 것으로 만들고 부녀자들을 겁탈하는 즐거움을 만끽했다. 그의 모든 소행이 불법이었고 수많은 건달패와 악한들이 조이의 집 대문을 무상출입했다.

조국구는 동생의 그런 모든 행실을 바로잡아 주려 했으나 그의 악행은 전혀 고쳐지지 않았다. 나중에 동생의 잘못을 꾸짖으려 했는데 오히려 동생의 감정만 건드려 원수가 되어 버렸다. 이에 조국구는 탄식하며 말했다.

"이 세상에 선한 행실을 쌓은 사람은 번영하고 나쁜 짓을 한 사람들은 멸망하는 법이다. 이는 하늘의 법칙으로 그 누가 이것을 바꿀 수 있겠는가? 우리 가문 선조께서 그간 음덕을 쌓은 바 있기에 오늘의 이 영화를 누리지만 지금 내 동생이 저토록 극악무도하니 비록 이 밝은 세상의 형벌이야 피한다 하더라도 하늘이 내리는 천벌을 어찌 피할 수 있겠는가? 어느 날 갑자기 천벌을 받아 집안은 파멸하고 몸조차 부서질 것이니 그때 가서 후회한들 무슨 소용이 있겠는가? 그 옛날 진나라 승상 이사(李斯)가 형벌을 받아 죽기 전에 '고향인 상채에서 누렁개를 끌고 동문 밖에 나가 사냥이나 하고 싶다' 했지만 그런 소원을 어찌 이룰 수 있었겠는가? 내 동생이 정말 부끄럽고 천벌이 내릴까 두렵기만 하다."

이에 조국구는 모든 재산을 털어 가난하고 어려운 빈민을 두루두루 구제했다. 물론 자신이 누구이고 왜 베풀어 주는가를 말하지도 않았고 아무런 보답이나 치사를 바라지도 않았다. 조국구의 선행은 이처럼 단순한 선행이었다.

황제의 국구라는 최고의 신분이 아니더라도, 또 수행하는 도인이 아니더라도, 인간이라면 누구나 닦아야 할 선행이 있는 법이다.

조국구(曹國舅)

조국구는 가족 친지와 이별했다. 어느 날 조국구는 장강(長江)에 이르렀다. 망망한 강물을 바라보며 어떻게 건너야 할지 걱정하며 망연히 앉아 있었다. 한참 뒤, 어디선가 조그만 배 한 척이 조국구를 향해 다가왔다.

조국구는 사공한테 강을 건너 달라고 부탁했다. 그러나 사공은 뱃삯을 먼저 내라고 요구했다. 그러나 조국구에게는 돈이 될 만한 게 하나도 없었다. 할 수 없이 황제가 내준 금패를 내보이며 자기 신분을 밝혔다. 사공은 금패를 보자 성질을 내며 말했다.

"체! 선도(仙道)를 배우겠다고 집을 나선 사람이 황제의 금패를 휘두르며 사람을 겁주는 거요? 그래 가지고서 언제 선도를 깨닫겠소? 무례하기 짝이 없구먼!"

조국구는 깜짝 놀라며 생각했다. 내가 선도를 배우겠다는 것을 어찌 알았는가? 이 사공이야말로 신선이 아니겠는가? 생각이 여기에 미치자 조국구는 얼른 금패를 강물에 던지고 사공을 보았다. 사공은 다름 아닌 여동빈이었다. 조국구는 급히 예를 갖추며 말했다.

"사부님! 저를 거두어 주십시오!"

그러나 여동빈은 아직 인연이 없다며 떠나갔다.

조국구는 도복 하나만을 걸치고 산속 골짜기 바위굴을 찾아 혼자 몸을 숨겼다. 조국구는 행실을 조심하고, 마음속의 모든 욕망을 털어 내며, 과오를 다시 저지르지 않도록 수행을 계속하면서 수진(守眞)과 양성(養性)에 힘썼다. 조국구는 마음을 닦고 착한 본성을 연마하는 수심연성(修心硏性)을 수년간 계속했다. 이에 그의 심성이 곧 도(道)와 일치하게 되었고 육신은 그의 정신에 의해 통제되었다.

어느 날, 조국구의 거처에 여동빈과 종리권이 나타났다. 종리권은 암혈에서 수련에 힘쓰는 조국구에게 아무렇지도 않은 듯 물었다.

"이처럼 한적한 곳에서 무슨 수양을 하시는가?"

그러자 조국구 또한 아무런 생각도 없는 듯 대답했다.

"특별히 하고자 하는 것은 없습니다. 그저 도를 얻고자 합니다."

"도가 어디에 있는가?"

조국구는 말없이 왼손을 들어 하늘을 가리켰다.

이번에는 종리권과 여동빈이 함께 물었다.

"하늘은 어디에 있는가?"

조국구는 오른손으로 자기 가슴을 덮었다.

그러자 종리권이 웃으며 말했다.

"마음이 곧 하늘이고 하늘이 곧 도라 하니 가장 중요한 도의 본모습을 파악했구려!"

조국구는 팔선 중 유일한 귀족으로, 종리권의 지도를 받아 신선 반열에 들었다.

제46회. 팔선이 노자의 시문을 구하다
팔선구문노자(八仙求文老子)

 옛날부터 삼계(三界)147)와 십방(十方)148)에 살던 남자가 신선이 되어 하늘에 오르면 먼저 동왕공(東王公)149)을 뵙고, 여자는 금모(金母), 즉 서왕모(西王母)150)에게 인사

---

147) 삼계(三界) : 도교(道敎)에서 말하는 도경(道境)으로 구분한 삼계는 욕계(欲界), 색계(色界), 무색계(無色界)이고, 우주의 시간으로 구분한 삼계는 무극계(無極界), 태극계(太極界), 현세계(現世界)다. 천지간의 공간으로 구분한 삼계는 천계(天界), 지계(地界), 수계(水界)다.

148) 십방(十方) : 동, 서, 남, 북, 동남, 서남, 동북, 서북, 상, 하의 10개 방위.

149) 동왕공(東王公) : 목공(木公), 동화제군(東華帝君)이라고도 부른다. 《신이경(異神經)》에는 새 모양 얼굴에 하얗게 센 머리카락, 사람의 몸에 호랑이 꼬리가 있고 검은 곰을 타고 다닌다고 했다. 선인(仙人) 9부(九部)를 다스린다 했으니 남자 신선들의 최고 지배자인 셈이다. 《수신기(搜神記)》란 책에는 '푸른 바지를 입고 천문(天門)에 들어가 금모에게 읍하고 목공에게 절한다'는 말이 있다.

150) 서왕모(西王母) : 중국 신화와 민간 신앙 속의 여신이며, 도교 여자 신선의 우두머리다. 《산해경(山海經)》의 기록에 따르면, 전체적으로 사람 모습이나 표범의 꼬리[豹尾]를 갖고 있으며, 호랑이의 치아[虎齒]에 휘파람 소리를 잘 낸다고 했다. 이는 사람 얼굴[人首]에 뱀 몸뚱이[蛇身]의 여왜(女媧) 또는 사람 머리[人首]에 새의 몸[鳥身]을 가진 구

를 올린다고 했다.

어느 날, 하선고가 여러 선우들에게 말했다.

"지난번 동왕공의 생신 축하연에 모든 여선들도 참석했습니다. 이제 금모의 탄신일이 가까워졌는데 여러 선장(仙長)께서도 같이 가셔서 축하하시지 않겠습니까?"

하선고의 제의에 종리권과 남채화가 말했다.

"우리가 맡은 일이 서로 다르긴 하지만, 대례(大禮)에 관한 일이라면 선계의 모두가 다 예를 갖추어야 하는 법이니, 우리가 참여하지 않을 수 없지요. 그러나 대체 무엇을 가지고 생신을 축하하면 좋겠습니까? 바로 그게 걱정입니다."

그러자 금방 장과로가 말을 이었다.

"서왕모가 계신 그곳이 바로 극락(極樂)이니 무엇인들 없겠습니까? 그보다는 훌륭하신 분의 글을 받아 가지고 가서 축하하는 것이 범계(凡界)와 다른 점 아니겠습니까?"

그 말에 이철괴도 동의했다.

천현녀(九天玄女)와 유사한 짐승 형상의 여신이었다. 뒷날 여왜와 구천현녀가 사람 형상으로 변화하듯, 서왕모도 훌륭한 외모의 여신으로 바뀌었다. 일반적인 전설에 따르면 서왕모는 곤륜산(崑崙山)에 있는 요지(瑤池)에 사는데 모든 여신의 지배자로서 남자 신선의 우두머리격인 동왕공의 상대적 인물로 상정한다.

"선장의 말씀이 바로 제 생각과 같습니다."

그러자 여동빈도 한마디 거들었다.

"다른 사람의 문장으로 마음에 드는 것이 별로 없을 것입니다. 그보다는 태상노군의 글을 받는다면 가장 좋을 것입니다."

하선고도 여동빈의 말에 동의했다.

"좋은 생각이십니다. 노군과는 이(李) 선장께서 가장 가까우시니 찾아가 부탁하셔도 좋을 것 같습니다."

"나도 그 생각을 하고 있었소. 그러나 노군의 글을 받고자 하는 것은 우리 모두의 일인데 나 혼자 간다면 좀 성의가 부족하다는 생각이 드오. 우리 다 함께 찾아뵙는 것이 좋을 것 같소."

이철괴의 제의에 모두가 동의하면서 곧바로 구름을 불러 타고 태상노군 노자가 거처하고 있는 태청경(太淸境)151)을 찾아갔다.

---

151) 태청경(太淸境) : 삼청(三淸)의 하나. 대적천(大寂天)의 태청경은 노자의 거처다. 불교 사찰에 삼세불 또는 삼신불(三身佛)을 모신 것처럼, 도교의 사원인 도관(道觀)에는 삼청(三淸)을 받들고 있다. 도교의 삼청이란 옥청원시천존(玉淸元始天尊), 상청영보천존(上淸永寶天尊), 태청도덕천존(太淸道德天尊)을 말한다. 이중 태청도덕천존은 보통 태

이철괴 등 팔선 일행이 문밖에 도착하자 선동(仙童)이 노자에게 알렸고, 노자는 만면에 웃음을 띠고 옷깃을 바로 하며 일행을 맞이했다. 노자는 팔선들에게 일일이 자리를 권했고 팔선은 노자에게 인사를 올리고 안부를 물었다. 그러자 노자가 말했다.

"요즈음 좀 우스운 일이 있었소."

그 말에 모두 무슨 일이냐고 묻자 노자가 말했다.

"하계의 모든 독서인들은 나의 이름이나 도용해 공명을 얻으려 한다고 하오. 하계 중생의 관록을 맡은 문창제군(文昌帝君)[152]이 직접 문장에 의한 전형을 엄정히 행하고 있는데, '요즈음 독서인들은 그 문장이 너무 각박하고, 나의《도덕경》같은 문장을 멀리하면서, 다만 내 이름이나 불러 대며 잔재주나 피운다'고 하면서 참으로 걱정스럽다

상노군(太上老君)이라 부르는 노자(老子)다. 또 삼청이란 때때로 삼위의 천존이 거주하는 삼청천(三淸天), 즉 삼청경(三淸境)을 지칭하기도 한다. 삼청천은 태청천(太淸天), 상청천(上淸天), 옥청천(玉淸天)으로 36천 중 신선이 거주하는 최고의 선경을 의미한다.

152) 문창제군(文昌帝君) : 문운(文運)을 주관하는 신. 재당제군(梓潼帝君)이라고도 부른다. 문창제군은 옛날의 모든 독서인이나 과거 시험 응시자들의 숭배 대상이었고, 지금도 중국인들은 자녀의 학교 성적 향상을 바라거나 상급 학교에 진학하려 할 때면 소원을 문창제군에게 빌고 있다고 한다.

는 보고를 해 왔소. 진정 큰 뜻을 공부하고 연마하려 하지 않고 멋대로 글을 지은 뒤, 그것이 내 글에 바탕을 두고 있다고 둘러대며, 그것으로 공명(功名)을 얻으려 한다니 어찌 가증스럽지 않겠소? 이제 기본 경전의 참뜻을 다시 써서 구중천(九重天) 밖에 깊숙이 보관해 속계의 인간들이 다시는 보지 못하게 해야겠다는 생각도 했다오."

그러자 팔선들은 노자에게 다시 한번 하계에 내려가서서 참된 뜻의 본보기를 내려 주어야 한다고 말했다. 이철괴는 노자의 말을 듣고 마음속으로 생각했다.

'지금 우리가 노군의 글을 받으러 왔는데 노군께서 글 때문에 진노하고 계시니 어찌 말씀을 드려야 하는가?'

팔선들은 대개 비슷한 생각으로 서로 얼굴을 바라볼 뿐 아무도 글을 부탁하고자 왔다는 말을 꺼내지 못했다. 그러자 노자가 무엇인가 알았다는 듯 웃으며 말했다.

"오늘 여러 선우(仙友)들이 이 먼 곳까지 왔을 때는 무엇인가 말하려고 온 것 같은데 그 뜻을 말해서 나쁠 게 무엇이겠소? 어디 한번 말해 보구려."

그러자 이철괴가 대표로 말했다.

"서왕모 생신이 가까워지기에 저희가 찾아가 축수해야 하는데 다른 물건으로 축수하기보다는 노 사부님의 명문을 받아 그것을 두루마리 비단에 써서 선물하고자 합니다."

서왕모(西王母)

그러자 노자가 정색을 하며 말했다.

"그것은 내가 가장 싫어하는 일인데… 여러 선우께서 이처럼 부탁하니 어찌한담? 아마 틀림없이 속세의 속물들이 나의 글을 흉내 낼 것이고, 나는 또 속인들의 핑계거리가 되지 않겠소?"

그러자 팔선들이 입을 모아 말했다.

"이곳 천상 세계와 속세가 그 얼마나 멉니까? 그리고 이 일을 속세 사람들이 어찌 알겠습니까? 그 누가 감히 노사부님의 글을 알고 흉내 내겠습니까?"

그러자 노자는 새로운 생각을 해냈다.

"본래 독서인들은 모방의 천재 아니오? 내가 아예 글을 짓지 않는다면 모를까, 결국 어떻게 하든 나중엔 알게 될 거요! 그러나 여러분의 낯을 보아 끝까지 사양할 수도 없는 일이오. 그러니 내가 생일 축하의 뜻으로 사(詞)153)를 한 수를 지어 주는 것이 어떻겠소?"

팔선들은 모두 기뻐했다. 노자는 즉시 붓을 잡아 〈천수세(千數歲)〉라는 사 한 수를 써 내려갔다.

---

153) 사(詞) : 송대(宋代)에 가장 융성했던 운문의 한 형태. 음악에 맞춰 부를 수 있는 시의 변형으로 구(句)의 길이가 노래 곡조에 따라 바뀐다.

곤륜산 따스한 날,

낭원의 풍광 아름다워라.

옥루의 한잔 술에

현녀(玄女) 얼굴도 붉어졌다.

어둠 걷히는 새벽,

정교한 비단을 짜니,

사람이 사는 곳이라,

상운(祥雲)에 오래 누릴 영화!

거기는 동왕(東王)만큼 높아,

억만 겁 지나도 변함없나니,

요지에 여선을 가르치신다.

하늘의 모든 신선이,

천지 유구함을 찬양하도다.

오늘, 바다의 학도 날아드니,

술통, 빈다고 아쉬워 마오.

崑崙日暖, 閬苑風光好.

玉樓醉, 玄女傅朱顏.

頓覺烏雲曉, 增織巧.

人在也, 榮華南極祥光繞.

位比東王老, 歷萬劫而不朽,

瑤池臺上司陰教.

鈞天諸品,　就贊乾坤自悠久.
今朝海屋添籌,　莫惜金樽倒.154)

　팔선들은 노자의 사(詞)를 읽어 보고 감탄하지 않는 이가 없었다. 과연 노자의 역량은 그 끝이 없음을 알겠노라. 이렇듯 멋진 축수(祝壽)의 가락을 읊으시다니!
　팔선들이 노자에게 인사하자 노자는 특별히 오색구름을 불러 주어, 팔선은 구름을 타고 돌아왔다.
　팔선들은 직녀(織女)의 고운 비단을 구해 왔다. 그 비단 위에 별을 따서 글씨를 쓰고 고운 아지랑이로 테를 둘렀다. 물론 서왕모가 거처하는 본채의 크기에 딱 맞게 축하의 글 두루마리를 표구(表具)했다.
　모든 준비가 끝나자 팔선들은 모두 유쾌하게 출발했다. 선도(仙桃)와 선주(仙酒)를 앞서 보내고, 팔선들은 좋은 옷과 멋진 차림으로 서왕모의 생일을 축하하러 구름을 타고 서왕모의 거처로 향했다.

---

154) 낭원, 옥루, 요대는 모두 신선의 거처이고, 현녀는 구천현녀, 동왕은 동왕공을 지칭한다.

제47회. 팔선들이 반도 성회에 참가하다
팔선반도대회(八仙蟠桃大會)

우리가 보통 왕모(王母) 또는 금모(金母)라고 부르는 서왕모(西王母)는 서화지묘(西華至妙)[155]의 기운이 크게 모여 3월 3일에 하남성 숭현의 이천(伊川)이란 곳에서 인간으로 태어났다.

서왕모의 이름은 회(回)이고 자는 완어(婉於) 또는 태허(太虛)라고 한다. 서왕모는 금속[오행 중 금(金)]의 정기를 운용하며 서방 세계를 주관한다. 서왕모는 동왕공과 같이 음양(陰陽)의 이기(理氣)를 다스리며 천지 모든 만물의 변화와 인간의 생활을 주재하는 최고의 여선이다. 여자로 등선 득도한 사람은 모두 서왕모에 소속된다.

서왕모가 거처하는 곤륜산은 중국의 서북쪽에 있는 영산(靈山)으로 그 둘레가 사방 800리나 된다. 곤륜산 좌측에 요지(瑤池)가 있고 우측으로는 취수(翠水)가 곤륜산을 감싸고 있다. 황하도 이 곤륜산에서 시작한다.

---

[155] 서화지묘(西華至妙) : 우주 서방의 정기. 이것이 모여 서왕모를 탄생하게 했다고 한다.

서왕모에게는 딸이 다섯인데, 그 이름은 화림(華林), 미란(媚闌), 청아(靑娥), 요희(瑤姬), 왕호(王扈)다.

그 옛날 주나라 목왕(穆王)은 여덟 필의 준마가 끄는 수레를 타고 서쪽 지역을 순수하다가 흰 구슬과 검은 옥을 가지고 서왕모를 알현했다. 그리고 요지에서 서왕모를 위해 잔치를 벌였다. 그때 서왕모는 주 목왕을 위해 시를 한 수 읊었다.

하늘의 흰 구름은,
구릉서 절로 핀다.
호리산 멀고 멀며,
산천에 막혀 있다.
당신은 죽지 않아,
다시 올 수 있으리.
白雲在天,　山陵自出.
蒿里156)悠遠,　山川間之.
將子無死,　尚能復來.

---

156) 호리(蒿里) : 호리산. 태산(泰山) 남쪽에 있는 산인데, 죽은 사람들의 마을이 있다고 한다. 호리산은 곧 인간의 죽음을 의미한다.

그 뒤, 한(漢) 무제(武帝) 원봉(元封) 원년에 서왕모는 무제의 황궁에 하강했다. 그때 서왕모는 무제에게 선계의 복숭아, 즉 반도(蟠桃) 네 개를 주었다. 무제는 그중 세 개를 먹고 그 씨를 남겼다가 심으려고 했다. 그러자 서왕모가 말했다.

"이 선도는 인간 세상에 자랄 수 없으며 3000년에 한 번 열매를 맺습니다. 그리고 중원 땅은 척박해 심어도 싹 트지 않을 것입니다."

그때 마침 태중대부(太中大夫) 동방삭(東方朔)[157]이 여러 신하들 사이에 서 있었는데 서왕모가 동박삭을 손으로 가리키며 말했다.

"내 뜰에 반도가 세 번 익었는데 저 아이가 나의 반도를 세 번이나 훔쳐 먹었습니다."

그날 서왕모의 탄신 축하 잔치에는 옥황(玉皇)과 모든

---

[157] 동방삭(東方朔, BC 154~BC 93) : 성이 동방(東方)으로 복성이고 이름이 삭(朔)이다. 자(字)는 만천(曼倩)이다. 한(漢)나라의 고위 관리로, 사부(辭賦) 작가였다. 《사기》〈골계열전(滑稽列傳)〉에 수록되어 있다. 《한서(漢書)》에는 단독 입전했다. 3000갑자(甲子) 곧 1만 8000년을 살았다는 전설은 그야말로 전설이다. 주역에 밝았다는 기록이 있어 그런 전설이 만들어졌을 것이다.

부처[佛]와 수많은 신과 신선들이 모두 예물을 보내거나 축하하러 왔다. 하객이 온 뜰에 가득 찼고 잔치는 무르익었다. 하객들이 갖고 온 수많은 예물은 사실상 그렇고 그런 것이어서 특별히 서왕모의 마음에 드는 것이 없었다. 그때 인사받기에 분주한 서왕모에게 선동이 들어와 아뢰었다.

"지금 중화(中華)의 팔선들께서 도착하셨습니다."

서왕모는 "어서 모셔라" 하면서 그 얼굴에 화색이 돌았다. 팔선이 들어와 인사하고 잔을 올려 생신을 축하한 뒤 선물로 준비한 비단 두루마리를 올렸다.

서왕모가 선동을 시켜 펴 보니 오색구름과 안개가 은은히 피어나며 찬란한 별빛이 온 방에 가득 찼다. 서왕모는 낭랑한 목소리로 글을 읽어 내려갔다. 글의 은은한 맛과 멋진 표현은 읽어 볼수록 의미가 새로웠다.

더군다나 이 글을 지은 분이 태상노군이라니! 더군다나 그 두루마리의 폭과 길이가 옥당에 꼭 맞았다.

서왕모는 크게 기뻐하며 서왕모의 전용 정원인 낭원(閬苑)의 문을 열고 팔선을 비롯한 여러 선인들을 불러 같이 경치도 보며 담소했다.

낭원에는 기이하고도 아름다운 꽃이 가득했다. 예쁜 새들이 손님을 따라다니며 지저귀고 온갖 짐승도 선인을

동방삭(東方朔)

두려워하지 않고 따르며 때로는 무리로 춤을 추며 반겼다.

반도가 붉게 익어 가고 있었는데 그사이에 어느 틈에 지상의 동방삭이 숨어들어 와 선녀들의 눈을 피해 군침을 흘리고 있었다. 파랑새들이 서로 지저귀며 무제의 뜰에 내려 놓고 싶은 듯 떼 지어 날아다녔다. 정원 곳곳에 멋진 향기가 가득했고 걸음마다 선계의 풍악이 은은히 울려 퍼졌다. 그곳의 새와 짐승, 꽃과 돌, 바위와 냇물 그 어느 하나라도 기이하고 신비하지 않은 것이 없었다.

그리고 각종 전각과 난간, 계단과 다리가 이어지고 구부러지면서 동서를 구분할 수 없었으며 그 높낮이를 헤아릴 수 없을 정도였다. 위로는 까마득히 그 끝이 보이지 않았고 아래로는 동서남북이 두루 이어지며 오르내리는 계단과 다리와 난간이 있고 곳곳에 아름다운 경치가 이어졌다.

거기에 가끔 하얀 비단 치마를 끌며 한가로이 노닐면서 일을 맡아 하는 미모의 선녀들이 있어 그 황홀경에 취하지 않는 이가 없었다. 과연 옛사람의 시구절 그대로였다.

하늘엔 신선의 거처,
지상엔 재상의 저택.

모든 밭에 옥을 뿌렸고,
꽃이 없는 밭이 없어라!
天上神仙府,　人間宰相家.
有田俱種玉,　無地不栽花.

　　서왕모는 특별히 팔선을 위해 요대 위에 술상을 따로 차려 환대했다. 팔선들이 요대에 들어서자 서왕모의 다섯 딸들이 나와 맞이했다. 서왕모의 화림, 미란, 청아, 요희, 왕호 다섯 딸은 한결같이 절세미인이었고 아름답고 의젓했으니, 다섯 선녀의 속세를 초연한 자태는 어찌 다 표현할 수가 없었다.

　　깊고도 맑은 가을 연못 같은 눈과 봄날 산허리와 같은 아담한 눈썹, 연하디연한 붉은색이 도는 고운 뺨에 웃음을 띠며 팔선들을 차례로 안내해 좌정하게 했다. 팔선들도 더욱 정중하게 예모(禮貌)를 지켰다.

　　서왕모는 자리가 다 정해지자 다섯 딸들에게 술을 따라 올리게 했다. 팔선과 다섯 미녀는 즐겁게 담소하며 술을 마셨다. 잔칫상에는 겉은 푸르나 속은 백설과 같은 배, 즉 교리(交梨)와 단맛이 없는 붉은색의 대추, 즉 화조(火棗)가 있었다. 이 두 과일은 신선들의 몸을 가볍게 해 준다.

　　그리고 마실 음료로 옥액(玉液)과 경장(瓊漿)이 놓여 있었으며 검은 참깨로 지은 밥도 있었고 보라색 영지(靈

芝)도 있었다. 그 외 인간 세계에서는 결코 볼 수 없는 온갖 진기한 요리와 음료 그리고 각종 산해진미가 가득했다.

술이 몇 순배 돌아가고 자리가 들뜨기 시작하자 서왕모가 시녀 동쌍성(董雙成)158) 등을 불러 말했다.

"그전 날 우리가 한 무제(武帝)를 만났을 때 너희에게 노래와 춤을 부탁했는데 그 이후 오랫동안 들어 보지 못했노라. 오늘은 귀하신 팔선께서 왕림해 주셨으니 너의 노래와 함께 생황을 연주해서 여러분을 즐겁게 해 주기 바란다."

서왕모의 분부가 있자 서왕모의 시녀 동쌍성은 운화적(雲和笛)이란 피리를 불었다. 그러자 선녀 왕자발(王子發)은 여덟 개의 옥판으로 만든 팔랑(八琅)이라는 악기를 연주했다. 또 선녀 허비경(許飛瓊)은 태허란 생황(笙篁)을 불었고 신선 안기생(安期生)159)은 묘초(妙初)의 곡을

---

158) 동쌍성(董雙成) : 본래 동쌍성의 본집은 묘정관(妙庭觀)인데 연단에 성공하고 득도하자 옥으로 만든 생황을 불며 학을 타고 승선했다. 그때 마을 사람들 모두가 큰 다리에 올라가 승선하는 모습을 지켜보았고 그 이후 사람들은 그 다리를 망선교(望仙橋)라고 했다.
159) 안기생(安期生) : 전국 시대 진(秦)나라의 방사(方士). 전설에 따르면 득도한 지 1000여 년에 동해 바닷가에서 약을 팔며 살았다고 한

노래했다.

　네 사람의 노래와 악기가 한데 어울려, 높고 낮은 가락이 끊이지 않고 이어졌다. 그야말로 천상의 음악인 균천광악(鈞天廣樂)160)으로 그 여운이 유장하게 이어졌다.

　팔선들은 음악에 즐거웠고 마음이 편안해지며 흥이 났다. 자신도 모르게 손발이 덩실대며 얼굴은 온통 웃음으로 가득 찼다. 남채화가 잔을 들고 서왕모에게 나가 생일 축하의 술잔을 올리자 서왕모가 좋아하며 말했다.

　"아우님의 답가(踏歌) 솜씨가 천상 일품이라는 말을 오래전부터 들어왔는데 오늘 이처럼 흥겨운 자리이니 나를 위해 한 가락 들려주지 않으시겠소?"

　그러자 남채화는 겸양의 뜻으로 말했다.

　"이른 봄날 소복하게 내린 봄눈처럼 훌륭한 악곡 뒤에 저의 천박한 답가를 듣기가 매우 어려우실 것 같아 걱정이옵니다."

　"모두 다 자신만의 장기가 있고, 누구나 그 즐거움이 있는 것이니 너무 겸손한 것 또한 흥을 깨는 것이 아니겠소?

다. 당시 사람들이 천세공(千歲公)이라고 불렀다고 한다.
160) 균천광악(鈞天廣樂) : 천상의 음악. 균천(鈞天)은 하늘의 중앙, 상제의 궁(宮)이 있는 곳이다.

꼭 들려주기 바라오."

이에 남채화는 박판을 들고 뜰로 내려섰다.

옷깃을 바로 여민 뒤 깊숙이 몸을 숙여 예를 표하고 천천히 일으켰다. 그리고 운양(雲陽)의 박판으로 박자를 맞추며 펄쩍펄쩍 뛰면서 노래했다.

남채화의 신나면서도 신선의 고상한 뜻이 가득 담긴 답가가 끝나자 모두가 크게 웃으며 좋아했다. 서왕모도 매우 흡족한 듯 웃으며 말했다.

"정말 뛰어난 재주입니다. 내 주변의 어느 누구도 아우님만큼 즐거울 수가 없소이다."

그러면서 서왕모는 큰 잔에 가득 술을 따라 남채화에게 권했다. 그러자 이번에는 여러 선인들이 한상자에게 도정(道情)[161]을 한 곡조 들려 달라고 부탁했다.

한상자는 자리에서 일어나 피리를 불면서 때로는 나무판 딱따기로 반주하며 도정을 노래했다. 그 장단과 가락이 모두 뛰어나 감탄사가 저절로 나왔다. 서왕모 역시 선경을 아주 잘 묘사했다고 칭찬이 많았다.

---

[161] 도정(道情) : 보통 어고(魚鼓)라고도 부르는데, 지금의 후베이(湖北), 후난(湖南), 쓰촨성(泗川省) 등지에서 유행했다. 이 도정은 도교의 교리나 가르침을 이야기나 노래로 들려주는 창가다.

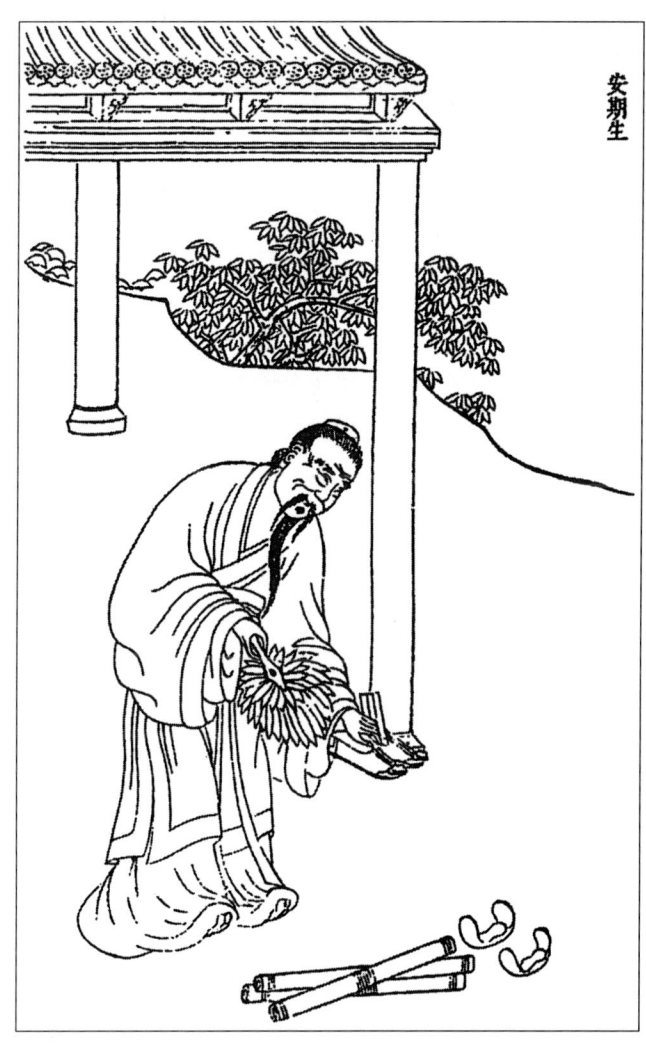

안기생(安期生)

그때 선동들이 커다란 옥쟁반에 붉고도 곱게 익은 커다란 반도를 올렸다. 서왕모는 팔선들에게 두 개씩 먹으라고 권했다. 또한 다섯 딸에게 돌아가며 술을 권하게 했다.

팔선들은 너무나 즐거웠다. 좋은 술과 음식, 경치와 미녀, 음악과 춤, 그리고 흥겨운 분위기와 주인의 환대에 어느덧 모두 크게 취했다.

시간이 어느 정도 흐르자 장과로가 여러 신선들을 재촉하며 서왕모에게 떠난다는 인사를 올리게 했다. 서왕모는 다섯 딸에게 팔선들을 구름 타는 곳까지 배웅하게 했다.

팔선들이 구름을 타고 한참을 날다가 밑을 내려다보니 멀리 동해의 크고 푸른 물이 그 끝을 알 수 없는데 하얀 파도가 일었다가 부서지며 물거품을 하늘에 날리고 파도 소리가 요란했다. 호호탕탕(浩浩蕩蕩), 일망무제(一望無際)의 바다에서 일어나는 파도가 큰 바위를 때리는 장관은 정말 대단했다. 여동빈이 여러 신선에게 말했다.

"광활한 동해에 신기루(蜃氣樓)가 가끔 나타난단 말은 옛날부터 들어 왔는데, 오늘 기분도 괜찮은데 바다 좀 구경하고 돌아가면 어떻겠습니까?"

그러자 이철괴도 좋다고 찬성했다. 그러나 장과로가

반대했다.

"오늘은 우리 모두 너무 취했소. 다른 날 한번 나와 봅시다."

그러자 종리권이 손을 저으며 말했다.

"사람 구제하기 쉽지 않고 흥 돋우기 또한 쉽지 않다는 속세의 말도 있소. 더군다나 4월 8일 용화회(龍華會)162)가 가까웠으니 동해에서 며칠 놀다가 용화회에 참여한 뒤 돌아간다면 그것이 바로 일거양득 아니겠소?"

사실 이때 팔선은 서왕모의 환대를 받아 모두 들떠 있었다. 종리권의 제의에 모두 찬성하면서 팔선은 어느새 동해 쪽으로 구름을 타고 날고 있었다.

---

162) 용화회(龍華會) : 음력 4월 8일의 관불회(灌佛會).

제48회. 팔선이 동해를 유람하다
팔선동유관해(八仙東遊觀海)

팔선들은 동해 상공에 이르러 구름을 멈추고 바다를 두루두루 내려다보았다. 큰 파도가 출렁출렁 크게 넘실대다가 굉음과 함께 연안 절벽을 치며 하얀 거품이 하늘로 솟구쳐, 사람을 놀라게 하는 대단한 장관이었다. 여동빈은 파도를 한참 구경하다가 여럿을 둘러보며 말했다.

"오늘 이처럼 구름을 타고 유람하는 것이 우리 능력의 전부는 아닙니다. 우리 각자 자기 물건을 파도에 던져 놓고 그것을 타고 바다를 가로질러 달려 보는 것 또한 재미 아니겠습니까?"

여동빈의 제의에 모두가 좋다면서 각자의 신통력을 자랑하겠다는 생각을 했다.

이철괴는 즉시 자기의 꾸불꾸불한 쇠지팡이를 바다에 던졌다. 철괴는 한쪽 다리로 지팡이 위에 서서 파도를 가르며 나아갔다.

종리권은 조그만 북을 파도 위에 띄웠다. 장과로가 그의 종이 당나귀를 바닷물에 적시자 당나귀가 살아났다. 장과로는 늘 하던 대로 나귀를 거꾸로 타고 파도를 뛰어넘으며 달렸다.

여동빈은 피리를 던져 그것을 타고 나아갔다. 조국구 또한 넓적한 옥대를 풀어 바다에 던져 그것을 타고 뒤따랐다. 한상자는 꽃바구니를 타고 파도를 갈랐으며, 하선고는 대나무 그물을, 그리고 남채화는 멈칫멈칫하다가 자기의 옥으로 만든 박판을 바다에 물에 던져 파도를 넘었다. 남채화의 옥박판은 찬란한 빛을 발했다. 그 빛은 바닷속까지 환하게 비추는 신비한 빛이었다.

한편 그 시각에 동해 용왕은 자신의 용궁에서 여러 신하와 정사를 논의하고 있었다. 그때 갑자기 수면으로부터 한 줄기 빛이 비치더니 이어 온 수정궁 안이 밝아져 마치 지상처럼 환해졌다.

용왕은 크게 놀라면서 태자를 불러 급히 순찰을 나가보라고 명령했다. 동해 용왕의 태자 마게(摩揭)는 수하 장졸을 거느리고 넓은 바다를 돌며 살펴보았다.

그때 옥박판을 타고 흥얼거리며 남채화가 수면 위를 날듯이 지나가고 있었다. 그 옥박판에서는 눈부신 빛이 쏟아지고 있었다. 그것을 본 순간 마게한테 욕심이 일어났다.

"내가 용궁에 살면서 수중 보물은 물론 지상의 온갖 진기한 보배를 다 갖고 있지만, 저 옥박판처럼 이상한 것은 처음 보았다. 내가 원하는 것이 바다에 있다면 모두가 다

내 것인 만큼 저것 또한 내 것이 아닌가? 저 사람이 얌전히 내주지 않는다고 그냥 보낼 수야 없는 일이지!"

마게는 즉시 부하에게 옥박판을 뺏으라고 명령했다. 마게의 부장이 빨리 쫓아가 박판을 낚아채자 남채화는 그대로 깊은 물속에 빠졌다. 남채화가 놀라 잠시 허둥대는 사이에 마게는 남채화를 잡아다가 용궁 안 깊숙한 방에 가두어 버렸다.

마게는 남채화의 박판을 수정궁 후궁 본채에 높이 걸었다. 수정궁은 그 안에 해와 달을 걸어 놓은 양 환하게 밝았다. 용왕 또한 그것을 몹시 좋아하며 즉시 여러 신하와 함께 큰 잔치를 벌였다.

한편 여러 신선이 바다를 다 건너 상륙했으나 남채화가 보이지 않았다. 모두가 한참을 기다려도 남채화는 나타나지 않았다. 모두 크게 의아해하며 서로 걱정했다. 그때 이철괴가 말했다.

"아마 이는 용왕이 행패를 부린 게야. 돌아가 찾아봐야겠어!"

그러자 장과로가 여럿을 책망하듯 말했다.

"내가 말하지 않았소! 공연히 술기운에 일을 만들어선 안 된다고! 내가 걱정했던 것도 바로 이런 일이었소!"

그러자 종리권이 여동빈에게 말했다

팔선과해(八仙過海)

"이번 일은 자네가 처음 발의했으니 자네가 채화를 찾아보게. 철괴 선생 말씀대로 용왕이 일을 만든 것 같아. 우리는 먼저 가서 소식을 기다리겠네."

여동빈은 즉시 몸을 돌려 바다 위 곳곳을 날며 남채화를 찾았다. 그러나 아무런 종적도 찾을 수 없었다. 은근히 화가 치밀자 여동빈은 바닷속을 향해 크게 소리쳤다.

"동해 용왕은 듣거라! 잡은 사람이 있다면 빨리 돌려보내거라. 안 그러면 즉시 불을 질러 바다를 말려 버리겠다. 빨리 내놓아라!"

그때 바닷가에 서성이던 한 수야차(水夜叉)가 여동빈의 말을 듣고 놀라 잠수해 태자 마게에게 달려갔다.

"지금 어떤 신선 한 분이 사람을 돌려보내지 않으면 바다를 다 말려 버리겠답니다."

용왕의 태자는 그 말에 크게 화를 내며 금방 바다로 튀어나오면서 소리 질렀다.

"어떤 녀석이 감히 내 바다에 들어와 방자하게 큰소리치는가?"

여동빈은 마게가 수면 위로 튀어나오자 모든 것을 알아차리고 소리쳤다.

"나는 최고 신선인 여순양(呂純陽)이다. 나의 벗인 신선 남채화가 물에 빠진 것 같은데 네 소행이라 의심치 않을 수 없다. 빨리 용왕에게 말해 돌려보내도록 해라."

그러나 마게가 고분고분할 리 없었다.

"돌려보내지 않는다면 어찌하겠는가?"

여동빈은 마게의 태도에 화가 치솟았다.

"온 바다에 불을 질러 다 말려 버리겠다."

"하하하! 바닷물이 한두 되냐? 어찌 다 태우겠느냐? 허튼소리 하지 말고 빨리 돌아가라. 안 그러면 너마저 잡아 버리겠다."

여동빈은 더 이상 참을 수 없었다. 칼을 뽑아 들고 마게를 쫓았다. 마게는 물속으로 숨었다. 화가 난 여동빈은 바닷가에서 갈대를 한 움큼 뽑아 불을 붙여 수면 위에 던졌다. 곧이어 바다에 온통 갈대밭이 생기면서 불이 붙었다. 바닷물은 점점 뜨거워지더니 마침내 끓기 시작했다. 그리고 바닷물은 점점 말라 갔다. 그러자 바닷속 온갖 생물들이 난리가 났다. 용왕도 그 소란한 소리를 들었다.

"무슨 일이냐? 밖이 왜 이리 시끄러우냐?"

그러자 좌우 신하들이 급히 아뢰었다.

"전날 태자께서 빼앗아 온 저 밝은 빛을 내는 옥박판은 선인 남채화의 것이고 그 남채화를 태자께서 방에 가두었습니다. 지금 여순양께서 남채화를 내놓으라고 했는데 태자께서 내주지 않았습니다. 이에 여순양께서 화가 나서 갈대로 온 바다에 불을 질렀습니다. 지금 불이 뜨겁고 바닷물이 줄어들기에 소란이 일어났습니다."

"그 보물만 뺏었으면 그뿐이지 어찌 물건 주인까지 잡아 가두었느냐? 어서 풀어 주어라."

용왕의 신하들은 급히 남채화를 풀어 주었다. 남채화는 여동빈을 만나 전후 사정을 자세히 말했다. 여동빈은 화가 풀리지 않았지만 일단 갈대를 거두어 불을 껐다. 그리고 남채화를 데리고 장과로 등이 가다리는 곳으로 급히 돌아갔다. 여동빈은 용왕을 어떻게 혼내 주고 박판을 되찾을 수 있을지 상의하고자 했다.

제49회. 동빈이 용왕 태자를 두 번 패배시키다
동빈이패태자(洞賓二敗太子)

여러 선우들은 여동빈과 남채화가 무사히 돌아오자 모두 기뻐했다. 그러나 남채화는 말없이 눈물만 주르르 흘리고 있었다. 모두 이상히 여겨 물었다.

"그럼 혹시 누구한테 강제로 끌려갔는가?"

남채화는 몹시 부끄러운 듯 천천히 말문을 열었다.

"우리가 바다를 건널 때, 마침 옥박판에서 나는 광채가 용왕 궁전을 비추었던 모양인데 용왕의 태자 마게가 부하를 거느리고 나와 갑자기 뒤에서 제 박판을 잡아 뺏는 바람에 저는 그대로 물에 빠졌고, 잠간 허둥댄 사이 그대로 끌려가 조그만 방에 갇혀 버렸습니다. 탈출할 방법도 없어 걱정하던 차에 여선(呂仙)께서 바다에 불을 질러 용왕을 놀라게 해서 나오긴 나왔습니다만, 제 옥박판은 아직 용궁 안에 그대로 있습니다. 가만히 생각해 보면 제가 등선한 뒤로 제 마음대로 소요하며 도심을 연마한다 했지만 도술을 깊이 익히지 못해 오늘처럼 무고하게 잡혀가 욕을 당하고 여러 선장께 걱정만 끼쳤으니 그저 송구스러울 뿐입니다. 그저 제 박판이나 찾아 주시고 용왕을 좀 훈계해 주신다면 고맙겠습니다."

말을 마친 남채화는 깊이 오열하면서 얼굴을 돌렸다. 남채화의 이야기를 들은 여러 신선들은 분노로 치를 떨었다. 먼저 철괴가 말했다.

"물속에 사는 조그만 요괴 한 마리가 어찌 이리 무례할 수 있는가? 여러 선형께서는 너무 걱정하지 마시오. 내 호리병 속에 바닷물을 다 담아 바다를 말려 태워 버리면 박판을 되찾는 데 무슨 어려움이 있겠소?"

그러자 장과로가 고개를 저으며 말했다.

"우선 동빈과 선고가 가서 박판을 되찾아 오되 만약 무례한 짓을 하면 그때 바다를 말리고 불 질러도 늦지 않을 것이오."

이에 여동빈과 하선고가 다시 동해로 나갔다. 여동빈은 바닷가에서 용왕에게 박판을 내놓으라고 소리 질렀다. 이를 들은 야차(夜叉)[163]가 다시 용궁에 뛰어 들어가 태자에게 보고했다.

---

163) 야차(夜叉, 藥叉) : 귀신을 잡아먹는 신. 여성인 경우 야차녀(夜叉女)라고 한다. 본래는 인도 전설 속 귀신이다. 보통 나찰(羅刹 : 지옥에 있는 귀신)과 야차를 함께 말한다. 원래는 가는 허리에 풍만한 가슴을 가진 미인이었지만, 세월이 지나면서 추악한 모습의 잡귀처럼 변했다고 한다.

태자는 남채화를 풀어 준 데 대해서도 불만이 많았는데 다시 여동빈이 고함친다는 말에 매우 신경질적인 반응을 보였다.

"그 사람은 조금 전에도 큰소리치며 우리 바다를 놀라게 하더니, 부왕께서 풀어 줬으면 그냥 돌아가고 말 것이지 왜 저렇게 건방지게 놀까? 한번 뺏긴 물건은 그냥 잊어버리면 될 것을 자꾸 달라고 하네! 우리 장군들의 솜씨를 잘 모르는 모양이니 그냥 잡아 버려도 되겠어!"

이에 마게는 해(蟹 : 게) 장군과 하(蝦 : 새우) 병졸들을 데리고 연안에 상륙하면서 여동빈을 생포하려고 덤볐다. 여동빈은 마게의 뜻을 알고 칼로 맞섰다. 겨우 두세 판을 겨루어 본 마게와 해 장군은 그냥 물속으로 도망쳐 들어갔다. 그러자 하선고가 재빨리 대나무 그물을 바다에 던졌다. 제아무리 용왕의 태자일지라도 하선고의 대나무 그물을 빠져나갈 수는 없었다.

결국 마게는 다시 수면 위로 떠오르면서 여동빈에게 덤벼들었다. 여동빈은 큰 소리로 꾸짖으며 기합 소리와 함께 비검을 공중으로 던졌다.

여동빈의 비검(飛劍)은 태자의 머리통을 두 쪽으로 갈랐다. 게 장군과 새우 병졸들은 도망가려다가 모조리 하선고의 그물에 걸려 거의 다 죽고 말았다.

오직 패잔병 하나가 용궁으로 돌아가 그 전말을 아뢰

었다.

 태자가 피살되었다는 소식에 용왕은 두려워 떨면서 태자보다 더 용감하다는 둘째 왕자에게 휘하 장병을 거느리고 나가 싸우라고 명령했다. 여동빈과 하선고는 용궁의 대군을 맞아 정식으로 전투를 시작했다.
 그러나 무엇보다도 그들의 숫자가 너무 많았다. 마치 물고기 떼처럼 몰려와 겹겹이 에워쌌다. 여동빈과 하선고는 어느덧 한가운데에 포위되었다. 여동빈은 순간 당황했다. 잘못하면 하선고가 다칠 것 같았다. 여동빈은 마음속으로 주문을 외우면서 비검을 하늘로 날렸다. 순간 비검은 수백수천의 비검으로 분화했다. 그 수많은 비검이 날아 떨어지면서 사방을 포위했던 용궁의 병졸들을 무수히 죽였다.
 붉은 피가 바닷물을 붉게 물들였다. 여동빈과 하선고가 겨우 포위를 뚫자 이번에는 용왕의 둘째 왕자가 말을 타고 돌격해 들어왔다. 왕자의 창이 여동빈을 찌르려는 순간 여동빈은 칼을 날려 왕자의 왼 팔뚝을 잘라 버렸다. 용왕의 왕자는 놀라 바닷속으로 도망쳤다. 그러자 남은 장수나 병졸들은 마치 그물을 빠져나온 물고기 떼마냥 사방으로 흩어졌다. 여동빈과 하선고는 일단 바닷가를 떠나 갔다.

한편, 용왕은 수정궁에서 소식을 기다리고 있었다. 그런데 갑자기 둘째 아들이 왼팔을 잘린 채로 달려 들어와 큰 소리로 울부짖더니 그대로 숨을 거두었다. 그 모습을 본 용왕은 넋을 잃고 픽 쓰러졌다. 좌우 신하들이 놀라 급히 구원하니 용왕은 한참 뒤에 눈을 뜨며 말했다.

"고약한 여동빈이 내 두 아들을 한꺼번에 다 죽이다니! 아! 이처럼 통탄스러운 일이 또 있겠는가? 그 여동빈을 죽여 원수를 갚지 않고서야 어찌 수궁 용왕이라 하겠는가?"

용왕은 각처에 전령을 보내 바닷속 10만 정병을 일으켰다. 모두 완전 무장을 갖춘 뒤 용궁에 모여드니 그 위세는 태산을 부술 정도였다. 용왕이 친히 군사를 열병하고 격려하니 그 사기는 땅을 뒤집을 만큼 드세었다. 용왕은 자신이 직접 잔악한 선인 무리를 처치하고 아들의 원수를 갚고 수궁(水宮) 세계의 체면을 세우겠다고 서약하며 출전했다.

제50회. 팔선이 동해를 불태우다
팔선화소동해(八仙火燒東海)

여동빈과 하선고는 돌아와 여러 선우들에게 용왕이 박판을 돌려주지도 않고, 두 아들을 보내 싸움을 걸기에 태자를 죽이고 둘째 아들의 왼팔을 잘라 쫓아 버렸다고 자세히 이야기했다. 남채화는 크게 기뻐했지만 장과로는 오히려 꾸짖듯이 말했다.

"그들이 힘으로 맞선다 하더라도 우선은 좋은 말로 충분히 달래고 설득해야 하거늘 그 아들을 둘이나 살상했으니 용왕이 어찌 말을 듣겠는가? 머지않아 용왕의 대군이 쳐들어오고 일은 점차 크게 벌어질 것이야!"

그러나 종리권은 그런 뜻에 동의하지 않았다.

"하여튼 일은 이미 벌어졌습니다. 우리도 적당히 준비해 막아 내며 그들에게 가르칠 것은 가르쳐야 합니다."

그러자 철괴도 걱정스러운 듯 물었다.

"그대야 본래 군사에 관해서도 조예가 깊다지만 그래도 이번에 무슨 방책으로 그들을 막아 낼 작정인가?"

그러나 종리권은 별로 걱정되지 않는다는 듯이 말했다.

"제 생각으로는 여러분들이 모두 제가 하자는 대로 잘

따라 주면 된다고 생각합니다. 그야말로 일당백(一當百)이고 일당천이면 그들이 아무리 많다 한들 무슨 걱정이겠습니까? 비록 그들이 불쌍하지만 잘못을 깨우치기 전에는 단 한 명이라도 그냥 보내지 않겠습니다."

이철괴도 종리권의 말에 동의했다.

"본디 전투란 죽고 사느냐가 달린 문제이니 어찌 지시에 따르지 않을 수 있겠는가?"

이에 종리권이 일행을 둘러보며 말했다.

"지금 우리는 어디서 병력을 빌려 올 수도 없습니다. 다만 우리 여덟이서 사방으로 나누어 공격해 적들을 혼란하게 만들면 그들 스스로 자멸하고 도주할 것입니다."

종리권이 확신에 찬 어조로 설명하자 모두가 좋은 계략이라며 찬동했다. 팔선들이 담소를 끝내고 잠시 동해를 바라보며 쉬는데 갑자기 뿌연 흙먼지가 크게 일어나면서 해를 가리고 하늘을 뒤흔드는 함성이 들렸다.

이어 용왕의 10만 대군이 기세도 당당히 행군해 오더니 곧 진영을 정비했다. 그리고 용왕이 백마를 타고 앞에 나와 여동빈을 사납게 욕하며 두 아들의 원수를 갚겠다고 큰소리쳤다.

종리권은 서둘러 여동빈과 한상자를 진영의 좌측에, 남채화와 하선고를 우측에, 이철괴와 조국구를 후면에 배치하고 장과로는 중앙에서 군기를 들고 있다가 상황에 따라 신호를 보내기로 약정했다.

그리고 종리권은 단신으로 선봉이 되어 칼을 휘두르며 적진 앞에 나아갔다. 용왕도 단신으로 전면에 나섰다. 용왕은 종리권을 보자 단 한마디 말도 없이 그대로 공격해 왔다. 두 사람은 50여 합을 싸웠다.

그러나 어느 누구도 상대방을 제압할 수 없었다. 용왕의 창과 종리권의 칼이 부딪치면서 날카로운 소리와 살기가 번득였지만 승부를 가릴 수 없었다. 이에 용왕 측에서 큰 함성이 일어나며 모든 장졸이 일제히 공격해 왔다. 종리권은 뒤로 천천히 물러섰다.

그러자 장과로가 군기를 힘껏 흔들었다. 이어서 팔선들이 분화한 수많은 군사와 말들이 공격해 들어갔다. 여동빈과 한상자, 남채화와 하선고의 병사들이 함성과 함께 내닫고 철괴와 조국구의 군마도 가세해 사방에서 쏟아지니 용왕 군사들은 크게 당황했다.

도대체 그 수를 알 수 없는 병사들이 좌충우돌 공격하자 용왕의 병졸들은 크게 위축되더니 그대로 바닷속으로 내닫기 시작했다. 그러면서 수많은 병졸들이 저희끼리 밟혀 죽었다. 용왕은 미처 패잔병을 수습할 겨를도 없었다. 종리권 등은 그들이 바닷속으로 숨어들자 추격을 멈추었다.

장과로와 여동빈은 갈대에 불을 붙여 바다 위에 던져

바닷물을 태우기 시작했다. 연기와 안개와 수증기와 먼지가 바다와 하늘을 온통 시커멓게 뒤덮었다. 종리권이 그가 들고 다니는 불진을 바닷물에 담갔다가 꺼내어 뿌리자 물은 쑥쑥 줄어들었다.

하선고는 그녀의 대나무 그물로 바닷물을 이철괴의 호리병 속에 퍼 담았다. 동해 바닷물은 쑥쑥 줄었다. 결국 동해는 넓고도 넓은 일망무제의 육지로 나타났다.

그동안 용왕은 급히 처자식을 이끌고 멀리 남해로 도망쳤다. 그 밖에 물고기와 새우, 게 등의 수많은 생물들은 모두 불타 죽었다. 다만 운수 좋게 이철괴의 호리병 속에 들어간 생명들은 그래도 목숨을 붙일 수 있었다. 팔선은 병졸들을 거두었다. 동해는 조용했다. 팔선들은 용왕의 수정궁으로 들어갔다.

제51회. 용왕이 남해로 도망가다
용왕투분남해(龍王投奔南海)

　한편 남해 용왕 오윤(敖閏)은 전각에 올라 근신들에게 물었다.
　"저쪽 동해에서는 왜 저리 연기와 먼지가 많이 피어오르는가?"
　그러자 옆에 있던 바다 순찰을 담당한 순해관(巡海官)이 아뢰었다.
　"동해 용왕과 팔선이 서로 교전 중이라 합니다. 필시 무슨 사달이 일어날 것 같습니다."
　용왕은 약간 걱정스러운 듯 다시 물었다.
　"동해 용왕한테 그런 일이 있었다면 왜 통지가 없었는가?"
　남해 용왕은 급히 군사들을 점검하며 남양 일대에 대한 순찰을 강화하라고 지시하고, 초병(哨兵)을 파견해 동해의 소식을 탐문하게 했다. 남해 용왕이 그런 지시를 내리고 잠시 쉬려고 할 때, 용궁 문밖이 시끄러워지면서 급보가 들어왔다.
　"동해 용왕이 처자를 거느리고 망명해 왔습니다."
　오윤은 크게 놀라면서 급히 전각에 나아가 동해 용왕

을 영접했다. 동해 용왕은 큰 소리로 한바탕 울고 나서 말했다.

"얼마 전에 팔선이 내 바다 위를 지나갔는데, 그때 남채화란 신선이 옥으로 만든 박판을 타고 있었소. 거기서 나오는 빛이 우리 용궁을 비추자 큰아들 마게가 나가서 뺏어 왔지요. 그러다 보니 여동빈이 군사를 거느리고 우리 바다를 공격해 왔소. 그러자 장남은 적을 맞아 싸우다가 전사했다오. 그다음에 둘째가 나가 싸우다가 오히려 팔을 잃고 들어와 그냥 죽었소. 그러니 내 심정이 오죽하겠소? 내가 나가 싸우다가 오히려 사방의 매복에 걸려 패전했소. 급히 용궁으로 돌아왔지만 팔선은 바다를 말리고 불을 지르고 나의 궁전을 뺏어 버렸다오. 이제 몸도 나라도 다 망하고 뺏겨 의지할 데 없어 가솔을 데리고 아우님을 찾아왔으니 동기간의 옛정을 생각해 이 몸을 거두어 주고 복수를 도와 오늘의 치욕을 씻어 준다면 그 은혜 죽도록 잊지 않을 것이오."

남해 용왕 오윤은 동해 용왕의 자초지종을 듣고 크게 분개하며 말했다.

"조카가 옥판을 하나 얻었다면 그것이야 재산을 좀 늘리려 했던 것뿐인데, 그렇다고 온 바다를 말리고 사람을 죽이다니, 그 극악무도한 팔선들을 어찌 그냥 두고 보겠습니까? 형님께선 조금도 걱정 마시고 우선 좀 쉬십시오. 이 아우가 다른 용왕들과 협력해 원수를 갚고 깨끗이 설욕해 드리겠습니다."

그러고선 곧 다시 물었다.

"그런데 팔선은 병력을 얼마나 거느리고 있습니까?"

"그 병력은 많지 않습니다만 아주 정병이오."

"그렇다면 지금 어디에 주둔하고 있습니까?"

"지금 나의 수정궁을 차지하고 있지요."

그 말에 오윤은 아주 흡족하게 웃으며 말했다.

"형님, 그들이 그곳에 머물고 있다면 스스로 무덤 안에 누워 있는 것이나 마찬가지입니다."

동해 용왕도 기꺼워하며 무슨 비책이 있느냐고 물었다.

그러자 남해 용왕이 웃으며 말했다.

"그들이 높은 지역에 주둔했다면 반드시 대군을 동원하고 진을 치며 전투를 크게 벌여도 승전을 장담할 수도 없으나, 그들이 용궁에 머문다면 그것은 지리를 모르는 것입니다. 우리가 사방의 바다 물길을 그쪽으로 터 가지고 물을 쏟아부으면 설령 그들이 백만 대군인들 무슨 소용이 있겠습니까? 하늘로 날아오를 방책이 없다면 고스란히 수장될 것입니다."

그 설명에 동해 용왕도 무릎을 치며 좋아했다.

"정말 묘수요. 이는 우리 용왕 형제들만의 비책(祕策)

이니 즉시 시행함이 좋을 것이오."

　남해 용왕 오윤은 급히 문서 두 통을 만들어 가지고 서해와 북해 용왕에게 보냈다. 그 속에는 약속한 날 새벽 오경에 큰 대포 소리를 신호 삼아 물길을 동해로 트면서 공격해 들어간다는 내용이 있었다. 그리고 남해 용왕은 수하 장병들을 독려하며 공격을 준비했다.

　한편 서해와 북해 용왕은 문서를 받아 보고 급히 사자를 보내 회신했다. 약속대로 준비를 한 후, 신호에 따라 진격해 들어가겠다며 용궁 형제의 우의를 강조했다. 오윤은 양쪽 용왕의 회신을 받고 기뻐하며 수관(水官) 40여 명을 동원해 각자 병력을 거느리고 대기하다가 대포 소리에 맞춰 공격하되 실수하지 않도록 조심하라는 명령을 내렸다.

　남해 용왕은 정병 10만을 동원해 적의 잔병을 엄살(掩殺)키로 했으며 동해 용왕도 각처의 군무를 독려하라고 했다. 남해 용궁의 모든 장병들은 일찍 조반을 지어 먹고 오경에 맞추어 공격해 들어갔다.

제52회. 용왕은 팔선에게 물 공격을 하다
용왕수관팔선(龍王水灌八仙)

 한편, 동해 용왕과 싸워 승리한 팔선들은 용궁을 차지했다. 용궁을 한 바퀴 둘러본 팔선들은 용궁의 호사와 부귀에 놀라지 않을 수 없었다.

 그들이 후원에 들어가 보니 거기에는 남채화의 옥박판이 광채를 발하고 있었다. 팔선들은 옥박판을 되찾아 매우 흡족해하면서 서로 말했다.

 "이 짐승은 이토록 부유하고 호사를 누리면서 어찌하여 스스로 만족할 줄을 모를까? 도대체 이 박판을 뺏어 무엇을 했을까?"

 "결국 이것 때문에 몸을 망치고 나라까지 뺏겼으니 이 모두가 스스로 만든 죄업이라는 것을 알아야 하는데!"

 이런저런 이야기를 하는 동안 날은 이미 어두워졌다. 팔선들은 그날의 전투 때문에 모두 피곤했다.

 "오늘 밤은 이곳에서 하루 유숙하고 내일 용화회에 가도록 합시다."

 팔선들은 모두 깊은 잠에 빠졌다.

 그러나 오직 장과로만은 그렇지 않았다. 본래 신선이야 배고프지도 목마르지도 않고 피로하지도 않는 육신을 가졌다. 그러나 그저 범인(凡人)이 하는 대로 먹고 자고 즐길 수 있었다. 장과로는 팔선 중에서도 제일 연장자였다. 또 매사를 요모조모 깊게 생각하는 성실한 신선이었다.

장과로는 깊이 잠들지 않았다가 사경쯤 잠이 깨었다. 그런데 아주 먼 데서 엄청나게 많은 것이 몰려오는 듯한 웅- 웅- 하는 소리와 쿵쿵대는 화포 소리도 들리는 것 같았다. 장과로는 다른 신선을 깨우며 말했다.

"밖에서 큰 소리가 계속 들려오는데 아마 적병이 다시 침범하는 것 같소. 우리 모두 무슨 대책이 있어야 하겠소."

그러자 누군가가 말했다.

"그들은 벌써 대패해 멀리 쫓겨 갔습니다. 언제 어떻게 다시 올 수 있겠습니까?"

"병법에도 허(虛)와 실(實)이 있소. 본래 전투를 잘하는 사람은 스스로 방어하지 않는 곳을 적이 찾아내지 못하게 하는 법이요. 또 방어가 없는 곳을 공격하되 상대가 예상 못하게 하라는 말도 있소. 이 모두가 병법가들이 결코 소홀히 할 수 없는 점이오."

장과로는 잠시 쉬었다가 다시 말을 이었다.

"그리고 생각해 보면 본래 저들은 물속 생물이오. 물에 익숙한 데다가 물로 우리를 공격해 온다면 우리 모두 물고기 밥이 될 거요."

장과로의 이런 설명을 듣자 맨 먼저 종리권이 벌떡 일어서며 말했다.

"그 말씀이 정말 지당합니다. 우리는 그런 생각을 못했고 대비도 없으니 큰일이오."

종리권은 서둘러 여동빈에게 밖에 나가 상황을 알아보라고 했다.

여동빈이 나가자마자 곧 엄청나게 큰 우렛소리가 연속으로 들려오면서 마치 거꾸로 서 있던 산이 무너져 내리듯, 산 위에서 큰 바위가 굴러 내리듯 사방에서 조수가 쏟아져 들어왔다. 팔선들은 급히 언덕을 찾아 피하려 했지만 길이 없었다.

사방은 칠흑같이 어두운데 불을 밝혀도 뿌연 안개 속에 밝아지지도 않았다. 더군다나 낮에 바다를 다 태웠기에 어디서 구름 한 조각을 불러올 수도 없었다. 물은 점차 차오르는데 도저히 빠져나갈 방법이 없었다.

그러나 다른 신선과는 달리 조국구는 물에 젖지 않았다. 조국구가 앞으로 가면 물이 물러나고 제자리에 서면 물도 움직이지 않았다. 모두 조국구 주변에 몰려 서 있었다. 그것은 조국구가 허리에 차고 있는 보물 요대가 물에 젖지 않는 물소의 뿔로 만들었기 때문이었다.

팔선들은 모두 기뻐하며 조국구의 요대 조각들을 나누어 손에 쥐었다.

"우리가 이것을 잡고 있는 동안 용왕이 어찌 복수하겠는가?"

팔선들은 서둘지 않고 천천히 걸어 나갔다.

물길이 열리면서 팔선들은 동해를 빠져나왔고 동해는 다시 물로 꽉 찼다. 사해용왕들은 병사들을 독촉해 물길을 트고 공격하면서 팔선들이 모두 익사했을 것이라고 생각했다.

이로써 그들은 동해 용왕을 위해 복수했다고 생각했지만 그 어디에서도 팔선의 익사체를 찾을 수 없었다.

남해 용왕 오윤(敖閏)과 서, 북해 용왕들은 각자 휘하 장병을 거두면서 일부를 귀국시켰다. 사해용왕은 한곳에 모여 서로 치하하며 노고를 위로했다.

그리고 동해 용왕은 수정궁 안에 잔치를 준비하게 했고, 연회석은 곧 마련되었다. 본래 동해는 중국에 가까웠기에 동해 용왕은 다른 용왕보다 더 호화롭고 부유했다. 동해 용왕은 남해, 북해, 서해의 용왕들에게 좋은 선물을 주었고 진심으로 사례하며 감사했다.

제53회. 팔선이 산을 들어 동해를 메우다
팔선추산축해(八仙推山築海)

동해 용궁에서 겨우 탈출한 팔선들은 연안에 올라앉아 쉬면서 생각하니 은근히 부아가 치밀어 올랐다. 아무리 신선이라지만 용왕한테 수모를 당한 것을 그냥 참아 넘길 수 없었다.

용왕과 다시 싸우자니 이제는 사해용왕을 한꺼번에 상대해야 해서 그것도 쉬운 일은 아니었다. 이리하지도 저리하지도 못하고 있을 때, 여동빈이 말했다.

"일을 벌였으면 그만둘 수 없다는 말도 있지만, 저에게 단 한 번의 작전으로 백만 대군을 물리칠 묘책이 있습니다."

여럿이 무엇이냐고 묻자 여동빈이 말했다.

"그들이 우리를 익사시키려고 했으니 우리는 그들을 압사시키면 됩니다. 지금 사해용왕이 모두 동해 용궁에서 잔치를 벌이고 있을 테니 우리가 태산을 밀어내어 동해 바다를 메워 버리면 됩니다. 그 용왕인들 우리가 그들 바다를 메우면서 공격할 줄은 정말 짐작도 못할 것입니다. 그렇게만 한다면 그들인들 어떻게 방어하며 앞으로 우리에게 어떻게 감히 대항할 수 있겠습니까? 만약 우리가 용왕을 모두 압사시키지는 못한다 하더라도 우리의 압승은 확실합니다."

이에 모두가 좋은 계략이며 묘책이라고 찬성했다. 팔선들은 모두 태산으로 날아갔다.

본래 태산(泰山)164)은 중국 오악의 으뜸으로 태산의 산신을 보통 동악대제(東嶽大帝)165)라고 부른다. 동악대

---

164) 태산(泰山) : 중국인들은 오행(五行) 사상과 깊이 연관 지어 오악(五嶽)을 꼽고 있는데, 오악이란 동악(東嶽)으로 태산(泰山), 곧 지금의 산둥성 중앙부 타이안시(泰安市)에 있는 타이산산(최고봉 1533미터), 서악(西嶽)인 화산(華山), 곧 산시성(陝西省)의 화산산(2194미터), 중악(中嶽)인 숭산(嵩山), 곧 허난성(河南省)의 쑹산산(1491미터), 북악(北嶽)으로 항산(恒山), 곧 산시성(山西省)의 헝산산(2016미터), 그리고 남악(南嶽)으로 형산(衡山) 곧 후난성(湖南省)의 헝산산(1300미터)을 말한다. 이 중에서 태산은 오악의 으뜸[五嶽之長, 五嶽獨尊]으로 옛 이름은 대산(岱山) 또는 대종(岱宗)으로 불렸고, 주봉은 옥황정(玉皇頂)이다. 진(秦)나라 시황제 이후 한(漢) 무제(武帝)를 비롯한 역대 왕조의 황제들이 태산에 친림해 하늘에 제사하는 봉선(封禪) 의식을 행했다. 한 무제는 태산의 절경에 놀라면서 "고의(高矣)! 극의(極矣)! 대의(大矣)! 특의(特矣)! 장의(壯矣)! 혁의(赫矣)! 해의(駭矣)! 혹의(惑矣)!"라고 말했다는 전설이 전한다.

165) 동악대제(東嶽大帝) : 예로부터 동악대제는 지하 죽음의 세계, 즉 명부(冥府)를 다스리고 동악인 태산(泰山)은 온갖 귀신을 다스리는 중심지가 되었기에 동악대제 휘하 신들의 권력도 아주 강했다고 한다.

제는 인간의 생사를 주관하며 5900여 신령을 거느린 온갖 신령들의 우두머리다.

지금 팔선들이 그 태산을 옮겨 동해 바다를 메우려 하는데 이는 엄청난 변괴라 아니 할 수 없다. 동악대제의 통제 아래 꼼짝 못하는 온갖 악령들이 태산을 들먹일 때 뛰쳐나온다면 누가 그 악귀들을 다스려야 하는가?

용왕에 대한 복수심으로 이런저런 생각도 못하고 덤벼대는 팔선들은 이때는 마치 악동들의 패거리 같았다. 우선 팔선들은 각자 능력이 되는 대로 토사를 날라 동해 한쪽을 메웠다.

그리고 팔선들이 팔방에 자리 잡고 모두 태산의 한 뿌리씩 잡아서 들어 올린 다음 구호 소리와 함께 힘껏 태산을 뽑아 던졌다. 하늘이 무너지는 엄청난 소리와 함께 태산은 거꾸로 동해 용궁 위에 처박혔다.

그 넓던 만경창파 동해는 사라지고 토사와 나무가 제멋대로 뒤섞인 평지가 나타났다. 팔선들은 아주 후련한 듯 손을 털며 말했다.

"저 용왕들이 우리를 익사시키려 했지. 그러나 이제 우리가 이겼노라."

팔선들은 광활한 새 땅을 바라보며 희희낙락 즐거워했다.

한참을 떠들고 난 팔선들은 떼를 지어 미륵(彌勒)이 탄생하기를 기원한다는 용화회(龍華會) 모임에 참가했다.

한편, 사해용왕이 모여 승전을 자축하는 잔치가 무르익어 갈 무렵 어디선가 흙과 돌이 무수히 쏟아진다는 보고가 들어왔다. 그러자 남해 용왕이 서둘러 일어나며 말했다.

"이는 필시 저 팔선들이 도망갔다가 다시 공격해 오는 것입니다."

사해용왕들은 급히 무장을 갖추고 나왔다. 그때 태산이 거꾸로 막 무너지려고 하는 것을 보았다. 사해용왕은 우선 군사들을 대피시키려 했으나 그럴 겨를이 없었다. 이어 엄청난 소리와 함께 토사가 쏟아져 내려오니 몸을 피할 겨를조차 없었다.

사해용왕들은 겨우 몸은 빠져나왔지만 남해 용왕 오윤이 거느리고 온 10만 대군 중 대부분은 그대로 압사하고 말았다.

부하 수십 명을 거느리고 겨우 빠져나온 동해 용왕은 자신의 수정궁과 그 많은 보화가 그대로 파묻히는 것을 바라볼 수밖에 없었다. 동해 용왕은 자기의 생활 터전을 잃었다. 단 한 뼘의 넓이에 단 한 자 깊이의 물도 찾을 수 없었다.

동해 용왕은 가슴을 치며 통곡하다가 피를 토하며 쓰

러졌다. 좌우 신하 몇이서 급히 부축했으나 인사불성이었다. 남, 서, 북해의 용왕들은 동해 용왕을 데리고 급히 남해 용궁으로 돌아와 대책을 논의했다.

제54회. 용왕들이 천제에게 상주하다
용왕표주천정(龍王表奏天廷)

　사해용왕들은 남해 용궁으로 돌아왔다. 모두 기가 죽었지만 그중에서도 동해 용왕은 근심 걱정으로 말도 못하고 눈물만 흘리고 있었다. 남해 용왕이 한참 있다가 조용히 말했다.
　"대왕은 너무 상심치 마십시오. 저한테 팔선들을 꼼짝못하게 할 비책이 하나 있습니다."
　그러자 동해 용왕이 고개를 번쩍 들며 물었다.
　"아우님한테 기이한 방책이 있었다면 왜 진작 말하지 않았소? 무슨 비책인가?"
　"제 생각으로 팔선들은 네 가지 큰 죄를 저질렀습니다."
　"그 네 가지 허물이 무엇인가?"
　"우선 남의 아들을 죽였고 다음으로는 용궁을 불태운 죄가 있으며 세 번째로는 천제에게 제사하는 태산을 함부로 옮겨 없앴고 마지막으로 동해를 메워 버리는 죄를 저질렀습니다. 이 네 가지 큰 죄는 천상 세계의 법조(法條)를 어긴 것이며 그 죄는 결코 용서받을 수 없습니다. 대왕께선 우선 조용히 휴식하면서 이치에 맞게 조목조목 그 죄를 열거해 옥황상제에게 상주하십시오. 그러면 옥황상제께서 틀림없이 대노하시면서 천장(天將)을 보내 팔선들을 징벌하실 것입니다. 그때 우리도 정예 군사를 파견해 그들을 토벌하면 그것은 옥황상제의 명을 따르는 것이 됩니다. 그러면 우리한테는 아무런 잘못도 남지 않습니다. 만약 팔선들이 싸움에 이긴다면 그것은 옥황상제의 명령을 거역한 것이 됩니다. 그리되면 옥황상제는 더욱 크게 노하면서 더 많은 천병을 파견해 팔선을 아주 없애 버릴 것입니다. 우리가 올리는 글 한 장으로 팔선을 죽음으로 몰고 갈 수 있으니 이 아니 기쁘겠습니까? 아무 걱정 마십시오."

남해 용왕의 말을 들은 동해 용왕은 뛸 듯이 기뻤다.

"아우님의 신묘한 책략은 정말 대단하오. 내가 결코 미치지 못할 최고의 경지에 도달한 것이오."

동해 남해 용왕은 최고의 문사를 불러 옥황대제께 올리는 상주문을 짓게 했다. 그 상주문은 다음과 같다.

동해 용왕 신(臣) 모(某)는 삼가 옥황상제께 상주합니다. 팔선들이 종횡으로 설치면서 네 번이나 하늘의 규정을 어기는 잘못을 저질러 불법으로 변란을 일으켰습니다. 신은 옥황상제의 명을 받아 동해를 맡아 다스리며 하늘의 규칙을 엄격히 지켜왔습니다. 때문에 동해에 큰 파도를 잠재우고 크고 작은 어룡을 다스려 백성이 무사했으며 낙양성에 온갖 물건을 부족하지 않게 공급했고 황하 물줄기를 다스려 만경 넓은 들에 관개를 잘해 온 중국이 태평했습니다.

그러나 요즈음 팔선이라는 자들이 나타나 청규를 지키지 않고 방종한 인간처럼 잔재주를 피우고 사악한 권능을 뽐내면서 황하를 뒤집고 바다를 뒤흔들어 놓았습니다.

신의 장남 마게는 직무를 수행하느라고 동해를 순수했는데 팔선들은 지도에 따르길 거부하며 칼을 날려 소신의 장남을 죽였고 이어 둘째 아들까지도 그들 손에 죽었습니다. 또 갈대로 바다에 불을 질러 무고한 생물을 죽였고 소신의 용궁마저 불태웠습니다. 그러고서도 못된 성질이 남아 태산을 들어다가 계란을 깨트리듯 바다를 메워 버려 황하의 물길을 막았고 동해를 평지로 만들어 버렸습니다.

저는 두 아들을 잃었으니 뒷날 누구에게 왕위를 계승시켜야 합니까? 용궁이 다 불타 버렸으니 이 몸은 어디에 의지해야 합니까? 태산이 이미 뽑혀 버렸으니 누구를 오악(五嶽)의 우두머리로 삼아야 합니까? 또 동해가 다 메워졌으니 온갖 강물은 어디로 흘러가겠습니까?

팔선들이 하늘의 법규를 깨트린 죄는 결코 용서받을 수 없다고 생각합니다. 바라옵건대 천제의 정법이 엄하다는 것을 보여 주시기 바랍니다. 사건이 너무 절실해 소신은 죽음을 무릅쓰고 상주하옵니다. 신은 고개를 숙이고 머리를 조아리며 통절한 마음을 금할 수 없사오니 하명을 기다리고 있겠사옵니다.

상주문이 완성되자 두 용왕은 매우 흡족한 표정으로 읽어 나갔다. 그리고 동해 용왕은 천정에 올라가 옥황상제에게 상주문을 올렸다.

옥황상제는 상주문을 읽고 나서 대노하며 즉시 천장(天將) 조 원수(趙元帥)[166]를 불러 진상을 조사하라면서 특별한 지시를 내렸다.

"만약 이것이 사실이거든 즉시 팔선을 토벌하라."

조 원수는 이름은 낭(朗), 자는 공명(公明)으로 보통 조공명 또는 조공 원수라고 불리는 하늘의 장수다. 본래 조

---

166) 조 원수(趙元帥) : 4대 천장(天將)의 하나. 조공명(趙公明) 또는 조현단(趙玄壇)이라 부르는데 쇠처럼 검은 장수다. 조 원수는 천둥과 번개를 부리고 비와 바람을 마음대로 할 수 있으며 각종 질병과 재앙을 몰아낼 수 있는 능력이 있다. 이런 능력 때문에 그는 영관(靈官) 마 원수, 관우, 온경(溫瓊)과 함께 도교의 사대천장(四大天將)이 되었다. 또 조공명은 인간에게 재물을 하사하며 또 물건을 매매하거나 재물을 얻고자 할 때, 적당한 이익을 내거나 화합하게 하는 신으로 숭배된다.

옥황대제(玉皇大帝)

공명은 진나라 말기의 혼란을 피해 종남산에서 수련한 뒤, 종남산의 선인(仙人)이 되었다. 그 뒤 후한의 장도릉이 학명산(鶴鳴山)에서 수도할 때, 검은 호랑이를 타고 장도릉 곧 장 천사의 단실(丹室)을 수호했다. 이에 장 천사가 옥황상제에게 주청해 천상 선계의 장수로 삼게 했다. 그는 검은 얼굴에 수염이 가득하고 쇠로 만든 관을 쓰고 손에는 쇠 채찍을 들고 검은 호랑이를 타고 다녔다.

옥황상제의 특명을 받은 조 원수는 검은 호랑이를 타고 즉시 동해로 출발했다. 사해용왕들은 조 원수를 맞이하고 팔선의 비행을 낱낱이 말했다. 또 태산이 뽑힌 자리는 움푹 패었고 동해에는 새로운 지평선이 열려 있는 사실도 확인시켰다.

그 현장을 직접 목격한 조 원수 역시 대노하며 팔선이 지금 어디에 있느냐고 물었다. 동해 용왕은 내심 크게 기뻐하며 말했다.

"그들은 지금 용화회가 열리는 곳에서 술자리를 즐기고 있습니다."

조 원수는 용왕과 헤어져 천병을 거느리고 용화회가 열리는 곳으로 달려갔다. 조 원수가 떠난 뒤, 사해용왕은 서로 얼굴을 마주 보며 크게 기뻐했다. 각 용왕들은 자기 병력을 재점검한 뒤, 일제히 공격에 참가할 때를 기다렸다.

조 원수(趙元帥)

제55회. 팔선과 천병이 크게 싸우다
팔선천병대전(八仙天兵大戰)

 팔선들은 용화회에 참석해 천상의 여러 신선과 함께 유쾌하게 술을 마시고 있었다. 모두 신이 나서 흥겨워할 때 밖에서 큰 고함 소리가 들려왔다. 밖에서는 천병(天兵)들이 벌써 진영을 다 갖춰 놓고 검은 얼굴의 한 대장이 말을 타고 위풍당당하게 서 있었다. 그가 곧 조 원수 공명이었다. 조 원수는 칼을 잡고 소리쳤다.
 "옥황상제의 특명으로 팔선들을 토벌하러 왔노라. 팔선은 어서 나와 밧줄을 받아라. 아니면 내 칼이 용서하지 못하리라."
 용화회에 참석한 모든 선인들은 얼굴이 하얗게 질렸다. 이철괴는 무슨 연유인지 짐작할 수 있었다.
 "이는 용왕이 우리보다 먼저 옥황상제에게 주청을 올린 것이오. 그러나 우리가 아뢰지 않았다 해서 그들의 비방을 감수할 수야 없는 일이오."
 그러자 여동빈이 나서며 말했다
 "천병은 이미 들이닥쳤으니 우선 우리도 옥황상제께 상주한 다음 옥황께서 내리는 벌을 받겠다고 말을 해 보겠습니다."

모두들 여동빈의 말에 찬동했다. 여동빈은 조 원수 앞에 가까이 나가 큰 소리로 말했다.

"천장(天將)은 우선 되돌아가시오. 우리의 자세한 사정을 옥황상제께 아뢴 다음 상제의 논죄를 기다려 벌을 받아도 받을 것이오."

그러자 조 원수는 여전히 노기를 띠며 응답했다.

"당신들 팔선의 죄악이 이처럼 중대해 단 한시라도 용납할 수 없거늘 어찌 내일까지 기다린단 말인가?"

그러자 여동빈도 물러서지 않고 다시 물었다.

"우리가 무슨 중대한 죄를 지었소? 우린 잘못이 없소이다."

"태산을 뽑았고 바다를 메웠으며 거기에 방화 살인까지 저질렀으니 이보다 더 큰 죄가 어디 있단 말이오?"

여동빈은 대략 무슨 뜻인가를 알 수 있었다. 그러나 그냥 물러설 수 없었다.

"누가 그렇다고 우리를 참소했소?"

"동해 용왕이 옥황께 상주문을 올려 당신들의 죄상을 다 밝혔소."

"어찌 한편의 주장만을 듣고 그 말을 믿을 수 있는가? 우리는 억울하게 먼저 당했소!"

"나는 옥황상제의 신성한 지시를 받아 명대로 실행할 뿐, 죄인과 논쟁할 겨를이 없소!"

말을 마친 조 원수는 그대로 칼을 휘두르며 여동빈에게 달려들었다. 여동빈은 감히 그와 맞설 수가 없었다. 급히 몸을 돌려 달아났다. 종리권은 조 원수의 뒤쪽에 동해 용왕이 포진하고 있는 것을 보고 마음속으로 크게 화가 났다. 거기다가 여동빈이 쫓겨 돌아오자 그대로 창을 들고 달려 나갔다.

조 원수는 종리권을 보자 여동빈을 놔두고 종리권에게 달려들었다. 종리권이나 조 원수는 서로 만만한 상대가 아니었다. 둘은 서로 어울려 200여 합을 싸웠으나 승부를 가릴 수 없었다.

그때 천병 뒤쪽에서 동해 용왕이 튀어나와 조 원수를 거들었다. 그러자 그동안 무장을 갖춘 여동빈이 말을 타고 달려 나와 용왕을 막았다.

용왕과 여동빈은 격렬하게 20여 합을 싸웠다. 이에 남해 용왕이 긴 칼을 휘두르며 튀어나오자 팔선 측에서는 한상자가 달려 나와 잘도 막아 냈다.

결국 사해용왕이 모두 참전하게 되었고 팔선 측에서도 남채화와 하선고까지 나왔다. 양쪽 진영에서는 북을 치고 깃발을 흔들었다.

고함 소리야 사해용왕 측에서 훨씬 컸지만 팔선을 쉽게 제압할 수는 없었다. 양측 10여 기의 말이 서로 엉켰다 풀어지길 거듭했고 먼지가 연기처럼 자욱했다. 한낮에 시작된 전투는 해가 기울 때까지 계속되었다. 용화회에 참석했던 여러 신선들은 모두들 감탄하며 숨을 죽였다.

그때 갑자기 큰 소리가 나면서 종리권이 탄 말이 주저앉았다. 종리권은 말에서 떨어져 나뒹굴었다. 조 원수는 급히 추격해 들어갔다. 조 원수가 칼로 종리권을 내려치려는 순간 어디서 나타났는지 장과로가 긴 지팡이로 조 원수의 팔을 내리쳤다.

조 원수는 칼을 떨어트렸고 팔선들은 기회를 잡아 더욱 거세게 몰아붙였다. 전세는 순식간에 급전했다. 천병과 사해용왕은 그대로 패주했다. 팔선들은 해변까지 추격했다. 용화회에 모인 모든 선인들은 팔선을 둘러싸고 술잔을 들어 축하했다. 장과로는 여러 신선들을 둘러보며 말했다.

"오늘 비록 우리가 이겼다지만 옥황상제의 뜻을 거역한 것이니 기뻐할 수도 없습니다. 내일은 틀림없이 대부대의 천병이 들이닥칠 것이니 어찌하면 좋겠습니까? 어차피 일은 벌어졌습니다. 마치 호랑이 등에 올라탄 것과 같으니 어쩌면 좋겠습니까? 선우 여러분의 고견을 듣고 싶습니다."

그때 제천대성(齊天大聖) 손오공(孫悟空)[167]이 그 자리에 있다가 크게 웃으면서 말했다.

"여러 신선들께선 안심하십시오. 제가 비록 재주는 없

으나 한쪽을 막아 주겠습니다. 만약 천병이 들이닥친다 하더라도 그들 하나라도 그냥 돌려보내지 않겠습니다."

팔선들은 이미 제천대성의 능력을 알고 있던 터라 제천대성에게 사례하며 도움을 청했다. 용화회에 모인 모든 선인들은 다시 술을 마시면서 모든 것을 다 잊은 듯 즐거워했다.

---

167) 손오공(孫悟空) : 소설 《서유기(西遊記)》에 등장하는 주요 배역(配役)의 하나. 별명은 손행자(孫行者). 스스로 미후왕(美猴王) 또는 제천대성(齊天大聖)을 자처했다.

제56회. 관음이 양측을 화해시켜 천제에게 인사시키다

관음화호조천(觀音和好朝天)

한편, 팔에 상처를 입고 전투에 패해 크게 화가 난 조 원수는 옥황상제에 경과를 보고했다.

"신 조공명이 명을 받아 범계의 산과 바다를 순시한바, 오악의 으뜸인 태산은 뿌리가 뽑혀 동해에 거꾸로 처박혀 있고 동해는 완전히 메워졌습니다. 또 그들이 살인 방화한 것 모두가 사실이었습니다. 신이 천병을 거느리고 그들을 토벌하자 팔선들은 완강하게 저항하며 많은 천병을 죽게 하고 용왕의 군사들을 패퇴시켰으며 신의 팔에 부상을 입혔습니다. 바라옵건대 더 많은 천병을 파견해 그 소굴을 제거해 천제의 위엄을 보여 주셔야 한다고 생각합니다."

이와 동시에 동해 용왕도 상주문을 올려 더 많은 천병의 파견을 애걸하니 옥황상제는 크게 분노하며 온 원수(溫元帥) 온경(溫瓊)[168]과 관 원수(關元帥) 관우(關羽)[169]에게

---

168) 온 원수(溫元帥) 온경(溫瓊) : 도교 4대 천장(天將)의 하나. 태산

(泰山)의 산신인 동악대제(東嶽大帝)의 부장으로 원래 이름은 온경이며 남색(藍色) 얼굴에 뿔 같은 이빨이 솟아난 무서운 형상을 하고 있다.

169) 관 원수(關元帥) 관우(關羽) : 역사상 실존 인물인 관우(?~220)를 말한다. 자(字)는 운장(雲長)이다. 하동(河東) 해량[解良, 지금의 산시성(山西省) 서남부 원청시(運城市)] 사람으로, 최고 직함은 촉한의 전장군(前將軍)이었고 작위는 한수정후(漢壽亭侯)였다. 관우는 가장 중요한 시기에 어이없는 실수로 결국 자기 생명도 지키지 못했으니 '보통 사람[凡人]'의 범주에서 크게 벗어날 수 없는, 그저 다른 사람보다 약간 힘과 무예가 뛰어난 정도였을 뿐, 결코 신통(神通)했다는 평가를 받기에는 많이 부족하다는 느낌을 준다. 그러나 중국인에게 관우는 도교의 신장(神將)으로 숭배받고 있다. 중국인은 관우의 전지전능을 전폭적으로 믿고 있기에 관우는 재신(財神)으로서도 영험한 능력이 있다 해서 극진히 모신다. 관우는 중국인들에게 영원한 사표이며 동시에 복을 내려 주고 정의를 실현할 수 있는 그야말로 슈퍼맨이다. 위(魏)에서 당(唐)에 이르는 시기에는 관우의 민간에 대한 영향력도 사실 별로 없었다. 그러나 북방 이민족의 침입에 시달리며 문약(文弱)했던 송(宋)나라 때부터 관우의 운이 트이기 시작했으니, 관우는 곧바로 승천해 청운(靑雲) 위에 올라앉았다고 말할 수 있다. 도교에서는 관우의 호칭을 마귀를 항복시킨다는 뜻에서 복마대제(伏魔大帝), 또 마귀를 소탕한다고 탕마대제(蕩魔大帝)로 부른다. 관우는 유교, 불교, 도교에서 다 같이 숭배하는 '초특급의 신'이 되었으니 그런 점에선 중국에서 가히 유일무이하다고 말할 수 있다. 명청 시대에 관우는 무왕(武王) 또는 무성인(武聖人)으로 존칭되면서 문왕(文王) 또는 문성인(文聖人)인 공자와 나란한 지위를 누리게 되었다. 그리하여 관제(關帝)는 인간의 수명과 벼슬을 주관하고 과거 합격을 도우며 질병을 치료하고 각종 재앙을 제거해 주며 사악한 잡귀를 물리친다. 또 반역자를 징벌하고 저승의 순찰도 담당하며 나아가 상인을 보호해 큰 재물을 얻게 해 주는 등 그야말

천병 40여 만을 인솔하고 나가 팔선을 잡아들이라고 분부했다.

이에 온·관 두 천장(天將)이 거느린 40만 대군이 산과 들을 메우고 팔선을 잡으러 나섰고, 옥황의 특명을 받은 마 원수와 조 원수도 20여 만을 거느리고 출동했다.

또 용왕도 석가여래(釋迦如來)에게 병력을 빌려 출동하니 눈이 닿는 데까지 모두가 칼과 창, 깃발뿐이었다.

한편 관 원수는 진군 도중에 온 원수에게 말했다.

"이번 출정이 팔선을 징벌하는 데 있다지만 그 시비를 물어 사실을 밝히는 뜻도 있습니다. 만약 동해 용왕이 팔선에게 잘못하지 않았다면 어찌 팔선이 무고한 태자를 죽이는 등 횡포를 부렸겠습니까? 그리고 팔선들이 천병에게 그토록 완강히 저항한다는 것은 자기들은 잘못이 없다고

로 전지전능한 법력(法力)의 소유자가 되었다. 중국인의 모든 점포나 공장, 그리고 남녀노소 가리지 않고 만능지신인 관우에 대해 최상의 경배를 올리니 아마도 그 숭배받는 정도에서는 공자가 결코 따라올 수 없을 정도였다. 또한 관우는 의기천추(義氣千秋), 충정불이(忠貞不二), 견의용위(見義勇爲)의 영웅호걸이었다. 《삼국연의》중 도원결의 이야기는 누구나 다 알고 있으며, 모든 사람의 마음속에 강호의기(江湖義氣)의 모범으로 깊이 인식되어 있다. 서울의 동대문구 신설동에 관우의 사당인 동묘(東廟)가 있다. 우리나라의 관우 숭배는 임진왜란 때 조선에 구원차 온 명나라 군사에 의해 전파되었다.

생각하기 때문일 것입니다. 또 그들을 돕는 세력도 있을 것이니 쉽게 토벌하지 못할 것 같습니다. 따라서 이번 일은 누군가가 나서서 화해를 시키는 것이 좋겠다고 생각합니다. 제 생각으로는 어제 조 원수가 너무 강하게 나왔기에 사태가 더욱 나빠진 것 같습니다. 오늘 우리는 우선 시간을 갖고 팔선을 만나 사정을 들어 본 뒤, 대군을 움직여도 늦지 않을 것입니다."

온 원수도 관 원수의 의견에 동감하며 대답했다.

"맞는 말씀입니다. 저도 꼭 그 생각입니다."

관·온 두 원수는 대군을 주둔시킨 뒤, 출진하며 사자를 보내 팔선과 대화하겠다는 뜻을 통보했다. 이철괴는 여러 선우들을 불러 놓고 말했다.

"이는 두 원수가 우선 예를 갖춰 회담한 뒤 대군을 움직이겠다는 뜻이오. 저들의 대군이 너무 막강하니 우리도 쉽게 움직일 수 없소. 나는 우선 태상노군을 찾아 구원을 요청할 터이니 여러분들은 사태의 추이를 보아 전투가 벌어지면 막아 싸우면서 우선 방어에 힘쓰도록 하시오. 하여튼 상황에 따라 능동적으로 대처하기 바라오."

모두가 철괴의 의견에 동의하자 철괴는 즉시 구름을 타고 노자를 찾아 떠났다. 이에 종리권은 업무를 분장했다.

"장과로, 조국구, 하선고 세 분은 우리 군사를 지휘해

온 원수(溫元帥 : 온경)

주시고 남채화, 한상자 두 분은 제천대성을 도와주십시오. 그리고 여동빈은 나와 함께 온·관 두 원수를 상대하도록 합시다."

업무를 나눈 뒤, 종리권과 여동빈은 말을 타고 나섰다. 종리권과 여동빈이 몸을 굽혀 온 원수와 관 원수에게 예를 표하자 온·관 두 원수도 답례했다.

서로 정중한 안부를 묻고 나자, 관 원수가 조용히 말했다.

"어제는 어째서 그렇게도 천병에게 대항했습니까?"

이에 종리권도 정중히 대답했다.

"감히 천병에 대항한 것이 아닙니다. 조 원수가 너무 서두르며 사리를 따져 보지도 않고 핍박하기에 옥황상제의 명을 받들지 못했습니다."

"그렇다면 무슨 연유로 태산을 뽑아 동해를 메웠습니까?"

"우리가 동해를 건너 용화회에 참석하러 오는 도중에 용왕 아들이 남채화의 옥판을 강탈한 뒤 깊은 방에 가두었습니다. 우리가 용왕에게 선우를 풀어 주고 옥판을 달라고 했더니 남채화를 풀어 주었지만 옥판을 내주지 않고 오히려 우리를 공격했습니다. 결국 용왕 태자가 싸움에서 죽자 사해용왕들이 모두 우리를 공격해 왔습니다. 그들의 횡포와 교만 방자한 행동에 우리는 아무 하소연도 못한

관성제군(關聖帝君 : 관우)

채, 사안이 커져서 이 지경에 이른 것입니다."

그러나 종리권의 설명이 채 끝나기도 전에 함성이 하늘을 진동하면서 마 원수와 조 원수의 20만 대군이 움직이기 시작했다.

그러나 온 원수와 관 원수 그리고 종리권과 여동빈은 진을 친 채, 서로 상대방을 주시하며 움직이지 않았다. 마 원수와 조 원수의 20만 대군은 팔선들의 뒤쪽 측면을 사납게 공격했다.

팔선의 병사들이 놀라 주춤거리자, 대장 한 사람이 질풍노도처럼 내달았다. 그는 바로 제천대성 손오공이었다.

제천대성이 철봉을 휘두르며 내달으니 그 용맹과 날렵함 그리고 영웅호걸의 풍모에 천병들이 모두 겁에 질린 것 같았다. 제천대성은 이런저런 말도 없이 마 원수와 조 원수 두 장군을 향해 치달았다. 마·조 원수가 나와 제천대성을 상대했다. 2 대 1의 싸움이 잠시 계속되었으나 제천대성이 철봉을 한 번 크게 휘두르니 20만 천병의 절반이 그대로 나가떨어졌다.

마·조 원수는 얼굴이 하얗게 질리며 후퇴하려고 기회를 엿보고 있었다. 마 원수와 조 원수가 말 머리를 돌리려는 순간 제천대성이 큰 철봉을 휘둘렀다. 마·조 원수는 급히 칼과 창으로 맞섰으나 그들의 칼과 창은 그대로 부러져 나갔다. 마·조 원수가 제천대성의 일격을 받을 찰나,

하늘에서 큰 소리가 들렸다.

"모두 싸움을 멈추고 나의 말을 듣도록 하시오."

제천대성과 마·조 원수가 놀라 바라보니 어느새 노자와 석가여래가 가까이 서 있었다. 노자와 여래는 세 장수를 갈라놓으면서 팔선들과 용왕 모두를 불렀다. 노자와 여래는 양측의 사연을 말하게 했다.

그때 갑자기 구름을 타고 내려오는 이가 있어 모두가 주시하니 바로 관음보살(觀音菩薩)[170]이었다. 노자와 여래는 손짓으로 관음보살을 불렀다. 노자가 관음보살을 반기면서 말했다.

"정말 때맞춰 잘 오셨소. 그렇지 않아도 사람을 보내 모시려 했소. 지금 보살이 화해시켜야 할 큰일이 기다리고 있습니다."

"무슨 일이라도 있습니까? 이 많은 천병들이 어째 이곳에 모여 있습니까?"

"팔선과 용왕이 서로 싸웠소. 보살께서 이 모두를 위해 화해시켜 주셔야 하겠소."

---

170) 관음보살(觀音菩薩) : 불교의 4대 보살 중 조화가 제일인 관음보살을 도교에서는 관음대사(觀音大士)라 해서 도교의 신으로도 숭배한다.

"이번 일은 제가 나선다고 해결되지 않습니다. 못하겠습니다."

그러자 여래와 노자가 깜짝 놀라 물었다.

"아니 왜 못한다 하시오?"

"저쪽에 심술만 가득한 여동빈이 있는데 일이 되겠습니까? 그전에 내가 낙양에 다리를 놓을 때 여러 가지로 방해했던 사람이 바로 저 사람입니다."

노자와 여래는 크게 웃으며 말했다.

"지금 이 자리에 우리 두 사람이 있으니 훼방 놓지 못할 거요."

여래와 석가는 나란히 자리를 잡고 앉았다. 관음보살은 용왕과 팔선들을 불러 차례차례 설명을 들었다.

그동안 여래는 역시 여래였다. 한 사람이 한마디 할 때마다 "아미타불"을 계속 불러 댔다. 노자 또한 노자다웠다. 노자는 처음부터 끝까지 "그만둬, 그만둬, 뭘 그런 걸 가지고!"라고 중얼댔다. 여래나 노자 모두 시비를 가리는 데 아무런 도움이 되질 못했다.

팔선과 용왕들은 서로 자기가 옳다고 시비와 논쟁을 계속했다. 관음보살은 약간 짜증이 났다. 관음보살은 노자와 여래에게 다가가 뜻을 물었다. 그러나 여래는 아무 주장도 없었다.

"이번 일은 어떻게 해야 하는가?"

오히려 관음보살의 눈치를 보았다. 노자 또한 마찬가지였다.

"보살님 뜻대로 판단해 주시게!"

그러자 관음보살이 말했다

"이번 사건의 수습이야 무엇이 어렵겠습니까? 다만 옥황상제께서 진노하셨으니 그 뜻이 걱정입니다. 우선 상제님의 뜻을 여쭤본 다음에 결판내겠습니다."

그러자 노자와 여래는 크게 찬성했다.

노자와 여래 그리고 관음보살은 승천해 옥황상제를 배알했다.

"팔선들과 용왕의 일을 말씀드리고자 합니다."

그러자 옥황상제는 두 사람을 반기며 말했다.

"팔선들은 그동안 제멋대로 놀았소. 태산을 옮겨 바다를 메우고, 살인과 방화에다가 나의 장군들에게 폭력을 휘둘러 부상을 입혔으니 그 죗값을 치러야 할 것이오."

그러자 여래와 노자, 관음보살 등이 차례로 그간의 일을 말했다.

"팔선들이 일을 저지른 것은 사실입니다. 그러나 사단(事端)은 용왕한테 있었습니다. 용왕의 큰아들이 남채화의 옥판을 빼앗은 뒤 가두었기에 분쟁이 일어났습니다. 거기에 용왕의 상주 때문에 천병의 문책이 있었고 팔선들은 변명할 기회조차 없었습니다. 때문에 상제의 뜻을 거스르면서 저항했다고 합니다."

그러자 옥황상제는 고개를 끄덕이며 말했다.

"그렇다면 세 분의 뜻대로 처리하시오."

셋은 다시 하계로 내려왔다. 양쪽 진영 앞에 나가 관음보살이 팔선과 용왕을 불러 말했다.

"세상에 싸움이 있었다면 반드시 화해가 있어야 하는 법이오. 이후 양측에서 싸움을 계속하면 모두 크게 다칠 것이니, 그렇기에 더더욱 화해해야 합니다. 내 양쪽에게 모두 원만하게 화해를 주선할 것이니 내 말에 따르도록 하시오!"

그러자 팔선과 용왕이 모두 조아리며 말했다.

"보살님께서 공평하게 처리해 주신다면 어찌 따르지 않겠습니까?"

관음보살이 물었다.

"지금 문제의 그 옥판은 어디에 있소?"

그러자 용왕이 말했다.

"저번에 동해가 불탈 때 팔선들이 가져갔습니다."

관음보살은 팔선에게 옥판을 내놓으라고 했다. 관음보살은 여덟 개의 작은 옥판 중에서 흠집이 없는 깨끗한 옥판 두 개를 용왕에게 주었다. 작은 옥판 두 개는 죽은 용왕의 두 아들 몫이었다. 관음보살은 용왕을 위로하며 말했다.

"목숨만큼 소중한 것은 없소. 그러나 한번 죽은 것을 다시 살릴 수는 없는 일이니 참고 견뎌야 하오. 이 옥판을 걸어 두고 두 아들 보듯 하시오. 서운하겠지만 사단은 옥판을 강제로 뺏은 데서 시작되었으니 어찌하겠소?"

그러자 용왕은 훌쩍거리며 옥판을 받고 나서 말했다.

"보살님의 자상한 말씀은 정말 고맙습니다. 이번 일은 보살님의 말씀대로 따르겠습니다. 하나 동해 바다가 모두 메워졌고 용궁도 없어졌으니 저는 어디에서 무엇을 하며 살아야 합니까? 또 이 옥판을 받아 간들 어디에 걸어 두고 보겠습니까?"

관음보살은 아무 말 없이 석가여래와 노자에게 다가가 뜻을 물었다.

"보살의 판단은 극히 온당하오. 모든 일을 보살 뜻대로 하시오. 우리 두 사람이야 보살 뜻에 따르겠소."

두 분의 말을 들은 관음보살은 웃으면서 용왕에게 다가갔다.

"그런 정도야 내가 다 주선하겠소. 이후 팔선과 용왕은 더욱 사이좋게 지내도록 하시오."

관음보살은 한 손을 바닷속에 집어넣더니 손가락을 모두 폈다가 물을 쳐올렸다. 그러자 거꾸로 처박혔던 태산이 그대로 들려 나왔다. 관음보살은 태산을 본래의 자리에 갖다 놓았다. 그러자 동해 바다 속 모든 것 또한 옛날 그대로였다. 여래와 노자를 비롯한 모든 신선과 팔선, 용왕, 4원수와 천병 모두가 치하했다.

"만약 보살께서 오늘 여기에 오시지 않았다면 우리 두 사람으론 아무것도 해결하지 못했을 것이오."

노자와 여래와 보살은 팔선과 용왕을 데리고 옥황상제의 거처를 찾아갔다. 팔선들과 용왕은 옥황에게 사죄했다.

"그래 사건은 어떻게 결말지었소?"

이에 노자가 대답했다.

"관음보살이 옥판 두 개를 두 아들 목숨의 대가로 용왕에게 주었고 바다와 용궁과 태산을 예전처럼 복구해 주었습니다. 모두가 보살의 공평한 판결에 승복했습니다."

그 말에 옥황상제는 관 원수에게 다시 순시하고 결과를 보고하라고 분부했다. 얼마 후, 관 원수가 돌아와 보고했다.

"태산은 더욱 웅대하게 더 높아졌으며 동해는 더욱 깊고 푸릅니다."

보고를 받은 옥황상제는 큰 소리로 웃으며 말했다.

"천상천하에 관음의 신통력이 제일이라 하더니 과연 그러하군."

그리고 팔선과 용왕을 다시 불러 분부했다.

"그동안 너희들은 공연한 분란을 일으켜 범계를 뒤죽박죽으로 만들었고 그 소란 때문에 천계까지 시끄러웠다. 마땅히 중벌에 처해야 하지만 노자와 여래와 수고한 보살의 체면을 보아 관대한 처분을 내리겠노라. 용왕에게는 1년을 감봉하고 팔선들은 1등급을 강등하노라. 단 차후 1년간 반성하면 다시 원상회복시켜 주겠노라. 이후 두 번 다시 소란을 일으키지 말지어다."

팔선들과 용왕은 또 한 번 더 사죄한 후 물러 나왔다. 이어 옥황상제는 4원수에게 천병을 해산하라 분부했다. 노자와 여래와 보살도 옥황상제에게 인사하고 물러 나와 팔선들과 용왕의 인사를 받았다.

이어 모두가 각자의 거처로 돌아가니 천상천하는 다시 전처럼 태평했다. 이에 시 한 수만 남았다.

팔선들의 자취는 봉래섬에 남았는데,
마침 반도회를 파하고 동해를 건넜다.
관음이 산과 바다를 재조하지 않았으면,
용왕이 어찌 깊은 바다에 살 수 있으랴!

八仙蹤跡居島蓬,　會罷蟠桃過海東.
大士不爲扶山海,　龍王安得就深宮.

이후에도 팔선들은 인간 세계에 자주 그 모습을 나타냈다. 다만 속세 인간들이 그들을 알아보지 못했을 뿐이다. 그리고 팔선들은 지금까지도 인연이 닿는 사람을 인도하기 위해 기다리고 있으며 또 찾고 있다고 한다.

추기(追記)171)

 본조(本朝 : 명나라)의 어느 날, 한 시장에 나무로 만든 서로 이어진 고리를 파는 도사 한 사람이 있었다. 그런데 그 나무 고리에는 어디에도 칼이나 도끼로 다듬은 흔적이 없었기에, 사람들은 모두 신기하다 생각했다.
 그때 한 서생(書生)이 무언가 알았다는 듯이 중얼거렸다.
 '신선은 여러 가지 재주를 갖고 있는데 지금 두 개의 나무 고리가 연결된 모양이 꼭 여(呂)와 비슷하다. 아마도 신선 여동빈일 것이다.'
 그러고서는 도사에게 절을 올리며 이끌어 달라는 부탁을 했다. 그러자 도사는 "어찌 이런 생각을 했는가?"라고 물었다.
 그 서생이 "둥그런 테에서 도사님이 여조(呂祖)인 것을 알게 되었습니다"라고 말했다.
 그러자 도사는 "저 뒤에 있는 분이 나에게 이걸 팔라고

---

171) 추기(追記) : 저자 오원태(吳元泰)가 본 소설 이외의 견문을 추가 기록한 것이다.

시켰다"라고 말했다.

　서생이 고개를 돌려 뒤를 바라보았으나 그 순간 도사는 어디론가 사라져 버렸다고 한다.

　장안(長安)172)의 한 집에서 큰 항아리에 장을 담갔는데, 독사 한 마리가 그 항아리에 빠져 죽었으나 주인은 모르고 있었다.

　어떤 노인이 나귀를 타고 지나가다가 곧장 그 집으로 들어가 장독을 깨트리고 그냥 길을 갔다. 주인이 보고서는 깜짝 놀라면서 인사를 하려고 따라갔으나 아무리 빨리 달려도 따라잡을 수 없었다. 사람들은 장과로가 현신한 것이라고 말했다.

　남쪽 지방 어디에선가 허벅지에 고름이 흐르는 거지가 교량에 앉아 지나가는 사람들을 보면서 "배를 좀 주물러 주시오"라고 말했다. 사흘 동안 그렇게 말해도 아무도 배를 주물러 주는 사람이 없었다.

---

172) 장안(長安) : 여기서는 한(漢)과 당(唐)의 수도였던 장안[지금의 산시성(陝西省) 시안시(西安市)]이 아니라 황제가 있는 도시, 곧 수도라는 뜻이다. 명(明)의 수도는 북경(北京)이었다.

그러자 갑자기 그가 큰 소리로 웃으면서 일어나 구름을 불러 타고 사라졌다. 사람들은 그가 이철괴일 것이라고 말했다.

그가 '배를 만져 달라[摩肚]'고 한 것은 상대를 이끌어 제도(濟度)하겠다는 뜻이었는데 알아차린 사람이 없었다고 한다.

광중(廣中)이란 곳에 새 절을 지었다. 주지는 큰 석비(石碑)를 하나 세우려고 큰 돌을 구해 놓았다. 주지는 종요(鍾繇)나 왕희지(王羲之)173) 같은 명가의 글씨를 받고 싶었다.

어느 날 주지승이 외출하고 동자승만이 절에 남아 있는데, 한 도사가 와서 붓으로 비문을 쓰겠다고 했다. 동자가 먹물을 치우며 거절하자 도사는 냇물을 찍어 시 한 수를 쓰고 떠나갔는데 그 글씨가 마치 흐르는 물과도 같았고 지금도 남아 있다고 한다. 그 시에 "악양을 떠나 여기에 왔노라(自別岳陽曾到此)"라는 구절이 있어 사람들은 그 도

---

173) 종요(鍾繇)나 왕희지(王羲之) : 종요는 후한(後漢) 말에서 위(魏)나라 때의 명필이다. 왕희지는 동진(東晉)의 명필이다. 이 둘을 병칭한 '종왕(鍾王)'은 명필의 대명사가 되었다.

사가 여동빈이라고 말했다.

 산동(山東)의 노왕(魯王)174)은 도(道)에 관심이 많았다. 그 전각 앞에 큰 홰나무[槐]가 있었는데 이미 고사(枯死)한 지 몇 년이 되었다. 그래도 노왕은 그 나무가 아까워 베지 않았다.
 어느 날 도사들을 불러 재(齋)를 올렸는데, 한 도사가 늦게 와서 그 나무 아래에 앉아 있었다. 내신(內臣) 중 한 사람이 그 도사에게 음식을 대접했다.
 그 도사는 내온 음식을 손으로 주물러 검은 환약처럼 만들어 내신에게 먹으라고 입에 넣어 주었다. 내신이 더럽다 생각해 먹지 않았다. 그러자 그 도사는 고사한 홰나무에 구멍을 뚫고 그 환약을 넣은 다음에 땅에 여(呂) 자를 써 놓고 가 버렸다.
 그다음 날 그 홰나무는 다시 살아났고 가지와 잎들이 옛날과 같이 무성해졌다.
 사흘 뒤 노왕은 다시 초제(醮祭)175)를 지냈다. 그런데

---

174) 노왕(魯王) : 명나라 황제의 책봉을 받은 황족일 것이다.
175) 초제(醮祭) : 승려나 도사를 불러 단을 쌓고 기도를 하는 제의(祭儀).

임신을 한 비구니 한 사람이 음식을 구걸했다. 노왕은 웃으면서 음식을 대접하게 했다.

그날 밤, 비구니는 산통이 왔다. 노왕은 정갈한 방 하나를 치워 주게 했고 비구니는 아들을 하나 낳았다. 노왕이 수하 사람들에게 거두어 양육하라고 했으나 그 밤에 비구니와 아들은 어디론가 사라졌고 방의 벽에 여(呂) 자만 쓰여 있었다.

이상은 최근에 들은 이야기들인데 이를 수록하면서 그만 마치려 한다. 그 외의 다른 이야기도 대개 이와 비슷하다.176)

---

176) 이는 원 저자의 말이다.

해 설

소설(小說) – 하찮은 이야기

중국에는 각 시대를 대표하는 문학 형태로 '한문(漢文), 당시(唐詩), 송사(宋詞), 원곡(元曲), 명청 소설(明淸小說)'이란 말이 있다.

곧 전, 후한 시대에는 고문(古文)이, 당에서는 시(詩), 송나라에서는 사[詞, 넓은 의미로 본다면 시(詩)로 분류할 수 있다] 그리고 원대에는 〈서상기(西廂記)〉와 같은 희곡이 발달했으며, 명과 청대에는 4대 기서나 《홍루몽(紅樓夢)》 같은 소설이 크게 성행했다.

그러나 어느 시대에서든 문학의 중심은 시(詩)와 문(文)이었다. 특히 시는 재능을 가진 문인이 각고의 노력으로 창작할 수 있다고 믿었으며, 문인이라면 당연히 시문에 박통해야 한다고 누구나 인정하고 있었다.

중국에서 소설이란 '작가에 의해 창작되는 문학 작품'이란 현대적 의미는 없고 '하찮은 말' 혹은 '풍문(風聞)'이란 의미를 가지고 있었다. 중국 문헌에 '소설'이란 말이 최초로 등장하는 책은 《장자(莊子)》다.

《장자》〈외물(外物)〉 편에는 "임(任)나라 공자(公子)는 거세한 황소 50마리의 불알을 굵은 낚싯줄에 미끼로 꿰어 가지고 회계산(會稽山)의 높은 꼭대기에 걸터앉아 … 동해에서 엄청나게 큰 고기를 잡았는데, 그 고기를 포(脯)로 떠서 많은 사람이 실컷 먹었다"[177]는 이야기가 있다.

이어 "작은 낚싯대에 가는 낚싯줄로 작은 도랑에서 큰 물고기를 잡기는 어려울 것이다(其於得大魚難矣)"라면서, "작은 이야기를 꾸며 내어 높은 명성을 얻으려는 사람은 아마 크게 영달하기는 어려울 것이다(飾小說以干縣令 其於大達亦遠矣)"라고 했다.

여기에서 장자가 말한 소설은 "큰 경륜(經綸)에 미치지 못하며, 대도(大道)를 논할 만한 심오한 학문이 없는 주장이나 이야기"라는 뜻이다.

소설에 대한 인식

중국에서 문학의 정통은 시이며 시인은 어느 시대이건 존경의 대상이었다. 시인 다음으로는 문장가가 존숭되었

---

[177] 任公子爲大鉤巨緇, 五十犗以爲餌, 蹲乎會稽, 投竿東海, 旦旦而釣, 期年不得魚. 已而大魚食之, 牽巨鉤, 錎沒而下騖, 揚而奮鬐, … 蒼梧已北, 莫不厭若魚者. …. 夫揭竿累, 趣灌瀆, 守鯢鮒, 其於得大魚難矣. 飾小說以干縣令, 其於大達亦遠矣(《莊子》〈外物〉 第二十六).

다. 일반적으로 이야기 글, 곧 소설을 쓴다는 것은 정통 문인이나 학자가 할 일이 아니었다. 다르게 말하면, 소설은 고상한 문학이 아니었으며 결코 '고상한 자리인 대아지당(大雅之堂)에 오를 수 없는' 글이었다.

누구든 독서를 하는 사람이라면 경전이나 시문과 사서(史書)를 단정히 앉아서 바른 마음가짐으로 읽지만, 소설은 누워서 읽는 심심풀이 책이었으며, 가끔은 화장실에서도 읽었을 것이다.

이러한 종래의 통념으로 희곡이나 소설은 비속한 문학으로 여겼기에 문인들이 희곡이나 소설을 심심풀이로 읽기는 했어도, 비평의 대상으로 삼지도 않았고, 또 직접 창작하는 것을 수치로 여겼다.

명청 시대의 소설

도시 상공업자의 경제적 역량 증대와 함께 희곡이나 소설에 대한 애호도가 크게 늘었기에 문인들이 희곡과 소설을 끝까지 관심 밖에 둘 수는 없었다.

물론 소설과 희곡은 송, 원대를 거치면서 꾸준히 형식과 내용 면에서 발전을 거듭했기에 명대에 와서는 문인들도 관심을 갖고 창작하기에 이르렀다.

소설에 대한 이러한 인식은 명대 말기부터 변하기 시작해 문인들이 소설의 주요 작가이면서 소비자가 되었으며 독자들도 계층적으로 다양해졌다. 특히 인쇄와 출판업의 발달은 소설을 통속 문학의 최고봉에 오르게 했다.

청대에는 비평가들에 의해 그 가치를 인정받기 시작했으나, 여전히 하대받는 문학 영역이었다. 가령 《요재지이(聊齋志異)》의 작가 포송령(蒲松齡, 1640~1715)은 과거에 급제하지 못해 불우한 생을 마친 인재였고, 《유림외사(儒林外史)》의 작가 오경재(吳敬梓, 1701~1754)는 몰락한 가문의 후예였다. 그러니 그들의 문장이나 소설이 인정받지 못한 것은 당연했다.

소설의 가치 인정

명대(1368~1644)와 청대(1616~1912)에는 전체적으로 인구가 급증하고 도시 경제의 비약적 발전으로 전대에 비해 크게 번영을 누렸는데, 이 시대에 오락물로 통속적 읽을거리의 수요가 급증했다.

명청 시대 인쇄술의 발전 또한 소설의 유행에 크게 기여했다. 그러는 동안 사인(士人) 계층의 소설에 대한 관념도 변했는데, 유가 사상에 비해 경시되면서도 나름대로 '소도(小道)'로 인정을 받았다.

명대 공안파(公安派)의 문인인 원굉도[袁宏道, 1568~1610. 호는 석공(石公)], 풍몽룡[馮夢龍, 1574~1646, 백화(白話) 단편 소설 《삼언이박(三言二拍)》의 작자], 능몽

초(凌濛初, 1580~1644) 등은 장회 소설(章回小說)의 가치를 적극 인정한 학자였다.

그러나 장회 소설은 그 오락적 기능 때문에 경시되며 가치를 인정받지 못해 청대의 《사고전서(四庫全書)》에 수록되지 못했다.

통속 문학의 융성

시와 문장은 명나라에서도 여전히 문학의 중심이었다.

시문(詩文)은 재능을 가진 엘리트 문인이 각고의 노력으로 창작하고 또 그렇게 감상해야 하는 고급 문학이며, 문인이라면 당연히 시문에 박통해야 한다고 인정하고 있었다.

그러나 명대에는 문학의 정통으로 여겨졌던 시, 사(詞), 고문(古文) 등이 부진했으니, 당의 왕유(王維), 이백(李白), 두보(杜甫) 같은 시인이나 한유(韓愈)와 같은 문장가 또는 송대의 구양수(歐陽脩)나 소식(蘇軾) 같은 대시인이나 문장가가 나오지 않았다.

어찌 본다면 명대에는 이름만 들어도 떠오르는 시인이나 문장가(文章家)가 없었기에 전대에 비해 쇠퇴했다고 생각할 수도 있다.

그 대신 명대에는 희곡과 소설 같은 통속 문학이 매우 높은 수준으로 발달했다.

명대의 문인들은 문학의 전 영역에 걸쳐 관심을 갖고 활동했다. 문인이 희곡 작가로 명성을 남기기도 했으며 통속 소설에 대한 긍정적 안목과 인식을 갖고 있었다.

특히 소설은 장편의 장회 소설이 창작되고 성행했다. 장편 장회 소설을 대표하는 것이 이른바 4대 기서(四大奇書)다.

풍몽룡[178]은 소설이 교화하는 공용성(功用性) 또는 효용성(效用性)이 여러 경전보다 더 낫다고 생각하면서 《삼국연의(三國演義)》, 《수호전(水滸傳)》, 《서유기(西遊記)》와 《금병매(金瓶梅)》를 '4대 기서(四大奇書)'[179]로 꼽았다.

---

178) 풍몽룡(馮夢龍, 1574~1646) : 《유세명언(喩世明言 : 세인을 가르치는 명철하게 하는 이야기)》, 《경세통언(警世通言 : 세인을 깨우쳐 통달하게 하는 이야기)》, 《성세항언(醒世恒言 : 세인들을 각성하게 하는 오래 남을 이야기)》의 《삼언 소설(三言小說)》이라는 단편 소설집과 장편 소설인 《삼수평요전(三遂平妖傳)》의 작자다.

179) 4대 기서(四大奇書) : 명말 청초의 작가 이어(李漁, 1611~1680)도 풍몽룡의 지정에 동의했다. 이와 달리 명나라 왕세정(王世貞, 1526~1590)은 사마천의 《사기》와 《장자》[일명 《남화경(南華經)》], 그리고 시내암의 《수호전》과 원나라 왕실보(王實甫)의 잡극인 〈서상기〉를 '우내(宇內)의 4대 기서'라고 지칭했다. 뒷날 조설근(曹雪芹, 1715?~1763?)의 《홍루몽(紅樓夢)》이 크게 읽히고 성행하자 《금병매》 대신 홍루몽을 넣어 '4대 명저(四大名著)'라 부르기도 한다.

그중 명대 오승은(吳承恩, 1506~1582)의 《서유기(西遊記)》는 신마 소설(神魔小說)의 걸작으로 알려졌다.

소설 《서유기》

《서유기》속의 손오공(孫悟空)과 저팔계(豬八戒)를 역사적 인물로 생각하는 사람은 없다. 그러나 소설 속의 삼장 법사(三藏法師) 현장(玄奘, 602~664)은 당(唐)의 실존 인물로, 629~645년에 걸쳐 천축국(天竺國 : 인도)을 여행하고 구해 온 불경을 한문으로 번역했다.

《서유기》는 이러한 현장을 모델로 하고 있다. 현장의 천축국 여행은 그의 구술을 바탕으로 이루어진 《대당서역기(大唐西域記)》에 상세히 기록되어 있다.

실존 인물 현장은 17년간 온갖 역경을 이겨 낸 굳은 의지의 고승으로 소설 속의 삼장 법사처럼 무능하고 칠칠치 못한 인물은 아니었다.

《서유기》의 주제와 짜임새에도 제한이 있다. 삼장 법사라는 인물과 구법(求法)을 위한 여행 그리고 당나라에 귀환한다는 내용은 중요한 기본이라 할 수 있다.

그러나 《서유기》에는 다른 4대 기서에서 결코 추종할 수 없는 영역이 있다. 곧 인간이 해낼 수 있는 온갖 여러 공상을 사실처럼 삽입했다는 점이다.

가령 손오공의 탄생이나 여의봉, 손오공의 변신, 저팔

계와 사오정, 각종 마귀와 여래(如來)의 등장과 도움 등등, 《서유기》의 입체적 공간과 시공(時空)을 넘나드는 무대는 《삼국연의》의 제갈량이나 《수호전》의 송강(宋江)의 신통력과는 비교할 수가 없다.

진정한 자유에 대한 동경

《서유기》에 주어진 역사적 사실이나 현실적 제약이 《삼국연의》나 《수호전》에 비해 극소량이라는 것은 작가에게 주어진 창작의 공간이 그만큼 넓었다는 것을 의미한다.

곧 《서유기》는 당나라의 불교 승려 현장(玄奘)이 천축국에 불경을 구하러 간다는 역사적 사실에서 출발했지만, 그 과정에서 81가지 난관을 차례로 극복하고, 요괴들을 굴복시킨다는 완전한 허구(虛構)의 이야기가 소설의 주된 내용이다.

《서유기》는 기상천외의 환상과 순진무구한 공상 그리고 왕성한 창의력이 돋보이지만 작품이 갖고 있는 사상 면에서는 특별한 것이 없다.

다만 그 창작 정신에서 공상적 낭만과 풍부한 상상력, 화려하고도 능숙한 사건의 전개와 구성, 생동하는 언어 구사력 등은 매우 높게 평가할 수 있다.

다시 말해, 《서유기》는 주춧돌만 있는 상태에서, 실제는 그 주춧돌조차 필요가 없는 공중누각을 지어냈고, 다른 소설 작가가 생각도 못하는 외계인(신령, 마귀)들을 등장시켰으며, 인간의 세계를 벗어난 무한한 공간인 신기루 같은 세계에 많은 사람들이 빠져들게 만들었다. 이런 점에서 본다면《서유기》를 처음 짓고, 이어 내용을 더 다듬은 작가들은 진정 자유를 꿈꾸던 사람이었다.

《사유기(四遊記)》의 탄생

《서유기》가 민간에서 소설이나 잡극(雜劇)으로 크게 유행하자, 그 영향으로 난강(蘭江) 오원태(吳元泰, 생몰년 미상. 오승은보다 약간 늦은 시대로 추정)의《동유기(東遊記)》[일명 상동팔선전(上洞八仙傳)》], 여상두(余象斗, 1550?~1637)의《남유기(南遊記)》[일명《오현영관대제화광천왕전(五顯靈官大帝華光天王傳)》]와《북유기(北遊記)》[일명 《북방진무현천상제출신지전(北方鎭武玄天上帝出身志傳)》 그리고《서유기》100회 본을 요약한 양지화(楊志和, 생몰년 미상. 명대)의《서유기전(西遊記傳)》[일명《서유기절본(西遊記節本)》] 41회본이 나왔다.

이 네 편의 소설을 오행(五行) 사상의 동서남북을 주관하는 신령[사신(四神) : 청룡(靑龍), 주작(朱雀), 백호(白虎), 현무(玄武)]처럼 생각해《사유기(四遊記)》라 통칭한다.

이《사유기》는 이루어진 시기나 그 주제와 문장이 서로

다르다. 그러나 민간에 광범위하게 유포되면서 후세 문인들에게 많은 창작 자료를 제공한 사실은 틀림없다.

이 사유기 중 《동유기》가 특히 가장 잘 알려졌고 여러 가지 면에서 《서유기》와 서로 비교된다.

《동유기》의 주제─선(仙)과 도(道), 기(氣)와 단(丹)

그러나 《동유기》가 비록 《서유기》의 아류(亞流)에 속하는 제목이라 하지만, 그 주제와 내용에서는 그야말로 동쪽과 서쪽만큼 차이가 있으며 《동유기》에는 《서유기》 못지않은 재미가 있다.

그리고 그 재미는 공상 세계의 재미가 아닌 현실 생활 속의 재미라 할 수 있다.

《동유기》는 중국인들에게 가장 잘 알려진 민간 전설의 주제인 팔선의 이야기, 곧 이철괴를 비롯한 여덟 신선들의 수련(修鍊)과 득도(得道) 그리고 그들의 활약이라는 가장 일반적이고 중국적인 주제를 다루고 있다.

《동유기》 전편(全篇)에는 도가(道家) 사상이 일관되게 관통되고 있다. 도가의 청정(淸淨)과 무위(無爲), 기(氣)의 수련과 단(丹)의 제조, 선행(善行)과 득도 과정 등이 상세히 서술되어 있다. 또한 노자(老子)의 사상과 도교의 성립 과정 등이 소설처럼 묘사되었다.

신선과 속세 미녀의 아름다운 로맨스도 실려 있는데

이는 도가(道家) 수련의 한 방법인 방중술(房中術)과도 관련이 있다고 볼 수 있다.

《동유기》: 중국인의 의식 구조와 사유(思惟) 방법

《동유기》는 중국의 수많은 민간 신화와 전설을 수록하고 있다. 이를 통해 중국인의 의식 구조와 사유(思惟) 방법 그리고 그들의 생활 감정과 중국인들이 꿈꾸는 이상 세계가 뚜렷하게 양각(陽刻)되어 있음을 알 수 있다.

《동유기》에는 선과 악 그리고 자유정신과 권위에 항거하는 저항 의식 그리고 선행에 대한 보답이 신선들의 활약 속에 강하게 나타나 있다.

동시에 시(詩)와 학문을 숭상하면서도 문무(文武)를 숭상하는 씩씩하고 지적인 중국인의 이상적 인물상이 전쟁에 관한 상당량의 서술을 통해 그들의 자화상처럼 묘사되어 있다는 점도 결코 그냥 간과할 수 없다.

또한 이 소설에는 중국인들의 민족적 자긍심이 들어 있고 그들의 협동 단결과 집단의식은 중국인들의 훌륭한 미덕으로 묘사되었다.

한마디로《동유기》는 다양한 사건의 전개와 구성 속에 현실적 재미와 함께《서유기》나 더 나아가 4대 기서(奇書)에서 찾아볼 수 없는 사상성이 풍부한 소설이다.

즉,《동유기》는 소설이면서 선(仙)과 단(丹)을 추구하는 철학서이며, 중국인들의 의식 구조를 설명하는 민속(民俗) 사전이라고 말할 수 있다.

《동유기》: 팔선의 등장과 수련

중국 사람들에게는 럭키 세븐(7)이 아니라, 8(八, bā)이 행운의 숫자다. 이 8은 발재(發財, fā cái, 큰돈을 벌다)의 발(發)과 음이 같기 때문에 8을 좋아한다.

그래서 음식에 팔보채(八寶菜)와 팔보반(八寶飯)을 즐겨 먹고, 팔괘(八卦)를 따져 자신의 미래를 예측해 본다. 사통팔달(四通八達)은 번화한 거리이고, 당송 팔대가(唐宋八大家)를 꼽고, 재주가 뛰어난 조조의 아들 조식(曺植)을 팔두재(八斗才)라 했다. 팔배(八拜)는 정중하게 예의를 갖춰 공경한다는 의미로 쓰이고, 여덟 명의 신선을 특별히 골라 팔선(八仙)이라 했다.

《동유기》에는 이철괴, 종리권, 남채화, 장과로, 하선고, 여동빈, 한상자, 조국구가 차례로 등장하는데, 이들의 신분이나 직업은 각자 다르다.

이철괴는 도사(道士)이고, 종리권은 장수(將帥) 가문 출신이며, 남채화는 풍류 가객(風流歌客), 장과로는 마부(馬夫) 곧 운송업자였다. 하선고는 팔선 중 유일한 여자 신선이니 곧 출가한 여도사[道姑]이고, 여동빈은 검객[劍仙]에 술꾼[酒仙]이며 여색을 좋아하는 색선(色仙)이었다.

한상자는 당의 시인 겸 문장가인 한유(韓愈)의 조카이며, 조국구는 황실의 외척으로 귀족 출신이었다.

《동유기》: 주기론(主氣論)과 전쟁

이 팔선의 등장과 수행과 득도의 과정이 《동유기》에 차례로 서술되었다.

그런데 총 56회의 《동유기》에는 전쟁에 관한 내용이 상당한 분량을 차지한다. 종리권이 토번(吐蕃)의 침략을 격파하나 결국 패전하고 숨는 이야기(11~15회)를 비롯해, 송나라와 거란족 요(遼)의 싸움(33~43회), 그리고 팔선과 용왕의 싸움(49~52회)은 천병(天兵)과 팔선의 싸움(53~55회)으로 이어지는데 여기에는 손오공(孫悟空)까지 끼어든다.

33회에서부터 43회까지 지루하게 전개되는 전쟁 이야기는 사실 특별한 의미는 없다. 팔선 중 여동빈과 종리권의 상호 갈등이 지상의 전쟁으로 발전하며, 신선의 대리전으로 진법(陣法) 싸움과 격파 등을 서술했는데, 실제 전쟁의 모습이 아니라 언어와 두뇌로 싸우는 가상 전쟁이라는 느낌이 있을 뿐이다.

인간이 신선이 되는 것은 신체 단련과 금단(金丹)의 제조와 복용을 통해서다. 이는 인간의 기(氣)를 다스리는 방법이다. 도교는 이기론(理氣論) 중 주기론(主氣論)이다.

인간이 기를 잘 다스려야 무병장수할 수 있다. 이 기(氣)와 기의 충돌이 곧 전쟁이다. 그래서 도가에서는 무(武)를 숭상하게 되고, 이런 개념이 《동유기》에도 그대로 서술되었다.

《동유기》의 영향

《서유기》가 독자들에게 자유분방한 공상 속의 재미를 일러 주었다면, 《동유기》는 성인(成人)들에게 인생을 말하고 생활과 철학을 가르치는 재미있는 소설이라고 할 수 있다.

그래서 《서유기》에 비해, 좀 더 현실적인 철학 이야기이며 강렬한 생명력을 가진 소설이 《동유기》라고 말할 수 있다.

우선 그때까지 분분하던 팔선(八仙)의 구성원이 이 소설에 의해 확정되었고, 이후 팔선에 관한 모든 이야기의 근본 출처가 되었다. 아울러 상팔선(上八仙), 하팔선(下八仙)의 명칭과 인물이 창조되었고, 수많은 회화(繪畵)의 소재가 여기에서 나왔다.

우리는 이 소설을 현실 속의 자유를 그리는 재미로 읽고 또 선(仙)과 단(丹)의 소설로 그리고 노자와 도교의 철학서로 읽을 수 있다.

옮긴이 후기

《동유기(東遊記)》는 일명 《상동팔선전(上洞八仙傳)》인데 명나라의 오원태(吳元泰, 생졸년 미상)가 지은 56회본의 장회(章回) 소설이다.

소설 《동유기》의 내용은 중국인들에게 잘 알려진 여덟 명의 신선, 곧 팔선(八仙)의 신화와 전설을 바탕으로 하고 있는데, 원대(元代)의 잡극(雜劇) 《쟁옥판팔선과창해(爭玉板八仙過滄海)》가 그 뿌리라고 알려졌다.

도가 사상과 신선

중국에서 유가(儒家) 사상이 치자(治者) 계층의 논리이고 철학이었다면, 도가(道家) 사상은 일반 중국인의 일상 및 민간 신앙에 큰 영향을 끼쳤다고 말할 수 있다. 그러면서 도가 사상은 중국 전통문화의 근본이 되었지만, 결코 은둔자의 철학은 아니었다.

춘추 전국 시대에 노자(老子)와 장자(莊子)의 사상을 바탕으로 도가 사상이 형성되었다. 그런데 우리가 《노자도덕경(老子道德經)》이나 《장자(莊子)》를 읽으려면 상당한 인내는 물론 깊은 사색과 연구가 필요하며, 읽기가 그렇게 쉬운 일도 아니고, 또 읽었다 해서 그 깊고도 오묘한 모든 것을 이해하기도 쉽지 않으며, 금방 가슴에 와닿지도 않는다.

이 심오한 도가 사상이 여러 민간 신앙 및 신선 사상들을 흡수하며 종교적 형태로 발전한 것이 도교(道敎)다. 이 도교에서 생각하는 가장 이상적인 인간의 형상이 바로 신선(神仙)이다. 곧 신선은 도(道)를 체득해 불로장생을 실현한 사람이다.

신선은 굶주리지 않고 죽지도 않는다. 그 모습을 마음대로 숨기고 변형할 수 있으며, 고상한 인품을 바탕으로 정의와 자애를 실천하는 아름답고도 완전한 인격체였다.

이러한 신선이란 개념은 불로장생을 추구하는 사람들에게 먼저 퍼졌을 것이고, 도가에서 이를 채용하면서 신선이란 존재와 신선이 될 수 있다는 믿음, 여러 가지 수련 방법에 대한 관심은 중국인들의 생활에 지대한 영향을 끼쳤다.

도(道)를 깨달아 신선이 된다는 것은 도교의 이상이었고, 신선 사상이 배제된 도교는 존재할 수도 없었다. 중국인들이 생각해 낸 신선은 매우 많았고, 그런 신선들의 이야기는 입으로 전해졌으며, 문자로 쓰여 세월이 지나면서 보다 현실적이고 실제적으로 윤색되었.

중국인에게 널리 알려진 여덟 명의 신선을 특히 팔선

(八仙)이라 한다.

장회 소설 《동유기》

16세기 중반 명나라 사람 오원태가 지은 《동유기》는 비교적 적은 분량의 장회 소설이지만, 이 소설에는 심오한 사상과 주옥같은 인생의 철리(哲理)가 들어 있다.

《동유기》에는 인간들의 선과 악, 그리고 자유정신과 권위에 항거하는 주체 의식과 정의감이 신선들의 활약 속에 강하게 드러난다. 동시에 시와 학문을 숭상하면서도 문무를 함께 수련하는 이상적 모습과 활약이 전쟁에 관한 상당량의 서술을 통해 신선들의 자화상처럼 《동유기》에 묘사되어 있다.

한마디로 《동유기》는 다양한 사건의 전개와 구성으로 현실적 재미와 함께, 《서유기》나 다른 4대 기서(四大奇書)에서 찾아볼 수 없는 사상성이 매우 풍부한 소설이다.

곧 《동유기》는 소설이지만, 도가의 철학서이며, 중국인의 의식 구조를 설명하는 민속 사전이라 할 수 있다. 《동유기》는 인간 내면의 심성과 도교의 교리, 그리고 바른 세상살이를 가르치면서도 재미가 있어, 소설로서 강한 생명력을 가지고 읽혔다.

상세한 주석

이《동유기》는 노자와 장자의 사상을 자연스레 우리에게 깨우쳐 주는 재미있는 소설이다. 따라서 이를 읽은 뒤에 스스로 더 많은 것, 또 다른 것을 찾게 되니, 이《동유기》는 장자가 말하는 어구(漁具)인 통발[筌, 통발 전과도 같고, 계속 유용할 것이다.

필자는 신선에 관한 재미있는 옛이야기로 이 소설을 옮기면서 동시에 노장 사상을 바탕으로 한 도가 사상 그리고 도교의 기본을 깨우칠 수 있도록 나름대로의 주석을 첨가했다.

필자의 번역과 주석이 중국의 신선 사상과 도가 사상을 이해하는 데 도움이 되리라 믿는다. 동시에, 이 책을 읽은 독자들은 필자와 함께 노장 사상의 심오한 곳까지 탐색할 수 있고 요체를 터득할 수 있는 기초를 다질 수 있으리라 확신한다.

신선 사상의 참뜻을 이해할 수 있고 도가 사상의 깊이를 느낄 수 있다면 이런 경험 자체가 우리 삶의 새로운 재미와 경지(境地)가 아니겠는가?

참고 도서

기본 텍스트

《四游記》中國古典神話名著 : 吳元泰 外,
　　中國戲劇出版社, 北京, 1999.
《四遊記》中國通俗小說 名著, 第1集 8冊 : 楊家駱 主編,
　　世界書局, 臺北.

중문 참고도서

《道教文化辭典》: 張志哲 主編, 江蘇古籍出版社, 1994.
《三才圖會》卷二 : (明) 王圻 王思義 輯, 明 萬曆 35年
　　刻本 影印版, 上海圖書館.
《中國仙話》: 鄭土有, 陳曉勤 編, 上海文藝出版社, 上海,
　　1990.
《中國風俗辭典》: 葉大兵, 烏丙安 主編, 上海辭書出版社,
　　上海, 1991.
《中華神仙圖典》: 劉秋霖 等 著, 百花文藝出版社, 天津,
　　2008
《八仙傳奇》: 畢珍 著, 漢欣文化事業有限公司, 臺北,
　　1990.
《華夏諸神》: 馬書田 著, 北京燕山出版社, 北京, 1990.
《繪圖歷代神仙傳》: 中國書店 編, 新華書店首都發行所,
　　北京, 1991.

국내 참고도서

《신선(神仙)》: 이석규 외, 한양대학교 박물관 전시 도록, 서울, 2010. 5.

《신인(神人)》: 진기환 편역, 사철나무, 서울, 1994

《중국인(中國人)의 토속신(土俗神)과 그 신화(神話)》: 진기환 저, 지영사, 서울, 1991.

 이 책에 수록된 삽화는 왕기(王圻)와 왕사의(王思義)가 편집한 명(明) 신종(神宗) 만력(萬曆) 35년 각본의 영인판(影印版)인 상해도서관(上海圖書館) 간행《삼재도회(三才圖會)》권2〈인물(人物)〉편의 그림을 전용했다.

지은이에 대해

작자 오원태(吳元泰)에 대해서는 별로 알려진 바가 없다. 다만 《서유기》의 작자 오승은(吳承恩, 1506~1582)과 비슷한 1570년 전후에 살았던 인물로만 알려졌다.

작자 오원태가 비록 저명인사는 아니었지만 《동유기》가 끼친 영향은 대단했다.

옮긴이에 대해

   도연(陶硯) 진기환(陳起煥)은 중국의 문학과 사학, 철학에 관련된 고전을 우리말로 국역하거나, 저술했다.
   중국 문학 분야에서 다음과 같은 역저서가 있다.
   장회 소설 《수당연의(隋唐演義)》(전 5권, 2023)와 《유림외사(儒林外史)》(전 3권, 1990)를 완역 출간했다. 《삼국연의(三國演義) 원문 읽기》(전 2권, 2020)도 널리 알려졌다. 그리고 《당시대관(唐詩大觀)》(전 7권, 2020)이 있는데 이는 당(唐) 시인 200명의 시 1400수의 원문을 국역하며 관련된 일화를 수록한 당시 감상 사전이다. 《신역(新譯) 왕유(王維)》(2016)는 시불(詩佛) 왕유 시의 원문과 국역 해설을 실었다. 《당시절구(唐詩絶句)》(2015)와 《당시일화(唐詩逸話)》(2015)는 당시를 공부하려는 초학자들을 위한 책이다. 《당시삼백수(唐詩三百首)》(전 3권, 2014)는 고(故) 장기근(張基槿) 박사의 작업을 필자가 이어 완성했다. 그리고 《금병매(金瓶梅) 평설(評說)》(2012)과 《수호전평설(水滸傳評說)》(2010), 《삼국지(三國志) 인물 평론》(2010) 등이 있다.
   또 《중국인(中國人)의 속담(俗談)》(2008)과 《중국인

(中國人)의 재담(才談)》(2023), 《삼국지(三國志)의 지혜》(2009), 《삼국지(三國志)에서 배우는 인생의 지혜》(1999), 《삼국지(三國志) 고사명언(故事名言) 삼백선(三百選) (2001), 《삼국지고사성어사전(三國志故事成語辭典)》(2001)을 출간했다.

중국 역사에 관해서는 명문당의 중국 역대 왕조사화(中國歷代王朝史話) 전 6권 중 《춘추전국사화(春秋戰國史話)》와 《진한사화(秦漢史話)》(2024)를 출간했고, 《전국책(戰國策)》(전 3권, 2021), 《완역 한서(漢書)》(전 15권, 2016~2021), 《정사(正史) 삼국지(三國志)》(전 6권, 2019), 《완역 후한서(後漢書)》(전 10권, 2018~2019), 《십팔사략(十八史略)》 5권 중 3권(2013~2014) 등은 모두 원문을 수록하고 국역한 저술이다. 또 《사기인물평(史記人物評)》(1994)과 《사기강독(史記講讀)》(1992)은 사마천의 《사기》를 공부하려는 사학도를 위한 저술이다.

철학·사상과 관련해 《안씨 가훈(顏氏家訓)》(전 2권, 2022), 《공자가어(孔子家語)》(전 2권, 2022), 《공자성적도(孔子聖蹟圖)》(2020)의 원문을 수록 국역, 해설했으며, 《논어명언삼백선(論語名言三百選)》(2018)과 《논술로 읽는 논어(論語)》(2012)는 《논어》를 공부하려는 초학자들을 위한 입문서다. 그리고 《중국의 토속신과 그 신화》 (1996)는 중국학 분야의 기본서로 분류되는 저술이다.

   진기환은 고등학교 역사 교사로, 중국사와 중국 문학과 철학을 공부하며 관련한 고전 국역과 집필을 계속했다. '내 키만큼 내 책을(等身書)' 출간하겠다는 인생 목표를 2022년에 달성하면서, 자서전 《도연근학칠십년(陶硯勤學七十年)》을 출간했다.
   이에 앞서 문집인 《도연집(陶硯集)》을 2008년에 출간했고, 2009년 2월에 서울의 대동세무고등학교장으로 교직 생활 40여 년을 마감했다.

동유기

지은이 오원태
옮긴이 진기환
펴낸이 박영률

초판 1쇄 펴낸날 2024년 11월 20일

커뮤니케이션북스(주)
출판등록 제313-2007-000166호(2007년 8월 17일)
02880 서울시 성북구 성북로 5-11
전화 (02) 7474 001, 팩스 (02) 736 5047
commbooks@commbooks.com
www.commbooks.com

ⓒ 진기환, 2024

지식을만드는지식은
커뮤니케이션북스(주)의 고전 출판 브랜드입니다.
이 책은 저작권자와 계약해 발행했으므로, 본사의 서면 허락 없이는
어떠한 형태나 수단으로도 이 책의 내용을 이용할 수 없습니다.

ISBN 979-11-7307-078-5 03820

책값은 뒤표지에 있습니다.